O ANÃO

Obras do autor publicadas pela Record

O anão
O mistério dos jarros chineses
O rei da sarjeta

William C. Gordon

O ANÃO

Tradução de
Gabriel Zide Neto

EDITORA RECORD
RIO DE JANEIRO • SÃO PAULO
2010

CIP-Brasil. Catalogação-na-fonte
Sindicato Nacional dos Editores de Livros, RJ

G671a Gordon, William C.
O anão / William C. Gordon ; tradução Gabriel Zide Neto.
- Rio de Janeiro : Record, 2010.

Tradução de: The ugly dwarf
ISBN 978-85-01-09129-1

1. Anões - Ficção. 2. Perseguição religiosa - Ficção. 3. Ficção americana. I. Zide Neto, Gabriel, 1968-. II. Título.

10-2773 CDD: 813
CDU: 821.111(73)-3

Título original em inglês:
The ugly dwarf

Editoração eletrônica: Abreu's System

Texto revisado segundo o novo Acordo Ortográfico da Língua Portuguesa.

Impresso no Brasil

ISBN 978-85-01-09129-1

Este livro é dedicado a Horacio Martinez Baca

Sumário

Capítulo 1 Um pedaço de carne ... 9

Capítulo 2 A letra M ... 17

Capítulo 3 Dusty Schwartz ... 29

Capítulo 4 Dominique, a dominatrix ... 33

Capítulo 5 Melba vem em socorro ... 45

Capítulo 6 Balançando a árvore do fruto das paixões ... 57

Capítulo 7 Que caminho seguir? ... 83

Capítulo 8 Octavio e Ramiro ... 101

Capítulo 9 Alguns desdobramentos surpreendentes ... 113

Capítulo 10 Indo aonde as pistas o levam ... 129

Capítulo 11 Fechando o cerco 145

Capítulo 12 De volta à prancheta? 167

Capítulo 13 Cadê o pastor? 183

Capítulo 14 Juarez 195

Capítulo 15 O lado obscuro de North Beach 209

Capítulo 16 O quadro 235

Capítulo 17 A captura do pervertido 241

Apêndice "A" 269

Agradecimentos 271

Capítulo 1

Um pedaço de carne

O mestiço de Airedale, que não tinha uma orelha, se soltou da dona, Melba Sundling, e correu em direção a uma lixeira cuja tampa encontrava-se caída no chão. A lixeira estava contra a parede de um alto prédio de madeira estreito e feio, pintado de um amarelo sem graça, às margens de um rio poluído de China Basin, na baía de São Francisco, cujas águas fluíam sob a famosa ponte suspensa da rua 3, com seus pesos de cimento usados para estabilizar as pistas quando era necessário erguer a ponte para os barcos entrarem e saírem da enseada.

Aproximando-se da lixeira, o cachorro se assustou quando ela virou. O lixo se espalhou pelo chão já coberto de entulho, e um grande guaxinim saiu correndo do interior e entrou por um duto de ar quebrado, sob o edifício.

A princípio, o cachorro saiu correndo atrás do animal assustado, mas parou abruptamente ao chegar à lixeira virada. Ele começou a cheirá-la com a maior atenção e enfiou o focinho em alguma coisa embrulhada num pedaço de aniagem que rolara para o chão.

A essa altura, Melba havia chegado até ele e agarrado a coleira, exatamente quando o cachorro começava a rasgar o tecido grosseiro com os dentes. Ela viu carne e pedacinhos de gelo sendo rasgados, e sangue espirrando em todas as direções. Sua reação foi puxar o animal com toda a força antes que ele fizesse uma bagunça total e também a cobrisse de manchas vermelhas. Afastou-se para uma das escadas de madeira que dava acesso àquele prédio de aparência abominável e prendeu a coleira com firmeza; depois se sentou num dos degraus para pensar no que fazer. Tinha uns 50 anos; seu cabelo grisalho-azulado estava coberto com um lenço. Ela costumava sair de casa na rua Castro diariamente e passear por aquele parque industrial sem graça ao lado da baía, como uma maneira de respirar um pouco de ar puro e também de fazer um exercício mais do que necessário, já que as noites eram ocupadas no enfumaçado bar Camelot, em Nob Hill — um bar do qual ela era apenas uma das proprietárias, mas cuja operação era responsabilidade sua.

Ela acabava de sair de uma longa crise de bronquite de inverno, com a ajuda de antigos remédios chineses de um herborista albino bastante conhecido chamado Dr. Song. Agora achava importante recuperar a forma, e os passeios diários com o cachorro ajudavam. Ela percebeu que o exercício melhorava sua disposição, seu senso de humor e, surpreendentemente, a fazia sentir-se mais competitiva em relação à atlética filha Blanche, que veio em seu socorro quando o leão de chácara e confidente Rafael Garcia foi preso e depois morto enquanto tentava proteger outro preso.

A ideia do que poderia estar naquele saco a tirou de seus devaneios. Ela se levantou, desceu as escadas e pegou um pedaço de metal que estava ali perto, passando a remexer naquele embrulho enquanto o cachorro fazia força para participar. Ela afastou um pouco o tecido e pôde ver o que parecia um grande pedaço de carne e também o que dava a impressão de ser pele. Sem saber exatamente o que pensar, fechou as bordas do saco que haviam sido abertas por Excalibur (o cachorro) e tirou o animal dali; então andou depressa até uma cabine telefônica pela qual tinha passado no caminho, enquanto procurava se acalmar.

Discou para a telefonista e pediu o número do legista; então, rapidamente ligou para lá. Era o meio da manhã e ela estava com sorte. O funcionário que atendeu reconheceu sua voz de muitas noitadas no Camelot e transferiu a ligação para o chefe.

— Alô, Melba. A que devo a honra? — perguntou Barnaby McLeod, o legista e também um dos mais frequentes fregueses do Camelot.

— Não tenho muita certeza, Barney. Eu estava passeando com o cachorro quando encontrei um pedaço de carne embrulhada num saco de aniagem. Em princípio, eu não teria achado grande coisa, mas pareceu que a carne havia sido serrada e estava com pedacinhos de gelo; por isso eu não sei o que pensar. Aí, achei melhor contatar um especialista, porque pode ser carne humana.

— Telefonou para o cara certo, querida — disse o legista. — Onde você está? Eu mesmo vou até aí, já que foi você quem fez a ligação.

Ela explicou onde estava.

— Espere por mim. Não vai demorar mais que vinte minutos. Não deixe ninguém se aproximar da sua descoberta.

— Não se preocupe. Ninguém sabe que está ali, a não ser você, eu, o cachorro, o guaxinim que derrubou a lixeira e quem quer que tenha deixado aquilo lá — respondeu, antes de desligar.

Mas ela ainda não havia terminado. Limpou o suor da testa pálida, ajeitou o cabelo grisalho-azulado sob o lenço e ligou para o matutino.

— Samuel Hamilton, por favor — pediu à telefonista. A chamada foi transferida.

— Aqui é o Samuel — respondeu o repórter. Estava sentado numa sala nova e melhor, com a única desvantagem de ter de dividi-la com outro repórter. De lá, ele podia olhar pela janela e ver o fim da rua Market e o edifício Ferry, com seu gigantesco relógio contando as horas e os minutos. Seu casaco esportivo cáqui estava em cima da cadeira giratória. A camisa branca não fora passada, mas também não estava amarrotada, e o que restara dos cabelos ruivos estava penteado para trás, por cima da careca cheia de sardas.

— Samuel, aqui é a Melba.

— Que surpresa. Aconteceu alguma coisa com a Blanche? — perguntou, preocupado, erguendo a voz, um pouco angustiada.

— Você está brincando? Aquela garota é indestrutível — ela respondeu. — Mas ouça uma coisa. Eu estou com um problema aqui. Pode não ser nada, mas nunca se sabe. Eu estou em China Basin e acabei de encontrar um pedaço de carne. Acho que pode ser humana, então liguei para o Cara de Tartaruga por via das dúvidas, e ele está vindo para cá. Você está interessado?

— Vou pegar o ônibus da rua 3 agora mesmo — disse Samuel. — Preciso levar o fotógrafo?

— Essa decisão eu deixo por sua conta, figura. Só ande rápido!

— Se for preciso, eu pego uma carona — disse, enquanto abria a porta da sala ainda falando com Melba e gritando para o salão: — Marc, temos uma emergência. Vamos!

E desligou o telefone.

Barnaby McLeod, o médico-legista, era um homem alto, de cabeça pequena, cabelos castanhos rareando e pálpebras caídas.

Envergava um guarda-pó branco sobre a camisa e a gravata. Estava examinando o saco de aniagem com um instrumento quando Samuel chegou com Marcel Fabreceaux, o fotógrafo, no Ford Coupe 47 deste último.

Samuel deu um alô para Melba e fez carinho na cabeça de um animado Excalibur; depois, virou-se para Cara de Tartaruga.

— Oi, legista McLeod. Não vejo você desde aquele dia na loja de ervas do Dr. Song. Já faz mais de um ano — disse Samuel, tentando olhar além do homem alto para ver se conseguia um relance do embrulho que ele estava analisando.

Cara de Tartaruga fez uma careta.

— É. Aquele filho da puta do Perkins. Eu ainda não o perdoei por ter me arrastado até lá por causa do comprovante de um vaso chinês. Lembra?

— Como é que eu poderia esquecer? Aquela matéria fez de mim o repórter full time que eu sou hoje, em vez de um vendedor faminto. — Aí ele começou a se concentrar. — O que nós temos aí, chefia?

— As notícias correm depressa por aqui — disse o legista, sorrindo o máximo que alguém conseguia dele. Olhou para Melba, que até ali não havia falado nada. Agora ela se aproximava do grupo de homens, contendo Excalibur, que queria chegar perto da carne. Cara de Tartaruga esticou a mão para impedi-la. — Não se aproxime demais até eu fazer um exame completo. Eu não quero que a cena desse crime fique maculada.

— Quer dizer que você já decidiu que essa é a cena de um crime — observou Samuel, fazendo sinal para Marcel tirar uma foto de Barney McLeod com o instrumento na mão, olhando para o misterioso saco no chão perto do prédio.

O legista e os dois homens que trabalhavam com ele haviam isolado uma área de aproximadamente 1 metro quadrado em volta da lixeira virada e estavam dando duro para examinar cada centímetro do chão, fotografando cada pedacinho mínimo de dejeto que estivesse ali havia tempos ou que tivesse caído da lixeira quando ela foi derrubada. Cada pedaço era manuseado com luvas de borracha; procuravam impressões digitais, depois recebiam um número e eram colocados numa caixa de provas. Terminado esse trabalho, o legista se concentrou no saco de aniagem.

— Está vendo esses pedacinhos de gelo? — comentou casualmente. — Essa carne devia estar num congelador.

Samuel pôde ver de trás do cordão. Havia vários pedacinhos de gelo alongados grudados na carne.

— Também está com cara de que foi serrada. Está vendo aquelas marcas? — interrompeu Samuel.

— Eu pensei a mesma coisa — comentou Melba.

— Desculpem — disse Cara de Tartaruga voltando ao presente. — Concordo. Parece que alguém serrou um pouquinho.

— Dá para dizer quanto tempo ela ficou congelada?

— Neste momento, não. Primeiro eu preciso voltar para o laboratório.

— Não tem alguma coisa escrita no saco? — perguntou Samuel. — Está vendo? Parece um M ali embaixo.

— É, mas eu ainda não estou preparado para isso. Primeiro, preciso fazer alguns slides e ver se eu posso confirmar minhas suspeitas — respondeu Cara de Tartaruga.

— Que isso é parte de um ser humano? — perguntou Melba.

— É claro. Ou não haveria necessidade deste fuzuê todo.

— Quando vamos ter uma confirmação? — perguntou Samuel. — Eu gostaria de escrever uma matéria, antes de a notícia ir a público.

— Vamos conversar esta tarde. A essa altura eu já vou poder dizer se isso é mesmo parte de um cadáver.

— Você também vai poder me dizer o que significam essas letras aí no saco? — perguntou Samuel.

— Não para ser publicado. Se for o suficiente para se saber de onde esse saco veio, essa pode ser a pista mais importante — disse o legista. — Estamos entendidos, Samuel?

— Claro, eu só vou poder dizer que as autoridades têm uma informação importante que só elas e o assassino sabem.

— Isso se houver um assassino. Pode ser que isso não passe de carne de cavalo — disse o legista e deu mais um de seus pálidos sorrisos.

— E quanto à importância das outras coisas que você recolheu?

— Só o tempo vai dizer o que é importante. Mas, quando você passar lá, eu vou lhe dar uma lista. Desse jeito, você vai ter o mesmo material que a polícia e vai poder dar uma de detetive por conta própria. Pelo que eu leio no jornal, você tem feito um trabalho bastante bom nesses últimos dois anos.

— Obrigado, Barney.

Samuel corou enquanto caminhava até onde estavam Melba e Excalibur, de pé, no patamar da escada de madeira. Fez sinal a Marcel de que já tinham o suficiente. E era verdade. Cara de Tartaruga já havia falado as palavras mágicas — ele sabia que ia receber informação interna.

Melba fumava um cigarro e se apoiava no corrimão quando ele se aproximou. Excalibur abanou o rabinho cotó e Samuel o acariciou outra vez.

— Obrigado pela dica, Melba. Espero que dê certo. Estava com medo de não ter nada para escrever nesta primavera.

Ela riu. Seus olhos azul-claros eram plácidos como o dia.

— É claro que você só pode estar brincando. Nesta cidade tem sempre alguma coisa dando errado. E até agora você até que conseguiu descobrir algumas coisas. Mas não fique muito confiante. Nem tudo vai ser tão fácil, e esse caso é um bom exemplo. Está muito claro que nós temos um pedaço de carne aqui. E, se estivermos certos, isso é parte de uma pessoa e nesse caso é seu trabalho descobrir quem foi ela e como acabou desse jeito.

Naquela tarde, o legista tinha boas notícias para Samuel. O pedaço de carne encontrado por Excalibur de manhã era, de fato, da perna de uma pessoa. Mas o legista tinha algumas condições para dar aquela informação. Samuel recebeu duas listas. As provas sobre as quais ele podia escrever; e a outra era uma lista bem maior, a que ele tinha acesso, mas não podia citar em nenhuma matéria. O legista então passou o caso para a divisão de homicídios do departamento de polícia de São Francisco.

A matéria de Samuel saiu na manhã seguinte com uma foto que Marcel Fabreceaux tirou do legista apontando para um embrulho de aniagem. A manchete lúgubre dizia: HÁ UM MANÍACO ASSASSINO ENTRE NÓS.

Não havia muita informação a seguir, de modo que o trabalho era perfeito para Samuel se ele quisesse repetir suas bem-sucedidas resoluções de crimes. Seu maior medo era que os tiras resolvessem primeiro dessa vez.

Capítulo 2

A letra M

No dia seguinte ao que sua bombástica matéria apareceu na primeira página do matutino, Samuel estava na sala do médico-legista examinando as provas. Estava sentado com Cara de Tartaruga na sala de reuniões, que tinha um esqueleto verdadeiro vindo da Índia e a galeria de honra do legista, com fotos dele ao lado dos famosos e vergonhosos políticos e membros da ordem dos advogados criminalistas de São Francisco. A favorita de Samuel era uma do legista com o advogado Earl Rogers e Jack London, o escritor, cada um com os braços no ombro do outro, e era óbvio que nenhum dos dois últimos estava constrangido.

Samuel e o legista estavam olhando para fotos do pedaço da perna, tiradas de vários ângulos.

— Não resta dúvida de que alguém usou uma serra? — perguntou Samuel.

— Não. Pode-se ver por essas marcas aqui — e apontou para a parte mais carnuda — e pode-se ver até no próprio fêmur.

— Isso quer dizer que deve haver outras partes do corpo espalhadas pela cidade — disse Samuel.

— Pode ser, ou podem já ser ter sido jogadas fora e nós nunca mais teremos nada além do que já temos aqui — respondeu o legista. — Só nos resta manter os olhos abertos.

Samuel pegou uma foto do saco de aniagem. O material grosseiro foi espalhado e virado pelo avesso. Estava todo manchado de sangue e cortado de maneira irregular. Perto do alto onde foi cortado, parecia estar a maior parte da letra maiúscula M.

— Interessante. Provavelmente isso era parte de um saco usado para carregar outra coisa, não?

— É — disse Cara de Tartaruga, pondo-se de pé e andando até Samuel. Endireitou a manga do jaleco branco e observou: — A questão é o quê? Encontramos alguns resquícios, que estamos examinando agora com o microscópio. Nossa hipótese de trabalho é que ela continha feijão-rajado antes de embrulhar a coxa do rapaz.

— Dá para saber que ele era homem?

— A vítima veio do sul da fronteira. Era um rapaz de 20 e poucos anos. Também dá para dizer que aquela parte do corpo foi lavada com água aqui de São Francisco antes de ser congelada, porque encontramos resíduos de substâncias químicas da represa do vale do Hetch Hetchy.

— O que são aquelas coisas no saco?

— Pelos ou cabelos. Ainda não descobrimos se são de gente ou de animal. De qualquer forma, o saco estava na companhia de alguém ou alguma coisa com cabelos brancos. Meu instinto me diz que era de um animal.

— Tenho quase certeza de que aquela letra no saco é um M. Tem alguma ideia de onde ele possa ter vindo? — perguntou Samuel, enquanto segurava o tecido. Ele o esticou e aproximou do rosto para olhar bem de perto.

— Até agora, nada. Estou transferindo a solução desse problema para você. Vamos dizer que, em algum lugar deste mundo, algum produtor de... vamos ficar com os feijões, por enquanto... que começa com a letra M mandou um saco cheio deles para São Francisco ou pelo menos para a região da baía. Portanto, quem quer que tenha feito picadinho desse cara pôs as mãos nesse saco e o cortou para o seu propósito nefasto.

— Achou alguma pegada?

— Havia pegadas demais para se contar. Essa parte do corpo foi jogada numa lixeira, mas todo mundo que saiu daquele prédio e tinha alguma coisa para jogar fora também deixou sua marca. Duvido que algum dia sejamos capazes de fazer a ligação das pegadas a um suspeito.

— Encontrou mais alguma coisa que acredita ser interessante?

— Você tem a lista, mas ela é confidencial. Qualquer uma dessas coisas pode vir a ser uma pista importante. Por enquanto, são apenas pedaços de lixo que caíram da lixeira ou que estavam nas imediações.

— Muito bem, chefe. Vou começar minhas buscas e mantê-lo informado — disse Samuel. Ele se levantou e saiu da exuberante sala de reunião do legista, dando uma sacudidela no esqueleto para ter sorte.

Samuel foi para Chinatown e almoçou um Dim Sum no Chop Suey Louie's, um restaurante perto de seu apartamento que frequentava havia muito tempo e que agora era comandado pela viúva de Louie e por uma de suas filhas. Desde a morte do proprietário, só houvera umas poucas alterações, e o lugar continuava com 12 mesas com toalhas azuis enceradas, mas o aquário que fora destruído pelas balas dos assassinos tinha sido substituído por um ainda maior, com vários peixes tropicais de cores vivas. Enquanto se sentava em seu lugar habitual no balcão, Samuel se lembrou, com a viúva, de seu velho amigo Louie e das apostas que faziam nos jogos do Forty Niner. Depois do almoço, ele entrou no bonde da rua Hyde e foi com ele até o ponto final, na esquina da Powell com a Market, ouvindo o bater rítmico do sino cada vez que se aproximava de uma estação. Voltou à sua sala para datilografar as anotações e dar alguns telefonemas. No fim da tarde, ele foi até o mesmo ponto da rua Hyde e pegou o bonde no sentido contrário, na direção do Fisherman's Warf, e foi até Nob Hill, onde saltou em frente ao Camelot.

Quando entrou, viu Melba na mesa redonda de carvalho junto à porta, sonhando acordada. Havia uma vista livre do parque do outro lado da rua e da baía mais ao fundo. O vento soprava forte em direção ao sul e o mar estava cheio de velejadores movendo-se em direção à Bay Bridge.

Melba estava vestida com uma blusa amarelo-forte, calças xadrez branco e preto, meias vermelhas e sapatilhas Capezio pretas, nada combinando muito para alguém que entendesse de moda, mas isso aparentemente não a preocupava. Estava bebendo uma cerveja e fumando um Lucky Strike. Excalibur, o vira-lata pulguento, estava a seus pés quando Samuel entrou; ele deu um pulo e ficou de pé, lambendo as mãos do repórter e se sacudindo todo. Samuel respondeu tirando um agrado do bolso do casaco esportivo e entregando ao cachorro, que engoliu rápido e olhou para ele, querendo mais.

Samuel se sentou numa cadeira vazia ao lado de Melba e soltou o ar pesadamente.

— Dê logo as notícias — exigiu Melba, encarando-o.

— A grande notícia é que o saco de aniagem tinha feijão-rajado antes de alguém enfiar uma parte da perna de um rapaz latino dentro dele.

— Isso diminui o raio de ação — comentou Melba. — Muitos latinos comem feijão-rajado e moram em Mission, de modo que é por lá que você vai começar a procurar, não é?

— Isso mesmo. E pensar que eu vim aqui fazer exatamente essa pergunta e você respondeu antes mesmo de eu perguntar.

— Eu não passei esses anos todos em Mission fazendo firulas com os dedos. Traga o catálogo telefônico que eu ajudo você a fazer uma lista.

Samuel foi até os fundos do bar, perto da mesa de salgadinhos, e tirou o catálogo de uma cabine de mogno e o levou até a mesa. Excalibur tentou ir atrás, mas Melba o segurou.

— Quer beber alguma coisa? — ela perguntou.

— Não. Ainda é cedo. O que vamos procurar?

— Primeiro daremos uma olhada em lugares que vendam comida no atacado e que comecem com a letra M.

— Você acha que um mercado de alimentos em Mission imprimiria seu nome num saco de aniagem?

— Caramba, Samuel, como eu vou saber? Mas a gente começa pelas coisas mais óbvias. Se a gente encontra uma, o trabalho fica bem mais fácil, não é? E, se você tiver mesmo sorte, então só tem que descobrir quem comprou os feijões da loja que começa com a letra M e o caso está resolvido. Estou certa?

Samuel fez que sim com a cabeça e sorriu.

— Algo me diz que não é assim tão simples. Acho que vou acabar aceitando aquela bebida.

Melba gritou para trás.

— Uísque com gelo. Traga uma dose dupla para o coitado. Ele trabalha demais — e riu, pegando a manga do casaco de Samuel. — Depois que você beber um pouco, a gente dá uma olhada no catálogo.

Quando a bebida chegou, Samuel tomou um gole, se recostou na cadeira de carvalho e olhou pela janela. Dois navios de carga iam em direções opostas, um rumo ao norte onde ficava a Golden Gate e o outro passando pela Bay Bridge, antes de chegar ao estaleiro em Hunter's Point. A cena lembrava sua relação com Blanche. Como é que duas pessoas que estavam sempre indo em direções contrárias podiam se encontrar? Nesse meio-tempo, Melba colocou o catálogo no colo.

— Quando a Blanche volta? — perguntou, com um ar casual que não era verdadeiro.

— A neve está bastante boa lá em Tahoe, por isso eu aposto que ela só vai voltar no fim do mês.

Ele assentiu com a cabeça lentamente e depois bebeu mais um gole.

— Ela parece estar sempre fora de alcance, não é?

Samuel não respondeu. Ficou com os olhos fixos nos cargueiros até não conseguir manter os dois no mesmo campo de visão.

— Desculpe. Onde estávamos?

Melba sorriu, pegou o catálogo do colo e o colocou em cima da mesa. Juntos, eles começaram a folhear as páginas amarelas até acharem três mercados de alimentos que começavam com a letra M no bairro de Mission. Samuel anotou os nomes e endereços no caderninho e bebeu mais um uísque antes de sair pela porta e se dirigir ao Chop Suey Louie, para jantar.

No dia seguinte, Samuel começou a bater perna pelas calçadas do bairro de Mission. Os mercados se espalhavam por uma área bem grande e os dois primeiros da lista não tinham nenhuma marca ligada à venda de grãos e não vendiam por atacado. Foi só depois das duas da tarde que ele chegou ao Mercado Mi Rancho, na rua 20 em Shotwell, já saindo de Mission. Uma base de tijolos de cerca de 60 centímetros circundava todo o prédio, exceto no lugar da porta. O resto da fachada era cor de areia com uma placa perto do teto, que dizia Mercado Mi Rancho em letras vermelhas contra um fundo mostarda. Havia duas entradas: uma para os clientes, que tinha uma porta dupla com um vidro espesso, e a outra era de aço reforçado e atendia às entregas.

Era um lugar bem movimentado e se baseava num estudo muito cuidadoso que alguém fizera dos hábitos dos clientes. Os corredores eram entupidos de mercadorias secas e objetos enlatados com rótulos coloridos, a maioria vinda do México e de outras partes das Américas do Sul e Central. Um desses corredores era todo dedicado aos produtos mais frescos que Samuel já vira em qualquer lugar fora de Chinatown. Isso o fez pensar que as pessoas de outras partes do mundo deviam saber uma coisa que os americanos tinham se esquecido — a magia do frescor. Pão fresco, *pan dulces* mexicanos e tortilhas saíam da padaria da casa e eram mantidos em bancadas de vidro, e o aroma permeava a loja inteira. E havia um açougue que se equiparava a qualquer outro que Samuel já tivesse visto. Ele conferiu os preços dos montes de carne nas janelas inclinadas e calculou que, se o mercado não fosse tão longe de seu apartamento em Chinatown, sairia mais barato comprar aquela carne de alta qualidade e prepará-la no apartamento do que gastar seu dinheiro nas espeluncas patéticas onde comia diariamente. O homem atrás do balcão de carnes era atarracado, com cabelo ondulado louro e grisalho. Trazia um avental branco e imaculado e falava espanhol muito bem com os clientes que servia, embora não parecesse ser de origem latina.

— Qual é o segredo de se encontrar uma carne tão boa a esses preços? — perguntou Samuel, torcendo para que o homem falasse inglês.

— O segredo sou eu — disse o açougueiro sorrindo, falando inglês com sotaque, mas perfeito. — Venha comprar comigo, que eu faço um desconto especial.

— Você tem um cartão ou coisa parecida? Como é que eu falo com você?

— É só ligar para o Mercado Mi Rancho e pedir para falar com o Pavao, que eu atendo.

— Obrigado, vou ligar mesmo — disse Samuel. E anotou o nome do açougueiro no caderninho, ao lado do telefone do mercado.

O lugar era arejado pela rotação lenta dos ventiladores de teto, que circulavam e misturavam os aromas das especiarias e combinações de comidas ainda desconhecidas, de países estranhos aos seus sentidos, incluindo o cheiro das tortilhas feitas num dos cantos.

De repente, seus pensamentos foram interrompidos quando viu sacos de aniagem de feijão-rajado num dos corredores com a marca do Mi Rancho. Ele tinha certeza de que eram parecidas com o pedaço de tecido que estava na sala do legista. Teve uma reação visceral, mas sabia que tinha de se acalmar. Aquilo era só o começo. Agora ele precisava descobrir como aquele saco havia ido parar numa lixeira com o pedaço de um corpo dentro. Antes de começar a fazer perguntas, ele já sabia que não ia ser fácil.

Ele se aproximou da atraente moça de avental branco atrás da caixa registradora. Com um pouco mais de 1,50 metro, tinha o cabelo preto cortado curto e olhos pretos. Antes de ele dizer uma palavra, ela abriu um largo sorriso, mostrando os dentes brancos e perfeitos.

— Posso ajudá-lo, senhor? — perguntou, com um leve sotaque.

— Por favor. Meu nome é Samuel Hamilton e eu trabalho para o jornal da manhã.

— A maioria dos nossos empregados não fala inglês, e o resto é ocupado demais para ler jornal, se é isso o que está vendendo.

— Não, não foi isso o que eu quis dizer, de forma alguma. Eu sou repórter do jornal e estou trabalhando numa matéria. — Ele não estava bem certo do quanto queria revelar sobre o assassinato escabroso que estava investigando, por isso prosseguiu com cautela. — Eu estou fazendo uma matéria que envolve um saco de aniagem com a letra M.

— Que tipo de matéria?

— Alguém encontrou um saco com parte de uma letra M nele e estou tentando descobrir de onde veio e quem seria o seu dono.

— Nós vendemos muitas coisas em sacos de aniagem para organizações em toda a região da baía. Compramos lotes grandes, e parte da razão de nós comprarmos de certos fornecedores é que eles põem a nossa marca nos sacos. O que havia dentro dele?

— Feijão-rajado — respondeu Samuel, pensando que a pronúncia dela e seu vocabulário em inglês eram impressionantes e inesperados, especialmente para alguém que atendia mexicanos num mercado de gêneros alimentícios em Mission.

— Todo o nosso feijão-rajado vem do México. Compramos mais de quinhentas sacas por ano e elas vão para toda parte.

— Vocês também vendem para pessoas físicas?

— Não, pelo menos não desde que eu comecei a trabalhar aqui. As instituições compram em lotes de vinte para ganhar um desconto especial.

— Você poderia me dar os nomes dessas instituições, digamos, em São Francisco?

Ela jogou a cabeça para trás e o olhou desconfiada.

— Está fazendo perguntas demais para alguém que acabei de conhecer, Sr. Hamilton.

Samuel corou.

— Desculpe. Qual é o seu nome?

— Rosa María Rodríguez.

— Estou certo em pensar que você é a dona desse mercado?

— Uma das donas.

Samuel fez uma pausa por um instante, sem ter certeza do que iria dizer, mas simplesmente escapou.

— Vou ser honesto com você, Srta. Rodríguez. Estou tentando obter informações sobre um assassinato.

Os olhos dela se arregalaram.

— O senhor não está pensando que nós temos alguma coisa a ver com um assassinato, está?

— É claro que não. — Por mais relutante que estivesse, ele teve que dizer o que estava procurando, pois teve um instinto de que ela poderia ajudá-lo. — O que aconteceu foi o seguinte... — e contou o máximo que pôde sobre o crime, enfatizando o fato de a parte do corpo ter sido encontrada num saco que parecia ter a letra M maiúscula impressa.

— E o senhor tem certeza de que saiu daqui? — perguntou ela, cética.

— Estou bem certo, pelas provas que acabei de ver. Mas, neste momento, preciso saber para onde o saco foi depois daqui e quem o despedaçou. Se você vende quinhentas sacas de feijão por ano, quem vai saber quando e para quem você terá vendido o saco de que estou falando. Mas tenho que começar por algum lugar — ele disse — e eu estou aqui. Posso comprar um refrigerante?

— É claro. Estão lá no fundo, geladinhos.

Ele foi até os fundos do mercado e trouxe o refrigerante, que ela abriu. Ele bebeu enquanto ela atendia uns dois clientes que estavam atrás dele. Quando terminou de beber, já estava no balcão de novo e pagou 10 centavos.

— E agora, vai me ajudar?

— Vou ter que pensar no seu caso.

— O que eu preciso fazer para convencer você neste momento? — perguntou.

— Não. Essa é uma característica nossa. Os gringos não entendem o jeito mexicano. Se eu confiar em você, vou lhe ajudar. Volte daqui a alguns dias que eu dou a resposta. — E sorriu com educação, mas ele pôde perceber pelo seu olhar que ela estava no comando.

— Agora, se me der licença, tem uma fila de gente atrás de você. *Sí, señora. Pase adelante.* — E fez sinal para a primeira mulher da fila, que continuava atrás dele, e começou a atender as pessoas que esperaram pacientemente enquanto ela conversava com Samuel.

Capítulo 3

Dusty Schwartz

Dois anos antes da terrível descoberta, Dusty Schwartz entrou para a Igreja Católica Carismática de Santo Antônio, na rua Army, bairro de Mission, São Francisco. Era um homem pequeno com cabelos encaracolados pretos e olhos azuis arregalados num rosto simpático. Tinha uma cabeça bem grande e pernas curtas e arqueadas — era um anão. Ele estava lá porque queria ser pastor evangélico e ouvira falar que o melhor pregador de toda a região da baía era Alejandro Galo, que dava sermões na igreja de Santo Antônio às quartas-feiras.

O anão chegou pouco antes das 19 horas e encontrou a igreja lotada de trabalhadores latinos com suas famílias. De um lado do altar, dois homens tocavam música gospel no violão e um animador atiçava a plateia. As batidas de pés e as vozes exaltadas levaram o barulho a um volume tão alto que Dusty teve de tapar os ouvidos com as mãos.

Ele se levantou e se postou num banco nos fundos da igreja, um dos últimos lugares do recinto, enquanto Galo assumia sua posição no palanque. Era um homem alto e ereto. Tinha o cabelo pintado de preto e vestia um terno preto bem cortado e camisa branca. Uma figura poderosa, mesmo antes de dizer uma palavra. Ele se dirigiu à multidão em espanhol com a voz grossa de um orador natural, que se espalhava por todos os cantos da igreja sem que fosse preciso um microfone, capturando a mais absoluta atenção da plateia, incluindo a do próprio Dusty, que era mexicano por parte de mãe e fluente em espanhol.

Lentamente ele começou a falar explicando a importância da fé em Deus e deu exemplos dos perigos que os ateus enfrentavam e, enquanto ele continuava o sermão, sua voz aumentava em volume e em força. Depois de deixar clara a importância da fé, ele passou aos milagres que, segundo ele, podiam acontecer aos crentes quase diariamente. À medida que o sermão do pastor atingia um crescendo, sua voz de trovão ecoava cada vez mais alto pela igreja, enquanto ele gesticulava e brandia os braços, dizendo para a multidão que as portas do céu iriam se abrir e que eles poderiam ser levados a ficar do lado de Deus. O sermão tinha tanta força que as pessoas respondiam com gritos que beiravam a histeria.

Dusty ficou fascinado e invejoso. Principalmente invejoso: estava na presença de um mestre. Ele precisava saber como aquele homem conseguia fazer aquilo. Decidiu comparecer ao máximo de missas do Sr. Galo que pudesse.

Depois que o pastor terminou, as batidas com os pés e os gritos de aleluia continuaram sem parar, ajudados pelas cordas do violão, que recomeçaram assim que o diácono deixou o púlpito. Finalmente, na hora de fazer as doações, a música parou e os assistentes se espalharam pela igreja com os cestos.

Foi aí que Dusty viu a mocinha atraente. Seu primeiro pensamento foi que ela seria uma conquista estimulante para ele. Estava passando o cesto para doações de banco em banco. Quando chegou nele, Dusty percebeu que o cesto estava quase transbordando de dinheiro, mesmo que a plateia fosse composta por simples trabalhadores. Estava claro que eles estavam demonstrando o seu apreço pela performance que tinham acabado de testemunhar.

Quando ela se aproximou dele, Dusty ainda estava em pé no banco. Ele devolveu o cesto e fez de tudo para ela perceber que ele tinha depositado uma nota de 10 dólares.

— *Perdóneme, señorita* — disse ele em espanhol —, mas você é parente do pastor?

— *Sí* — disse ela. — *Es mi padre.* Meu pai.

— *¿Como se llama?* — perguntou Dusty, tentando levar adiante a fantasia de uma conquista que já havia bolado na mente. Ela era alta, bem-vestida, tinha os cabelos pretos totalmente puxados para trás, o rosto oval e um sorriso convidativo.

— Meu nome é Vanessa Galo. Só estou ajudando o meu pai esta noite, já que o padre e o outro diácono estão doentes — explicou.

— O meu é Dusty Schwartz. Fiquei muito impressionado com o sermão do seu pai e gostaria de ouvi-lo mais vezes. Onde e quando ele celebra missa?

— Ele é muito querido e vai a muitas igrejas para dar sermões como o de hoje. Se quiser saber onde e quando ele vai celebrar missa, é só me ligar neste número que eu passo a agenda dele. — E lhe entregou um cartão.

Dusty olhou o cartãozinho. Dizia: Janak Marachak, advogado, com um endereço e número de telefone. Debaixo do nome do advogado, Vanessa havia escrito o dela.

— Você trabalha para um advogado?

— Trabalho.

— Ele é criminalista? Eu trabalho para a polícia de São Francisco.

Ela ficou surpresa ao ouvir que um anão trabalhava para a polícia, mas não mudou de expressão.

— Não, não, ele representa pessoas que sofrem danos por exposição a produtos químicos.

Ela sorriu outra vez e seguiu adiante. O anão a viu se mover graciosamente e estender a cesta de doações para as pessoas que estavam nos fundos da igreja. Pensou consigo mesmo que ele realmente ia querer vê-la mais vezes.

Dusty trabalhou duro no ano seguinte. Durante o dia, era gerente de almoxarifado do departamento de polícia de São Francisco, mas à noite ele se dedicava à Igreja Universal do Desdobramento Mental, que fundara na rua Mission. Ele começou num edifício alugado, com fundos que herdara de seu rico pai médico. Não teve muita sorte em convencer as pessoas a ouvir seus sermões ou a fazer doações para a igreja; mas, ao oferecer comida de noite, após as missas, ele conseguiu que pelo menos alguns miseráveis assistissem aos murros que ele dava na Bíblia. Depois, Dusty se misturava ao populacho e tentava convertê-los para a igreja. Não deu certo. Sua maior decepção era que nenhuma garota bonita aparecia.

Ele continuava a comparecer às missas do reverendo Galo sempre que podia, especialmente nos fins de semana, e se dedicava a copiar as técnicas do diácono. Mas nada do que tentava adiantava.

E então tudo mudou quando ele conheceu Dominique.

Capítulo 4

Dominique, a dominatrix

Dusty tinha outra obsessão além da religião. O sexo. Ele já vinha falando com os outros sobre Dominique, a dominatrix, havia vários meses, mas ela era tão popular que ele teve de esperar na fila. Na segunda-feira em que tinha hora marcada, ele foi ao endereço dela na rua Folsom, no bairro de Mission, caminhando de seu apartamento na Bartlett até a rua 17, e então atravessando a rua Mission até a Folsom. A rua 17 era o início da parte mexicana do bairro de Mission. Costumava ser um reduto irlandês, mas os tempos agora eram outros. Enquanto ele andava, olhou para as vitrines das lojinhas que surgiam, vendendo de tudo, desde móveis do sul da fronteira até sapatos. Ficou feliz por ver o número de lojas de sapatos com marcas mexicanas nas janelas. Isso o lembrava da infância em Juarez, do outro lado da fronteira em El Paso, Texas. Quando chegou a Folsom, ficou meio confuso porque havia uma fila de vagões da Southern Pacific interrompendo o cruzamento, com a fumaça do diesel saindo do que parecia uma casa redonda a 50 metros a oeste. Felizmente para ele, o edifício que procurava era no lado norte da Folsom, a leste, de modo que ele não teve de esperar o trem terminar de passar pelo cruzamento. Era um conjunto de apartamentos com vista para a baía, com uma pintura que já vira dias melhores e uma entrada cheia de folhas soltas de jornal e outros detritos trazidos pelo vento que batia à noite. Como não era cliente, ele não conseguiu hora para o fim de noite de uma sexta ou sábado; por isso, teve de aceitar um horário às 18 horas do único dia da semana em que sua igreja ficava fechada. Isso ia lhe custar 30 dólares, o que ele considerava muito dinheiro a pagar para alguém bater nele, mas os outros haviam lhe dito que valia a pena. Como explicou para os policiais no trabalho, antes de ela aceitá-lo, ele teve de assinar um documento dizendo que qualquer ferimento que sofresse aconteceria por sua conta e risco. Se não assinasse, não haveria sessão.

Tocou a campainha nervoso e esperou a porta se abrir. Não dava para ver muita coisa, a não ser o desenho das escadas através da cortina de laços que cobria a parte de vidro da porta. Finalmente, depois de tocar pela quarta vez, a porta se abriu com um rangido e ele entrou na meia-luz da escada do edifício. Havia plantas exuberantes e bem cuidadas por toda a escadaria.

Quando chegou lá em cima, estava menos iluminado que na escada, à exceção de pequenos spots direcionados para o que pareciam ser cabeças caídas em molduras espalhadas ao longo de três paredes da sala. No batente de uma das portas, pôde divisar o vulto de uma mulher gigantesca. Usava um fio dental e um sutiã de couro preto. Seus cabelos longos estavam puxados para trás e seguros por um prendedor espanhol laranja-vivo semicircular, a única cor vibrante que havia nela. Usava botas com saltos 15 que lhe batiam nos joelhos e empunhava um chicote na mão esquerda, que estalou tão perto do rosto dele que ele pulou para trás.

Ao fundo, uma música de órgão, vinda de um gravador. Dusty tentou afastar as nuvens de fumaça de um incenso doce, que inundava a sala inteira.

— Oi, eu sou o Dusty, marquei para as 18 horas — disse, meio trêmulo. Então percebeu uma terrível cicatriz de queimadura que cobria todo o lado esquerdo do rosto dela. Na mesma hora, ela estalou o chicote várias vezes.

— Cale a boca. Eu sei quem você é. Nunca olhe para o meu rosto de novo. Isto aqui não é um concurso de beleza. E, se fosse, você não ia ganhar nem o prêmio de consolação, seu anão horrendo de merda! Tire logo a roupa e fique olhando para o chão. Garanto que você vai tomar uma boa! — vociferou.

Sem saber como devia reagir, Dusty riu. Estava hipnotizado. Seu coração começou a bater mais forte, ansioso. Não sabia bem se estava com medo ou excessivamente excitado, mas não ficou feliz com o comentário sobre sua aparência. Muito compenetrado, tirou a roupa com uma sensação angustiante de vergonha que o acompanhava desde a infância, por motivos óbvios. Ele raramente se despia na frente de uma mulher desde que se tornara um adolescente sexualmente ativo. Preferia fazer tudo vestido.

— Ajoelhe-se e engatinhe até a câmara de torturas — ordenou a mulher, e estalou o chicote logo acima do corpo nu do anão. Ele obedeceu, entrando numa sala ainda mais escura, que imaginou ser o quarto daquele apartamento.

Ela o seguiu com uma lanterna, apontando para as argolas de ferro que estavam na parede dos fundos do quarto.

— Prenda-se nessas coisas — ela exigiu, numa voz bem baixa.

Enquanto ele tentava obedecer, ela gritou:

— Desse jeito não, idiota. De cara para a parede.

Quando ele estava preso nos ferros, a voz dela voltou a mudar.

— Muito bem, seu vagabundinho, quer dizer que você veio aqui se divertir um pouco, não é? Pois eu vou lhe mostrar o que é diversão.

Ela se ajoelhou ao lado dele e começou a masturbá-lo lentamente, com cara de nojo.

— Você tem um pau horrível! Bem adequado para um anão ridículo de merda — rosnou.

Ele estava pronto para gozar, mas ela não permitia. E, ele sabia que estava à mercê dela.

— Que pau! Dá vontade até de vomitar. E se isso acontecer, você vai me pagar, seu monte de merda! — sussurrou ela, ameaçadoramente.

Então ela pegou um colar de contas de uma mesinha de cabeceira que ficava ao lado da câmara de horrores e o embebeu num pote com um líquido.

— Abra as pernas, seu escroto — ordenou, e inseriu o cordão no reto dele. — O chicote está esperando! O chicote está esperando!

Ela tinha uma das mãos na ponta do cordão e a outra mão no pênis dele. Apertou com mais força e passou a manipulá-lo mais rápido. Então, puxou o cordão de contas e ele gritou e começou a gozar como nunca antes na vida. Seu corpo passou por várias convulsões e estremeceu todo.

— Isso foi incrível — falou, ofegante.

A voz dela mudou.

— Você ainda não viu nada, seu anãozinho ridículo. — Levantou-se e saiu do quarto.

Quando voltou, soltou o pulso direito dele da algema e o fez se virar em direção a ela. Ela segurava um narguilé numa das mãos e, na outra, um grande bastão de Rolfing de espuma de borracha com mais de 1 metro. Estava amarrado com força e parecia uma espada medieval.

— Eu trouxe um pouco de maconha, seu escrotinho. Dê umas tragadas nisso.

Ele pegou o narguilé com a mão livre e tragou. A fumaça foi direto para a cabeça.

— Aaaah, esse negócio é bom — falou.

— É, escroto, vem lá do Vietnã. Eles plantam essa merda naquelas bandas. Agora vire aí e comece a bater uma punheta — ordenou. — Agora é que você vai ver uma coisa, seu anãozinho de merda — gritou, e começou a bater nele com o bastão de Rolfing. Quanto mais ela batia, mais excitado ele ficava, até estar pronto para gozar outra vez.

A gigantesca dominatrix deu-lhe um tapa forte na cara e ordenou:

— Pode gozar, seu escroto. Pode gozar.

E ele gozou de novo e desabou no chão, com a mão esquerda ainda no ferro.

Depois que a sessão terminou e Dusty foi totalmente solto, ele se sentou na sala mal iluminada e tremia tanto que seus dentes batiam. A dominatrix entrou e se ajoelhou diante dele, para que ficassem no mesmo nível.

— Agora que você matou sua vontade, nós precisamos conversar. Vamos para o meu escritório.

Ela o pegou pela mão e o levantou. Mesmo só de meias, era quase 70 centímetros mais alta do que ele. Ela o conduziu a uma porta nos fundos do apartamento, fechou-a e acendeu a luz. Dusty ficou impressionado. O ambiente parecia um templo de desenho animado. Tinha luzes discretas, e obras de arte do México, da

América Central e da Mesoamérica cobriam as paredes. Cópias de estátuas pré-colombianas em plataformas elevadas estavam postadas estrategicamente.

— Todas essas imagens de barro são de deuses de civilizações da América Latina. Elas precisam estar presentes em qualquer cerimônia religiosa de que o nosso povo participa — explicou para seu confuso cliente.

— Você vem do sul da fronteira? — ele perguntou.

— Você está se deixando levar pelo nome Dominique. Eu pareço francesa? Isso é só uma questão de marketing. Meu verdadeiro nome é Dominga e eu nasci no México.

No teto havia vários arames que continham ervas e plantas medicinais. O cheiro era forte.

— O que é isso? — ele indagou.

— Este é o meu escritório e a minha sala de curas e meditação. É aqui que eu faço o meu verdadeiro trabalho.

— Não estou entendendo — disse Dusty, intimidado pela mudança repentina no comportamento dela. Havia ficado bem mais séria e gentil do que antes.

— Eu disse que sabia quem você era. Se não soubesse, você jamais teria conseguido marcar uma hora comigo. Você trabalha no departamento de polícia durante o dia, e à noite luta para fazer sua igreja decolar. Isso quando não está se metendo com as putas.

"Dar uma surra nos homens é o meu modo de vida atual — disse a dominatrix —, mas a minha paixão e o meu dom são a prática espiritual e as curas, e elas acontecem aqui."

— Parece mais o reduto de uma feiticeira do que um retiro espiritual — disse Dusty, que retomara a compostura. — Faz lembrar os curandeiros, as lojas de curas a que a minha mãe costumava me levar quando eu era criança. O cara dava uns passes em mim para me fazer crescer e ser pelo menos mais alto que ela. E olha só como adiantou! — Riu.

— Sua mãe também era anã?

— Como você acha que eu saí assim? — ele perguntou, pouco à vontade de ter de falar do assunto.

— Você é mexicano?

— Por parte de mãe.

— E morou lá?

— Ela era de lá e trabalhava em Juarez.

— Qual era o trabalho dela?

— Prestadora de serviços.

— Ah, sim — falou uma Dominique surpreendida. — Já ouvi falar da cultura de anões em Juarez. É verdade que havia um puteiro por lá com duzentas anãs?

— Não quero falar sobre isso — retorquiu Dusty, secamente. — E você? Por acaso é algum tipo de bruxa?

Dominique não gostava de ser rejeitada, mas sabia que mais cedo ou mais tarde o anão teria de confiar nela. Por isso, deixou passar o fora sobre as suas origens, por enquanto.

— Digamos apenas que eu seja uma praticante de ocultismo. Essa é a minha vocação. Quem me treinou foi o Doutor do Divino William L. Gordon. Você talvez tenha ouvido falar dele. Ele escreveu *O plano infinito*.

Dusty deu de ombros.

— Nunca ouvi falar.

Ela se levantou e foi até uma das várias caixas de livros que havia na sala e voltou com um livro pequeno, exatamente quando sua gata persa branca se levantou de um cesto no canto, caminhou até ela e se esfregou em sua perna. Ela passou o livrinho a Dusty e coçou as costas da gata.

— Aqui está um exemplar do livro.

O anão folheou um pouco e leu em silêncio a seguinte passagem na página 44:

"Tudo é sistema; e é por causa do sistema que o cosmo funciona tão bem; sem o sistema, nada poderia ser harmonioso. Tudo que cresce de alguma maneira de outra coisa é harmoniosamente associado à primeira e passa a ser parte do seu sistema. O homem, entre outras criaturas, também possui um sistema; ele forma o núcleo do seu próprio sistema. O resto do sistema consiste em suas posses, seus amigos, conhecidos, e todas as coisas que ele chama de suas e tudo o que ele controla. O sistema, ele atrai e segura através de um raio que seu corpo físico gera e que nós vamos chamar de Raio Possessivo. O corpo físico gera o Raio Possessivo, que é projetado através da nossa concentração sobre o objeto possuído ou desejado. Quanto mais longa a concentração, maior a energia despendida; e, portanto, maior a energia despendida no artigo possuído ou desejado."

E devolveu a ela.

— Eu posso usar essa ideia — falou. — O que você fazia para ele?

— No começo, fui discípula dele; depois, sua assistente. E, por um ano, fui sua parceira e viajei pela região Sudoeste com ele e a família, ajudando-o a pregar sua ideia de espiritualidade. Infelizmente, ele morreu em 1943, e por isso perdi sua orientação. Desde então, tive de aprender as coisas sozinha.

— E por que está me contando tudo isso? — perguntou Dusty.

— Porque eu fui à sua igrejinha e vi você tentar convencer aqueles pobretões perdidos a se unir a você.

— Você me viu em ação? — perguntou Dusty, surpreso.

— Vi, e você está fazendo tudo errado. Você os está enchendo de assuntos irrelevantes. Ninguém dá a mínima para os rostos e as imagens do pecado e da redenção. O que você precisa é vender uma oportunidade de se conseguir o céu na terra; por seu intermédio. Leve o livro do Dr. Gordon e leia — disse, passando o livro para ele. — E lembre-se da regra número um que eu vou lhe passar agora. Você precisa representar, dar um show. Precisa de uns poucos temas simples que fiquem martelando na cabeça deles. Você precisa mostrar que compreende a dor deles, o que eles sofreram. São imigrantes que deixaram tudo para trás. Tudo o que encontraram nesta sociedade foi um punhado de dólares. Será que você não vê? Eles perderam as raízes. Sofrem pela perda do país, da família, até mesmo a perda da igreja. Você pode se tornar o pai espiritual deles e substituir todas essas instituições perdidas. E você pode fazer isso se souber jogar as suas cartas, assim como o Dr. Gordon e o plano infinito ensinam.

— O que você quer dizer com pai espiritual?

— Exatamente o que eu falei. Você passa a ser o centro do universo deles e substitui todos os santos que eles têm.

— O mais perto que eu cheguei de me sentir poderoso foi quando eu era criança e participei de um circo por dois verões. Eu era o papagaio. Ficava do lado de fora e convencia as pessoas a entrar e ver as aberrações.

— Então eu fico ainda mais surpresa de ver como você é burro. Se você abrir as comportas, um monte de gente desesperada vai segui-lo. Mas você tem que dar a eles uma esperança. Tem que mostrar que você sofreu. E o fato de ser anão é perfeito para isso. Aposto que não precisa nem fingir. Apenas faça com que saibam que você conhece a dor deles. Se você não conseguir fazer isso, ou não quiser fazer, está fodido. A Igreja Universal do Desdobramento Mental não vai durar nem mais um mês.

— Eu nunca vi o reverendo Galo fazer esse tipo de discurso — falou Dusty.

— Ele não precisa. Ele tem a Igreja Católica a seu lado. Já está tudo preestabelecido para ele. Ele só precisa de um pouco de oratória e um pouco de música. O seu trabalho é bem mais complicado. O tipo de pessoa que você quer é aquele que está se perguntando se deve largar o conforto da Igreja Católica e acompanhá-lo em busca de melhores pastagens. Se você conseguir convencer essas pessoas, posso garantir que a recompensa vai ser bem maior.

Dusty se empertigou.

— Você está falando de uma recompensa financeira?

— É claro. Elas vão tirar dinheiro do aluguel e da comida se você diminuir um pouco a dor que sentem e fizer com que acreditem que tem uma solução para o desespero delas.

— Você está me dando muito em que pensar — disse Dusty. — Mas eu ainda não sei bem como vou colocar tudo isso em prática.

— Isso não é problema. Eu vou ajudar. O que eu sugiro é o seguinte: primeiro, você lê o livro do Dr. Gordon. Depois, investe em algumas roupas novas. O que você vestia quando trabalhava como papagaio no circo?

— Capa e cartola.

— Ótimo. Então vai usar capa de novo. Eu ainda vou pensar na cartola. Mas compre um smoking, de maneira que, quando estiver bem-vestido, vai parecer um figurão.

— E o que faz você pensar que isso vai dar certo?

— Confie em mim. Experimente durante umas três semanas. Se não houver grande diferença, eu me retiro.

Dusty riu enquanto pensou para si mesmo: se eu confiei nela o suficiente para me dar uma surra, então devia confiar o suficiente para ouvir umas dicas sobre a minha carreira de pregador em apuros.

— Eu ainda não terminei — disse Dominique.

Ela se levantou, foi até o armário, tirou de lá uma tela e a desenrolou no chão. Tinha cerca de 3,5 metros de comprimento por uns 2,5 metros de altura. Ela explicou o significado da pintura e instruiu-o a utilizá-la nos sermões.

— Você acha que isso vai trazer dinheiro suficiente para me manter em atividade? Do jeito que as coisas estão agora, eu acho que as pessoas nem iriam aparecer se eu não oferecesse comida.

— Eu posso praticamente garantir que a comida não vai ser mais que a cereja do sorvete. Elas vão bater na porta para poder entrar. Algumas vão ser mulheres jovens e atraentes que vão pedir sua orientação.

Dusty se empertigou quando ouviu que mulheres jovens iam aparecer. Até agora, ele não tinha visto ninguém de boa aparência.

— Talvez isso compense — disse ele, tentando não se excitar muito. Aí, ficou desconfiado. — E o que é que *você* quer por me ajudar em tudo isso?

— Eu também gostaria de praticar as minhas curas. Eu posso conseguir clientes entre os seus seguidores, exatamente como era com o Dr. Gordon e talvez nesse caso, mas só talvez, eu não precise mais estalar o chicote no outro lado do apartamento.

Eles concordaram em se encontrar e voltar a conversar alguns dias depois. Dusty saiu de lá naquela noite exausto e todo doído, mas aliviado e esperançoso. Foi para casa, pendurou a tela na parede da sala e começou a ler *O plano infinito*. Precisou de vários dias para entender o que o doutor do divino estava querendo dizer, e reconheceu que talvez Dominique e o Dr. Gordon fossem seus verdadeiros mestres e que até agora ele estivesse indo na direção errada. Valia a pena dar uma chance e, de qualquer maneira, ele não tinha nada a perder.

Capítulo 5

Melba vem em socorro

Após ficar vários dias sem ter retorno de Rosa María, Samuel foi pedir ajuda no Camelot. Era o início da tarde, e Melba e Excalibur estavam em seus lugares de sempre na mesa redonda.

— O filho pródigo à casa torna — cumprimentou Melba, pousando o copo de cerveja e exalando a fumaça de um Lucky Strike pelo canto da boca.

— Estava muito ocupado — falou o repórter, dando tapinhas na cabeça do cachorro mais que animado e lhe dando um agrado, como sempre. — Mas tive um probleminha em Mission e preciso que você me ajude.

— Lá é uma zona de guerra para gente como você. Aposto que não conseguiu quase nada.

— Isso não é inteiramente verdade — disse Samuel, na defensiva, e contou o que descobrira no Mercado Mi Rancho. — Mas agora ela não atende nem aos meus telefonemas — reclamou.

— Rosa María Rodríguez? — perguntou Melba.

— É, ela mesma. Você conhece? Pode me ajudar a conseguir a informação?

— Conheço bem. Mas se eu vou conseguir ou não que ela o ajude já é outra conversa. O que você quer?

— De que jeito você a conhece?

— Depois eu conto. Pare de enrolar e diga logo o que quer saber dela.

— Eu quero uma lista de clientes com o nome de todo mundo que comprou uma saca de feijão-rajado nos últimos dois anos.

— Não deve ser muito difícil. Deixe-me ligar para ela. — Melba se levantou. Ajeitou a vistosa calça branca com bolinhas pretas que usava de a blusa vermelha.

— Onde é que você vai, vestida desse jeito? — Samuel riu.

— Não é da sua conta. Quem é você para dar palpite em matéria de moda? — Ela fez uma careta e desapareceu dentro de sua sala, que ficava atrás do bar em forma de ferradura. Voltou minutos mais tarde, sorrindo.

— Já está tudo acertado.

— O que quer dizer? — perguntou Samuel.

— Ela vai falar com você. Ela nos convidou para jantar na casa dela amanhã. Ela queria que Blanche também fosse, mas eu expliquei que ela ainda estava em Tahoe.

Samuel ficou surpreso e feliz.

— Como você conseguiu isso? — perguntou.

— Eu explico depois — disse Melba, ressabiada. — Esteja aqui às 18h30 que eu lhe dou uma carona.

— Fale com a Blanche — disse, imaginando que haveria uma chance maior de ela vir se o convite partisse da mãe. — Não poderíamos pegar um táxi? — grunhiu.

* * *

Logo de cara, Samuel se arrependeu de ter entrado no Ford sedã 1949 de duas portas de Melba. Ela tomou o volante com um cigarro pendurado na boca e ziguezagueou erraticamente pela rua Califórnia até a Gough, onde dobrou para o sul e foi até a Valencia, fez uma curva à direita para pegar a Dolores, cortou para a esquerda depois da Mission Dolores, subiu a montanha e tomou a direita para subir outro morro pela rua Liberty. De lá, dava para ver toda a extensão do parque Dolores e do próprio bairro de Mission. Se alguém virasse os olhos para o leste, poderia ver os edifícios do centro de São Francisco todos iluminados e o contorno da Bay Bridge mais ao fundo. Exatamente quando Samuel pensou que poderia colocar seu almoço para fora, ela subiu outra montanha e estacionou na calçada quando parou em frente à casa de Rosa María. Incrivelmente, a cinza do cigarro dela, com mais de 5 centímetros, estava completamente intacta. Ela baixou a janela e jogou o cigarro fora, soltando a fumaça no ar noturno.

Exausto, Samuel exalou um grande suspiro de alívio.

— Você não devia usar óculos quando dirige, Melba? — perguntou, ao recuperar a compostura.

— É, eu me esqueci. Mas de que diabo você está reclamando? Chegou aqui inteiro, não chegou? E não custou um centavo.

Estavam sob os arcos que levavam à porta da frente da casa dos Rodríguez. Melba estava mais bem-vestida que no dia anterior. Usava um vestido verde com estampa de flores que lhe dava a aparência límpida de uma caixa de detergente e seu cabelo cinza-azulado estava muito bem-arrumado.

Quando estava prestes a tocar a campainha pela segunda vez, um menino de cerca de 7 anos abriu a porta exibindo um grande sorriso com covinhas. Estava muito bem-vestido com um terninho e uma camisa branca engomada e uma longa gravata que ia parar dentro das calças. Samuel achou-o muito magrinho.

— Oi, eu sou o Marco. Sejam bem-vindos.

— Eu sou a Melba. A gente já se conhece. Este aqui é o Samuel, um amigo meu.

O menino esticou a mão.

— Prazer em conhecer você, Samuel. Vamos lá para cima. A mamãe está esperando vocês.

Rosa María estava de pé no alto da escada num vestido de cetim vermelho, com um avental branco por cima. Uma garota, cerca de três ou quatro anos mais nova que Marco, saiu de trás do avental de Rosa. Ela tinha tranças longas e usava um vestido de veludo azul com o que parecia ser um peitilho de renda branca.

— Esta aqui é a Ina. Ela é meio tímida quando está com pessoas que não conhece — disse a anfitriã.

A menina tentou desaparecer atrás do avental, mas Rosa María a pegou pela mão e a puxou.

— Dê um alô para as visitas.

Samuel e Melba esticaram as mãos e ela cumprimentou um de cada vez, com os olhos fixos no chão.

— Bem-vindo à nossa casa, Sr. Hamilton. Alfonso, meu marido, vai chegar logo. Espero que goste de comida mexicana. A Melba, eu sei que gosta. Já veio aqui várias vezes.

— É mesmo? — disse Samuel. — Eu não fazia ideia de que vocês se conheciam tão bem.

Ele queria continuar no assunto, mas foi levado até a varanda dos fundos, onde encontrou vários pratos de aperitivos, entre eles potes de feijões refritos, nopales, guacamole, molhos picantes frescos e outros menos picantes e uma tigela de tortilhas crocantes numa mesa de madeira com uma vista espetacular para o centro de São Francisco e para a baía. Ele não estava muito acostumado a boa mesa, mas dava para ver que Rosa María sabia das coisas.

— Você devia escrever um livro de receitas — disse, mastigando as tortilhas crocantes que ele cobrira de guacamole.

— Quer beber alguma coisa, Melba? — perguntou.

— Só uma cerveja.

— E o senhor, Sr. Hamilton?

— Eu queria um uísque com gelo.

— Ah, pelo amor de Deus, Hamilton, se arrisque um pouco mais. Experimente alguma coisa vinda do sul da fronteira.

— Como o que, por exemplo? — perguntou Samuel.

— Como uma dose de tequila com limão.

— E por que não? — disse Samuel, aceitando a sugestão.

— Já estou chegando — disse uma voz que vinha da cozinha. Pertencia a um mexicano mais ou menos da mesma altura de Samuel, que apareceu na moldura da porta. O nome dele era Alfonso Rodríguez e era marido de Rosa María. Usava bigode e tinha um sorriso agradável. Bastou observar a generosidade de seus movimentos para Samuel perceber que era uma pessoa que gostava de servir. Ele desapareceu na cozinha e voltou com uma garrafa de tequila, dois copos pequenos, um limão cortado em quatro e uma garrafa de cerveja.

— Esta aqui é uma cerveja mexicana, Melba. Começamos a vender lá no mercado. Veja se você gosta.

O rótulo continha a palavra Corona em azul, escrita com antigos caracteres ingleses.

Melba serviu um pouco da cerveja num copo, espremeu o pedaço de limão que recebeu e tomou um gole. Lambeu a espuma dos lábios e demonstrou sua aprovação.

Samuel não estava bem certo sobre o que fazer.

— Você deve lamber as costas da mão, jogar uma pitada de sal em cima e lamber de novo. E então, beber tudo de uma vez. Assim — disse Alfonso, fazendo uma demonstração. — Depois, chupe o limão. — E foi exatamente o que fez.

Samuel obedeceu e fez uma careta. Mas, instantes depois, pediu mais uma dose.

— Agora você vai me agradecer por eu estar dirigindo, malandro. Não vai nem conseguir falar direito depois de umas três doses dessas — riu Melba.

— Eu sabia que teria de haver uma razão de eu confiar a minha vida a você. — Samuel riu e rapidamente tomou mais uma.

— Como vai a Sofia, Melba? — perguntou Alfonso.

— Vai bem — respondeu ela.

— Vocês conhecem os Garcia? — perguntou Samuel.

— É claro — disse Rosa María. — Quando Rafael Garcia, o empregado de Melba, foi para a prisão, a família começou a fazer compras no nosso mercado, e Melba pagou a conta. Depois que ele foi morto, sua mulher, Sofia, e sua mãe viraram sócias de Melba. Elas preferiram continuar comprando os alimentos no Mi Rancho, e Melba pagava para elas com a parte que elas tinham no lucro. Foi assim que a gente resolveu tudo.

— Estou começando a entender a ligação entre vocês duas — disse Samuel.

Enquanto Marco e Ina passavam os pratos de aperitivo para as visitas, Rosa María avisou:

— Não comam demais. Vamos ter um jantar bem farto.

E, não demorou nada, já estava na hora. A sala de jantar tinha uma grande mesa oval, em estilo francês, com um armário numa das paredes cheio de belos pratos de porcelana. A mesa, no entanto, estava posta com pratos de cerâmica mexicana e tigelas de sopa que combinavam com os jogos de mesa e com os guardanapos.

Alfonso sentou-se na cabeceira, com a mulher a sua direita, enquanto as visitas e as crianças se misturaram nos dois lados da mesa. Marco, o menino, participou da conversa facilmente e com charme, mas a irmãzinha ficou concentrada na comida e não falou uma palavra. A cadeira de Rosa María estava perto da cozinha, de modo que ela podia se levantar e conferir o andamento do prato seguinte. A garota que servia a refeição entrou e encheu as tigelas.

— Essa sopa é de *flor de calabaza* — explicou. — É feita com flores de abóbora. Bom apetite!

Alfonso serviu um vinho branco de uma marca que Samuel não conhecia, Wente Brothers Grey Riesling.

— É um vinho muito gostoso — disse Samuel, depois de tomar um gole. — Nunca tinha ouvido falar.

— Nós temos muita sorte. É um vinho local, feito aqui mesmo em Livermore — disse Alfonso —, e tem bastante.

— Rafael Garcia era um amigo muito querido para mim — comentou Samuel.

— Foi o que Melba me disse — falou Rosa María. — Foi por causa do que ela fez pelos Garcia que nós decidimos ajudar você. E a sua amizade com o Rafael também não atrapalhou.

— Fico feliz em saber disso.

— Mas isso vai ter que esperar até depois do jantar. Agora, está na hora do prato principal.

— E o que vai ser? — perguntou Melba.

— Preparei *enchiladas* de camarão.

Quando a garota começou a colocar os pratos na frente das visitas, Samuel finalmente conseguiu casar o queijo derretido e o camarão fatiado do molho cremoso que cobria as tortilhas de milho enroladas com os aromas de dar água na boca que ele tinha sentido desde que entrara na casa. Depois veio o prato de salada com alface romana, jicama e pedaços de laranja.

— A foto desta comida deveria aparecer numa revista — disse Melba.

— Está boa demais para isso — disse Samuel. Ele abandonou qualquer tipo de etiqueta que lhe tivessem ensinado e partiu as *enchiladas* com o garfo, sem esperar os outros. Quando terminou o que havia no prato, pediu mais. Com o gosto do vinho e o prato delicado que tinha acabado de comer, levantou o copo de cristal:

— À mestre-cuca — brindou. — Eu nunca comi tão bem em toda a minha vida.

Até as crianças se juntaram ao brinde, imitando os adultos.

— Espero que tenha guardado um pouco de estômago para a sobremesa — disse Rosa María.

O rosto de Samuel formou uma careta de desânimo, mas ele não disse nada.

Quando tiraram a mesa, a moça que servia a comida trouxe um flan de baunilha coberto com morangos cortados e um copo de *agua fresca de mandarina*. Samuel remexeu um pouco no flan, mas não conseguiu encontrar espaço para mais do que uma pequena mordida e um gole d'água.

— Você poderia escrever essa receita para mim. Gostaria de experimentar algum dia — pediu Samuel.

— Está brincando? — Melba riu. — Você não sabe nem ferver água.

Todo mundo riu, exceto Samuel, que ficou vermelho. Quando o jantar terminou, Rosa María pediu licença e chamou as crianças. Enquanto ela estava ausente, Samuel e Alfonso beberam Kalua em copos de conhaque, e Melba tomou uma cerveja mexicana.

— Viu algum filme bom ultimamente, Sr. Rodríguez? — perguntou Samuel.

— Para falar a verdade, ainda estamos comemorando o Oscar de dois anos atrás, quando os latinos ganharam todos os prêmios — disse Alfonso.

— Você está se referindo ao prêmio de melhor filme para *Amor, sublime amor* e o de melhor atriz coadjuvante para Rita Moreno? É, foi bem impressionante — disse Samuel.

— E a Sophia Loren ganhando melhor atriz? — interpôs Melba. — Que garota.

— Aquele filme que deu o prêmio a ela, *Duas mulheres*, também não era nada mau — comentou Samuel.

Todos ergueram os copos, fizeram um brinde a Hollywood e riram.

— Às vezes, eles acertam — disse Alfonso.

Cerca de vinte minutos depois, Rosa María voltou com duas folhas de papel nas mãos.

— Desculpe, tive que ler uma história para os meus filhos dormirem.

— Sr. Hamilton, Alfonso e eu fizemos uma lista das empresas a quem nós vendemos sacas de feijão-rajado em São Francisco. Ficamos surpresos por serem tantas. Nós nem sabíamos que o negócio era tão bom. Você vai ver o nome, o endereço, o telefone e o número de sacas que nós mandamos até junho do ano passado. Se precisar de mais ajuda, é só pedir. Boa sorte.

— E aqui está a receita das *enchiladas* de camarão. Espero que você prepare para a Blanche. — Riu.

Mesmo estando farto de tanta comida, Samuel leu a segunda folha de papel, enquanto Melba olhava por cima de seu ombro.

Enchiladas de camarão

Ingredientes:
1 kg de camarões grandes, descascados e limpos
2 colheres de óleo de milho
6 cebolinhas, em cubos
4 dentes de alho médios, bem cortadinhos
1 pimenta Serrano pequena, cortada em fatias bem finas

2 colheres de coentro cortado
1 colher de chá de pimenta vermelha em pó
1 colher de manteiga
700 g de "crema agria mexicana"
1 ½ xícara de caldo de galinha
¼ colher de chá de sal de alho
¼ colher de chá de pimenta
sal a gosto
1 queijo mexicano fresco
1 queijo mexicano anejo
¼ xícara de queijo parmesão
1 dúzia de tortilhas de milho

Modo de preparar:

Camarão:

Numa panela pesada, aqueça o óleo de milho até fazer fumaça, adicione o camarão, as cebolinhas, alho, pimenta Serrano, sal de alho, o sal comum e a pimenta. Continue mexendo o camarão com a espátula por três minutos ou até ficar rosado. Retire do fogo e acrescente o coentro. Coloque numa tigela. Deixe esfriar e corte-o em pedaços de tamanho médio.

Molho:

Coloque um terço do camarão num liquidificador com o caldo de galinha e o creme. Bata até ficar homogêneo. Na panela onde o camarão foi preparado, acrescente manteiga e a mistura cremosa e aqueça em fogo brando até ficar espesso. (Mantenha o fogo brando e mexa, senão vai endurecer.) Tempere com sal e retire do fogo.

Para juntar os dois:

Unte um pirex onde caibam 12 *enchiladas* e deixe pronto. Gratine os queijos e misture. Aqueça as tortilhas até elas ficarem macias, ponha um pouco de molho no fundo do pirex e então mergulhe as tortilhas no molho, encha-as com o queijo e com o camarão fatiado de reserva e enrole. Faça a mesma coisa com as outras tortilhas até o pirex ficar cheio. Despeje o resto do molho em cima das *enchiladas*. Distribua o queijo por cima e leve a um forno pré-aquecido a 400º por 25 minutos.

Sirva com cebolas cortadas de guarnição.

Pode vir acompanhado de salada de alface romana com jicama, pepinos e fatias de laranja.

Capítulo 6

Balançando a árvore do fruto das paixões

A mistura de aromas do banquete de Rosa María continuava nas narinas de Samuel na manhã seguinte quando ele foi ao escritório do legista com a lista de endereços que ela lhe dera. Cara de Tartaruga o cumprimentou com seu habitual sorriso discreto e apontou para uma cadeira do outro lado de uma mesa entupida de coisas.

— Estou com uma lista de todos os lugares para os quais o Mercado Mi Rancho vendeu feijão-rajado nesse último ano — disse Samuel.

— Tenho certeza de que a divisão de homicídios vai adorar saber disso — disse o legista, impaciente.

— Isso quer dizer que você está fora da investigação? — perguntou Samuel, com uma expressão perplexa.

— Eu nunca estive nela. Meu trabalho é medicina legal. O deles é desvendar assassinatos.

— Tem alguém em especial com quem eu deva entrar em contato? — perguntou o repórter, decepcionado por ter perdido sua ligação interna.

— Tem. Um cara novo, chamado Bernardi. Bruno Bernardi.

— Você está brincando! — exclamou Samuel, de olhos arregalados.

— Por que estaria? Ele acabou de ser contratado. Trabalhou muitos anos em Richmond. Aliás, eu já o ajudei em vários casos. O velho Sei Lá Quem bateu as botas, ataque cardíaco ou coisa parecida. E eles precisavam de alguém que já pudesse começar enfiando o pé na porta, e o Bernardi estava disponível. É tudo o que eu sei.

— Eu o conheço bem. Já trabalhei num caso com ele.

— É um sujeito honesto, que é mais do que eu posso dizer de alguns idiotas que existem aqui — disse o legista.

— Onde eu posso encontrá-lo?

— O que foi que eu acabei de dizer? — grunhiu Cara de Tartaruga. — Está na divisão de homicídios, meu Deus do céu!

O legista se levantou como se já tivesse perdido tempo demais e acompanhou o repórter até a porta, ansioso por voltar ao trabalho.

Samuel caminhou a pequena distância até o número 850 da rua Bryant. Era onde ficava o novo prédio dos Tribunais Penais e que também abrigava a Promotoria e a sede do departamento de polícia de São Francisco. Atrás dele e perto da rua ficava o edifício térreo com o mesmo tipo de arquitetura que abrigava a sala do legista, de onde Samuel tinha acabado de sair. Os prédios eram cinzentos e tinham o formato de caixas retangulares, restando muito pouco do charme do antigo departamento na rua Kearny, com suas janelas em arco que antigamente davam vista para a baía.

Hoje, a única vista de alguns dos andares mais altos era a rodovia 101, que levava à Bay Bridge.

Ele pegou o elevador para a divisão de homicídios.

— O Bernardi, por favor — pediu à recepcionista.

— Desculpe, mas ele só vai voltar às 14 horas.

— Tem certeza?

— Olhe, meu senhor. Eu apenas trabalho aqui. Os figurões fazem o que querem. Eu só anoto o que eles me mandam dizer.

Samuel ergueu as mãos, com as palmas voltadas para ela.

— Tudo bem, tudo bem. Eu só queria economizar tempo.

— Então volte aqui às 14 horas — ela retorquiu.

— Você poderia pelo menos dizer a ele que Samuel Hamilton veio vê-lo?

Sem se dignar a olhar para cima, ela anotou alguma coisa num bloco à sua frente.

Samuel entendeu a mensagem e saiu. Foi até a cafeteria do térreo e examinou a lista que Rosa María tinha lhe dado. Separou os nomes das empresas em diferentes regiões da baía: a área Leste, San José e finalmente o bairro de Mission, onde queria concentrar seus esforços.

Às 14 horas ele pegou o elevador de volta para o andar da divisão de homicídios. Quando a porta se abriu, viu Bruno Bernardi de pé ao lado da mesa da recepção. Sua figura atarracada de 1,70 m não havia mudado nem um pouco, nem o seu cabelo castanho grisalho cortado rente, ou o nariz achatado que lhe dava uma aparência meio bronca, que de outro modo ele não teria.

Bernardi olhou direto para Samuel.

— Quando eu soube que você esteve aqui me procurando e que ia voltar às 14 horas, decidi esperar até você chegar.

— E você continua com os seus ternos marrons, até mesmo em São Francisco. — Samuel estendeu a mão com um enorme sorriso no rosto. — Que surpresa encontrá-lo na divisão de homicídios.

— Foi um momento de mudanças na minha vida, com divórcio e tudo. Quando abriu uma vaga aqui, era o que eu tinha que fazer.

— A Vanessa teve alguma coisa a ver com a mudança?

Bernardi corou.

— Venha até a minha sala, Samuel.

Ele colocou o braço em volta do ombro do repórter e foram andando pelo corredor até chegarem ao cubículo dele.

Samuel reconheceu algumas fotos na parede. Ele as tinha visto quando visitara o detetive em Richmond, especialmente uma com toda a família num piquenique em que comemoravam os 100 anos de seu avô.

Bernardi tirou o paletó e o suporte de arma e os pendurou num cabide no canto atrás da mesa. Ele se sentou em mangas de camisa e suspensório e olhou para a vista do escritório. Lá fora, os carros iam em todas as direções pelo complexo da 101, de leste a oeste, passando ao lado do Tribunal, e mais além se viam os prédios do Financial District.

— Esta é uma visita social? — perguntou Bernardi. — Vi o seu nome num dos casos novos que me deram.

— É por isso que estou aqui. Tenho uma informação que pode levar a uma prova. — Ele explicou como tinha conseguido uma lista de empresas que compraram feijão-rajado em São Francisco no ano anterior.

— E você descobriu de onde aquela saca veio? — perguntou Bernardi.

— Descobri a origem dela, mas até agora essa foi a parte fácil.

— A saca foi feita no ano passado? — perguntou Bernardi.

— Eu não sei se algum dia nós vamos descobrir quando foi feita — disse Samuel. — A verdadeira pergunta é se podemos descobrir se ela foi direto de uma das empresas que estão na lista para a pessoa que cometeu o crime.

Ele tirou as duas folhas de papel que Rosa María lhe dera e mostrou a Bernardi como havia separado os endereços em regiões geográficas para facilitar a investigação.

— Como o morto era do outro lado da fronteira, eu acredito que essas de Mission sejam as mais prováveis — disse Samuel.

— Isso quer dizer que você vai me ajudar neste caso?

— Essa é a ideia — disse o repórter. — Funcionou muito bem para nós dois em Contra Costa, não funcionou?

— Não estou reclamando — disse Bernardi. — Estou bastante atolado. Passaram cinquenta pastas para mim. Preciso de alguém em quem eu possa confiar para me cobrir em algumas coisas. Por enquanto, não sei muito sobre esse caso. Passe mais informações.

Ele e Samuel passaram a hora seguinte examinando todos os indícios no arquivo e ainda o que estava na cabeça de Samuel desde que recebera a ligação de Melba.

— Digamos que você descubra de onde a saca saiu. Isso ainda não resolve o caso.

— Não, não resolve — concedeu Samuel. — Mas já é um começo.

— Tudo bem, concordo. Por que você não fica com os compradores de Mission e eu ponho alguém para cuidar do resto da cidade. Se encontrar alguma coisa interessante, nós podemos dar uma olhada. Só me mantenha informado e não publique nada nos jornais sem falar comigo. Estamos combinados? — perguntou Bernardi.

— Estamos — respondeu Samuel, sorrindo.

Bernardi empurrou a pasta para o lado da mesa, puxou os suspensórios e se recostou na cadeira giratória de couro marrom.

— Ajudaria muito se você me dissesse em quem eu tenho de ficar de olho no departamento. E quem é Melba?

— Você fez duas perguntas. Explicar quem é a Melba é mais fácil. Um dia, depois do trabalho, eu vou levar você ao Camelot e apresentá-lo a ela. Já a segunda pergunta é mais complicada. Tem muita gente asquerosa na polícia de São Francisco e alguns deles são perigosos. Eu vou pensar nos nomes de quem você deve se afastar e vou ter que fazer algumas perguntas pela cidade antes de responder a isso.

No dia seguinte, Samuel estava batendo perna pelas calçadas do bairro de Mission. A maioria dos lugares em que ele foi ou eram restaurantes ou escolas da Igreja Católica que serviam almoço para os alunos. O último lugar que ele contatou também era uma igreja que servia refeições aos fiéis.

Mas essa não era como as outras. Parecia uma loja com vidraças cobertas de cortinas pretas. A placa em cima da porta tinha 1,40 metros por 3 metros, fundo branco e letras roxas com contornos pretos. Dizia: "Igreja Universal do Desdobramento Mental", com mais algumas palavras embaixo, em espanhol, que Samuel não conseguiu entender. Na porta, perto da maçaneta, havia uma plaquetinha em inglês que dizia: "Para entregas, favor se dirigir aos fundos." Embaixo havia uma placa em espanhol, que ele imaginou dizer a mesma coisa.

Ele foi até a ruazinha de trás e encontrou uma porta com o nome da igreja, que levava a uma cozinha. Havia cinco pessoas naquele espaço apertado. Um latino roliço de cara redonda e cabelos pretos se aproximou dele.

— *Nadie habla inglés aquí, señor. Si quieres hablar con el pastor regrese a las cinco y media.*

Samuel não entendeu nada do que o homem falou, a não ser "*cinco*". Mas esse também era o número de funcionários que ele podia ver na cozinha. Ele ergueu cinco dedos e perguntou:

— Cinco?

— *Sí, señor, esta tarde a las cinco y media.*

— Hoje, às 17 horas?

— *No. A las cinco y media.*

— OK, OK. Já entendi — disse Samuel, acenando com a cabeça ao sair.

Samuel não estava com vontade de ficar batendo em outras portas, por isso voltou à sua sala e ligou para Vanessa Galo. Ela estava sentada à mesa da secretária do escritório de advocacia de seu amigo Janak Marachak, onde trabalhava, pondo em ordem a correspondência do dia, quando o vento que entrou pela janela aberta fez uma carta cair da mesa.

— Oi, Samuel. Há quanto tempo que eu não falo com você.

— É verdade. Eu estive hibernando. Mas tenho um novo problema para incomodar você. Eu estive numa igreja em Mission e o pessoal de lá só fala espanhol, pelo que eu pude perceber. Por isso, eu queria saber se você pode ir comigo até lá e ser minha intérprete. Preciso falar com os cozinheiros e com o pastor.

— De que igreja você está falando?

— É uma loja na rua Mission chamada Igreja Universal do Desdobramento Mental.

— Já ouvi falar. Deixe-me ver a minha agenda. — Ela colocou o telefone na mesa, viu rapidamente os horários e pegou o fone de novo. — Vai ser um prazer ir com você. Eu gostaria muito de saber o que eles fazem lá.

Ela se levantou e deu a volta na mesa para pegar o pedaço de papel que o vento havia derrubado quando atendeu ao telefone.

— Que interesse você tem neles, Samuel? Você não é um cara religioso. Eu me lembro do quanto você se agoniava durante os sermões do meu pai na igreja de Stockton, no ano passado.

— Eu não me lembro muito dos sermões, mas lembro que o Bernardi não conseguia tirar os olhos de você. Mas isso não tem nada a ver com religião. Estou querendo saber se uma saca de feijão-rajado saiu de lá.

— O quê?

— Nada. Eu explico quando a gente se vir. Você pode me encontrar na porta da igreja depois do trabalho?

— Qual é o endereço?

Samuel lhe deu o número, e eles combinaram de se encontrar assim que ela pudesse chegar lá saindo do trabalho, depois das 17 horas.

Quando ela chegou, Samuel estava andando de um lado para o outro na frente do edifício. As cortinas pretas haviam sido puxadas e agora ele podia ver o que havia dentro daquele lugar misterioso. Viu várias filas de cadeiras dobráveis e um corredor no meio que vinha dar direto na porta da frente. Lá no fim, havia um praticável elevado com um púlpito. No teto lá em cima, vários refletores, cada um apontado para um lugar diferente e também em direção ao púlpito. Uma cortina preta na frente das luzes se erguia até o teto e ficava enrolada lá em cima. Isso dava à plataforma a aparência de um palco pronto para uma apresentação teatral.

Vanessa cumprimentou Samuel com um abraço.

— Eu soube que o Bernardi arranjou um novo lar no departamento de polícia de São Francisco — ele falou, atiçando.

— Eu sei que vocês dois conversaram sobre um caso — ela respondeu, tentando não se entregar muito.

— Não tem mistério algum — disse Samuel. — Vocês evidentemente formam um belo casal e eu fico feliz por ter apresentado um ao outro. E você me deve muito por isso, Vanessa.

— Mais devagar, meu amigo. O divórcio dele ainda não terminou e você conhece aquela regra de não namorar ninguém até pelo menos seis meses depois do divórcio.

— Eu não acho que essa regra se aplica ao seu caso, pode acreditar. Ele contou sobre o caso em que nós estamos trabalhando?

— Não. Ele só contou que se encontrou com você.

Samuel tentou explicar o suficiente do que havia descoberto, para que ela pudesse entender a razão de ele tê-la arrastado até ali em tão pouco tempo.

— Então, o que estamos fazendo aqui? — ela perguntou.

— Pelo que disse Rosa María Rodríguez, este é um dos lugares para os quais o Mercado Mi Rancho vendeu feijão-rajado.

— Eu conheci o homem que comanda esta igreja — disse Vanessa. — Ele esteve num dos sermões do meu pai há alguns anos. E desde então eu ouvi falar dele através do meu pai.

— É mesmo? E o que você ouviu?

— É melhor você ver por si mesmo. Parece que ele dá um show.

— Venha comigo até os fundos, na cozinha. É ali que eu preciso de ajuda. — Samuel a conduziu pelo braço. Eles abriram uma cortina preta nos fundos do espaço, perto do placo, e entraram na cozinha apinhada. Mal havia lugar para as cinco pessoas que já estavam ali quando Samuel e Vanessa chegaram.

— *Mi amigo, que no habla español, tiene algunas preguntas* — explicou Vanessa.

O homem de rosto redondo explicou em espanhol:

— Seu amigo veio mais cedo e eu disse para ele voltar quando o pastor estivesse aqui.

Vanessa respondeu astutamente, também em espanhol:

— Neste exato momento, acho que o pastor não é necessário. A pergunta que ele tem é para você. O que é que vocês fazem com as sacas vazias de feijão-rajado depois que elas foram usadas?

— Isso é tudo o que ele quer saber? — disse o homem para Vanessa, em espanhol. — Venha. Vou lhe mostrar.

E ela traduziu para o inglês, para Samuel entender.

O homem com o rosto redondo levou-os até a ruela por onde Samuel havia entrado na cozinha mais cedo. Ao lado da entrada para a cozinha, havia uma porta dupla de aço, inclinada e com cadeado, num ângulo de 45 graus da calçada. Ele destrancou o cadeado da barra que atravessava as portas, abriu as portas de aço e as prendeu em argolas de ferro. Isso desvendou uma escada que levava a uma porta no fundo.

O homem desceu, abriu o porão e acendeu uma luz, convidando-os a entrar. Lá dentro havia prateleiras com comida enlatada do chão até o teto. O ambiente tinha o dobro do tamanho da cozinha e tinha uma lâmpada que pendia de um único fio no centro. Dez sacas de feijão-rajado estavam num dos cantos. A de cima levava o nome do Mercado Mi Rancho. Junto das sacas cheias havia uma pequena pilha com as vazias.

— É aqui que ele põe todas as sacas vazias? — perguntou Samuel.

O homem fez que sim e Vanessa perguntou, em espanhol:

— Quem tem acesso a esse depósito?

— Todo o pessoal da cozinha, se eu abrir a porta para eles — respondeu o homem, por intermédio de Vanessa.

— Mais alguém?

— Que eu saiba, não — respondeu ele, da mesma maneira. — Mas, como vocês puderam ver ao vir até aqui, a chave fica junto deste pedaço de madeira, que por sua vez fica pendurado num gancho na cozinha.

— Ele percebeu alguma saca faltando na pilha? — perguntou Samuel.

— Não — respondeu Vanessa.

— O que ele faz com elas?

— Nós devolvemos ao Mi Rancho, quando eles entregam mais feijão — respondeu ele, em espanhol.

— Será que eu posso voltar e tirar uma foto do lugar? — perguntou Samuel, via Vanessa.

Ela traduziu.

— Você teria que pedir isso ao chefe. Ele já deve estar aqui.

Todos subiram pelas escadas do porão, passaram pela cozinha e voltaram à loja. O lugar estava começando a encher. Havia vários latinos sentados em grupos e algumas mulheres usavam as roupas coloridas de seus países de origem. As duas filas da frente já estavam cheias de garotas adolescentes barulhentas.

Samuel e Vanessa viram Dusty Schwartz conversando com uma mulher que parecia um gigante ao lado dele.

— Quem é aquela? — perguntou Samuel.

Vanessa riu.

— É Dominique, a dominatrix. Ela é ligada a esta igreja. Acho que ela tem duas profissões bem diferentes.

Samuel não sabia se devia continuar sua linha de investigação sobre aquela mulher estranha ou se concentrar no anão vestido de calça jeans e botas de cowboy.

— O anãozinho é o pregador e dono da igreja. A dominatrix é sua conselheira espiritual.

Samuel riu.

— Tá de brincadeira!

— Não, eu não estou brincando, mas baixe o tom de voz. Eles podem ouvir.

Dusty estava de costas para ele, imerso na conversa com a dominatrix, que os viu se aproximar e alertou o anão. Samuel ficou com medo de que a dominatrix tivesse visto ele e Vanessa rindo deles, mas agora era tarde demais para evitar o encontro.

Dusty se virou devagar e sorriu assim que viu Vanessa.

— *Hola, amiga* — disse para ela.

— Oi, Sr. Schwartz. Gostaria que conhecesse Samuel Hamilton, do jornal da manhã. Ele já ouviu falar muito no senhor e gostaria de fazer uma matéria sobre a sua igreja.

Dusty respondeu como se isso fosse muito natural, mas seus olhos azuis deram uma geral em Samuel. O anão queria ver com quem estava se confrontando.

— Ficaria feliz em conversar com você. — Ele sorriu. — Mas vai ter que ser depois do sermão. Estamos quase prontos para começar.

— É claro — disse Samuel. — Estou ansioso para ver sua apresentação.

Ele e Vanessa trocaram um olhar, mas nenhum dos dois disse nada. O repórter ficou observando enquanto o anão de pernas tortas subia as escadas na direção do palco e saía por trás de uma cortina.

Assim que Vanessa, Dusty e Samuel haviam começado a falar, Dominique se retirara para os fundos. Quando o pastor sumiu, Samuel se virou para a direção por onde Dominique saíra, no canto mais distante, longe da cozinha, e atrás de outra cortina. Em frente à cortina havia cinco cadeiras, ocupadas por três rapazes de menos de 20 anos, e duas mulheres, provavelmente em torno de uns 40. Eles iam ficar sentados ali durante toda a cerimônia para que não perdessem o lugar para uma audiência com Dominique, se não fossem atendidas antes que a pregação começasse.

Uma vez instalada lá dentro, ela abriu ligeiramente a cortina e fez sinal para a pessoa sentada na primeira cadeira.

— O que é aquilo? — perguntou Samuel.

— Papai diz que ela é uma bruxa. E que vende feitiços e poções para os pobres.

— Tem certeza?

— Tenho, sim. Muita gente acredita em todo tipo de mágica, e parece que ela é uma verdadeira mestra em enfeitiçar os outros.

— Está querendo dizer que ela é uma praticante de magia negra?

— É assim que se chama.

— E isso não é ilegal?

— Só se ela for pega — respondeu Vanessa.

— E por que vocês não dão parte dela?

— Porque alguém rapidamente tomaria o lugar dela, e o fato é que ela não faz mal algum. As pessoas não mudam seus velhos hábitos assim tão facilmente.

— E a cara dela, o que tem de errado? — perguntou Samuel, olhando para a grande cicatriz de um dos lados do rosto dela.

— Ouvi dizer que sofreu uma queimadura — disse Vanessa.

Agora já não havia mais cadeiras vazias e ele podia sentir o cheiro do feijão no fogo e das tortilhas frescas. Balançou a cabeça; era muita coisa ao mesmo tempo. Tentou se concentrar em um ponto de cada vez.

— O cheiro de toda aquela comida está realmente me deixando com fome.

— Faz parte da estratégia — disse Vanessa. — O cheiro da comida instiga as pessoas a ficar até o fim do sermão para o recolhimento das doações. Aí elas ganham alguma coisa para comer.

— Onde?

— Aqui mesmo. Está vendo aquelas mesas encostadas nas paredes? Eu aposto como eles colocam a comida ali depois que o Schwartz termina de fazer a pregação.

— Muito inteligente. Compensa o fato de se ter um anão como pastor, você não acha?

— Espere até ouvi-lo falar — respondeu Vanessa. — Você não vai achar que ele é tão doido assim.

Uma banda de seis músicos subiu ao palco, todos caracterizados de mariachi, inclusive com grandes sombreiros e começaram a tocar *rancheras* mexicanas. O trompetista atacava as notas no fundo da banda e a plateia logo ficou animada, como se estivesse numa festa. Samuel pensou no quanto isso era diferente dos dois músicos de gospel que ele vira ao comparecer à missa celebrada pelo Sr. Galo, pai de Vanessa, na Igreja Católica de Stockton, no ano anterior. Isso parecia mais um carnaval estridente do que um encontro religioso. Quando os músicos pararam de tocar, as pessoas aplaudiram, assobiando e pedindo mais, mas nessa hora Schwartz saiu de trás de uma cortina preta.

Todos os refletores se dirigiram para o anão — de smoking, capa preta com forro de veludo vermelho e uma cartola — quando ele se aproximou do púlpito, para delírio da assembleia. As duas primeiras filas de cadeiras dobráveis estavam repletas de adolescentes, gritando como se ele fosse o ídolo de uma matinê. Ele desapareceu de vista por um momento, até que subiu em duas caixas de Coca-Cola e a parte de cima de seu pequeno corpo pôde ser vista no pódio. Ele acenou com a cartola em todas as direções, e por um momento os refletores mostraram o fundo vermelho-vivo de sua capa. Seus cabelos pretos encaracolados reluziam de brilhantina e seus olhos azuis faiscavam com aquilo que Samuel pensou ser a excitação do poder que ele tinha. Samuel teve de admitir que ele parecia um rei.

Tão logo Schwartz começou a falar em espanhol numa voz melódica, educada e profunda, o público silenciou. O pastor começou a falar baixo e devagar. Ele tinha o timing de um ator, com longas pausas, cravando em cada pessoa seus olhos hipnóticos. Samuel, que estava em transe, ignorou o cutucão de Vanessa para trazê-lo de volta à realidade. O repórter realmente não podia entender muito do que ele estava falando, mas, como todo mundo, ele logo se deixou levar pela cadência dramática do pregador. Schwartz jogou um argumento depois do outro, a voz ficando mais alta, mais rápida e mais forte, mas o significado do sermão estava ficando cada vez mais obscuro. Samuel reconheceu vagamente alguns assuntos de que já tinha ouvido o Sr. Galo falar, mas parecia que este homem estava atribuindo a si mesmo um papel maior no mundo do que Galo jamais imaginara. Não, Samuel se corrigiu, não era o mundo: o anão chamava aquilo de o plano infinito.

Schwartz estava dizendo que, para aqueles que o seguissem, os milagres iriam acontecer. Tinha lições a dar. Sua missão era cuidar do bem-estar de cada pessoa naquele salão, porque cada uma delas era uma querida ovelha do seu rebanho e ele as guiaria através da escuridão. Sim, a floresta era escura e profunda, cheia de perigos, mas ele conhecia o caminho. Ele fora eleito como guia — era o novo apóstolo de Deus. O plano infinito não podia ser entendido, era incompreensível, como todas as coisas do céu, mas ele havia recebido instruções divinas, que estudara direto na fonte. Ele era diferente. Será que não dava para ver que Deus o havia feito diferente? Só ele conhecia o plano infinito e era o único que tinha a chave para abri-lo para eles.

E aí ele começou uma ladainha — ou assim pareceu a Samuel — sobre a mente, Deus, o mundo físico, seu papel de apóstolo e algum tipo de raio possessivo que o repórter não conseguiu entender direito. O que o pastor estava realmente tentando fixar nas pessoas era descrito no plano infinito como o Raio Possessivo. No começo, ele queria usá-lo para controlar todo mundo, mas se desviou um pouco e acabou por utilizá-lo apenas para controlar suas conquistas sexuais. O pastor continuou a martelar e a martelar, mas Samuel desistiu de tentar entender. Sentia-se tonto e confuso, mas percebeu que não era o único: a atmosfera estava perigosamente carregada e o crescendo emocional no ambiente atingia uma intensidade quase insuportável. Ele percebeu, no entanto, que Vanessa era a única pessoa na congregação imune ao palavrório de Schwartz. Ele concluiu que ela provavelmente já tinha criado uma armadura de tanto ouvir os sermões de seu pai.

Foi então que Schwartz puxou uma corda e uma tela caiu do teto, atrás dele e na frente dos músicos. Em exibição estava uma pintura da Renascença de pelo menos 3 metros de comprimento e 2,5 metros de altura. Todos os refletores se concentraram nela, a não ser um, que continuava sobre ele. Ele esticou os braços pequenos para chamar todos em sua direção, num abraço metafísico, e explicou as duas figuras centrais do quadro: a primeira era Cristo, o principal profeta de Deus na terra desde os tempos bíblicos, e a outra era seu futuro apóstolo, sentado ao lado de um agiota. A multidão podia ver que o artista jogara a luz em cima do escolhido misterioso.

O reverendo agora estava no auge de sua oratória, gritando, esmurrando o pódio, brandindo os braços largamente no ar.

— Estão vendo como Cristo está instando seu futuro apóstolo a se afastar do agiota? Ele o está chamando para se colocar a serviço de Deus! O que isso significa? O agiota representa a ganância, o egoísmo e a apatia. Cristo está lhes dizendo para se esquecerem das coisas mundanas e seguirem o plano infinito. Como vocês podem fazer isso? Acreditem em mim, eu vou guiá-los. Sigam-me!

A essa altura, toda a congregação já estava de pé, especialmente as adolescentes, batendo palmas e gritando *Salvador! Salvador!* Os músicos saíram de trás da tela e começaram a tocar um hino retumbante, e Samuel achou que sua cabeça ia explodir de tanto barulho.

De repente, uma mulher mais velha perto de Samuel desmaiou, e, antes que ele pudesse ajudá-la, Vanessa puxou-o pela manga da camisa.

— Nem pense em interferir! — ela gritou, por cima do barulho.

Um homem na fila seguinte tombou no meio do corredor e, com um grito de êxtase, se jogou no chão tendo convulsões e espumando pela boca. Imediatamente, uma mulher fez o mesmo, e, segundos depois, já havia várias pessoas se contorcendo no chão, jogando braços e pernas em todas as direções. O repórter caiu para trás na cadeira, sem conseguir acreditar, ao que Vanessa lhe deu uns tapinhas no ombro e exibiu um sorriso experiente.

As cestas de doações começaram a correr pelos corredores sob o barulho das trombetas e os cantos de *Salvador! Salvador!* Logo já estavam abarrotadas, e Samuel calculou que a igreja estava tirando uma féria bastante boa de pessoas tão pobres.

A missa acabou com uma fanfarra dos músicos. O anão desceu das caixas, recolocou a cartola e, com um movimento de capa, desapareceu por trás da cortina. O clima tinha mudado entre as pessoas, os paroquianos superagitados e aqueles que haviam desmaiado de forma histérica se levantaram calmamente, os músicos voltaram a tocar *rancheras* populares e as pessoas saíram em conjunto para dar lugar às mesas, as cadeiras serem dobradas e o banquete poder começar.

Mas nem todo mundo se dirigiu às mesas. Samuel percebeu que três meninas adolescentes que estavam na primeira fila subiram os degraus para o praticável e foram atrás do anão. As cinco cadeiras em frente à cortina de Dominique permaneceram ocupadas e, quando uma pessoa entrava no reservado, as outras se sentavam na cadeira da frente e outro cliente ocupava rapidamente a cadeira vazia.

Vanessa e Samuel passaram algum tempo no meio do salão vendo as mesas e cadeiras serem carregadas de um lado para o outro.

— Se eu não tivesse visto, não teria acreditado — disse o repórter. — É difícil imaginar alguém que seguiria esse cara.

— Está certo que ele é carismático. Meu pai mesmo poderia aprender uma ou duas coisas com ele.

— Eu me pergunto de onde ele tirou aquele quadro — perguntou Samuel. — É óbvio que é europeu e bem antigo. Um pouquinho fora de contexto neste ambiente.

— E eu acho muito inteligente — disse Vanessa. — Dá a impressão de que ele é parte da Igreja Católica e lhe dá uma ligação com a Bíblia. As duas coisas são importantes para o que ele prega. Em todo caso, já que você vai estar com ele daqui a pouco, pode perguntar direto à fonte.

Samuel fez que sim com a cabeça e puxou a manga de Vanessa.

— Quem é aquele cara de terno azul-real e peruca?

— É o Michael Harmony, um advogado. Ele vem aqui distribuir cartões aos membros da igreja. Ele tentou fazer a mesma coisa na missa do meu pai, mas o puseram para correr.

— Isso é legal?

— Tá de brincadeira! Meu palpite é que o pastor aprova. Aposto que o anão leva uma comissãozinha.

— Como você descobriu isso?

— Quando eu contei para o Janak que o Dr. Harmony se aproximou do meu pai, ele me explicou que muitos advogados perambulam no meio de organizações como esta para conseguir ações indenizatórias; e, se os donos da igreja permitirem que eles se atirem em cima dos membros, eles levam uma comissão.

— Aposto que, se você se apresentar a ele dizendo que é do matutino, ele vai fugir para não falar com você — disse Vanessa.

Enquanto a multidão devorava a comida e os mariachi tocavam ao fundo, Vanessa comentou que sentia o cheiro de chile verde no ar. Samuel não sabia o que era, e ela disse que era uma comida mexicana. O pastor apareceu por detrás da cortina preta lateral. Voltara a vestir a calça jeans e as botas de caubói. Varreu a sala de cima do praticável e mandou Samuel se aproximar quando seus olhos fizeram contato.

Samuel subiu as escadas e olhou para o homenzinho quando o cumprimentou.

— Obrigado por separar um tempo para me receber. Devo chamá-lo de reverendo?

Dusty riu. Foi autêntico e cheio de si.

— Não é preciso chegar a tanto. Dusty é o suficiente. Mas se for escrever a meu respeito, então tem que dar o título apropriado. Os elogios ficam por sua conta.

Samuel achou a resposta muito afetada, mas tentou não torcer o nariz. Ele percebeu que tinha de parecer que levava o homem a sério se quisesse obter informações.

— Onde podemos conversar, reverendo?

— Venha à minha mistura de camarim com escritório. Acho que é o único lugar aqui onde tenho um pouco de sossego.

Samuel o seguiu até uma grossa porta de madeira com três trancas. Dusty tirou um chaveiro do bolso, destrancou as três e fez sinal para o repórter entrar. Lá dentro, havia uma mesa com abas semiaberta, encostada à parede. Ao lado, um toca-discos com vários LPs colocados lado a lado embaixo dele. Junto à parede, uma cama de solteiro recém-utilizada. O cobertor estava aberto e havia uma boneca de pano com cabelos de lã preta em cima do travesseiro. Samuel achou aquilo tudo muito estranho, mas não falou nada. Na mesinha de cabeceira ao lado da cama, Samuel pensou que podia estar vendo a ponta de um pacote de camisinhas coberto por jornal. As cestas com as doações estavam empilhadas num canto, ainda reluzentes da recente coleta, esperando para ser contadas. Um cheiro estranho pairava no ar.

— Desculpe a bagunça — disse Dusty. — Nós geralmente esperamos as pessoas saírem, depois contamos o dinheiro com as portas trancadas, para depositar na fenda do banco durante a noite, antes de irmos para casa.

— Irmos quem? — perguntou Samuel.

— Eu e Dominique, a curandeira. Ela é minha assistente.

— É mesmo? O que ela faz?

— Como eu disse, é minha assistente. Ela cuida da contabilidade.

— Ela tem uma igreja própria aqui também?

— Não, não. Só uma clientela que lhe pede conselhos. Você provavelmente viu as pessoas sentadas do lado de fora do consultório dela.

— E as pessoas a consultam procurando o quê?

— Assuntos espirituais, Sr. Hamilton. Se quiser informações mais específicas, vai ter de perguntar a ela.

— Perfeito. Então primeiro vamos falar do senhor. Mas, antes de mais nada, que cheiro é esse?

— Provavelmente, o resultado de uma limpeza de incenso feita por Dominique — disse ele, vagamente.

— Como é que o senhor ergueu esta organização, administrada de maneira tão eficiente, devo acrescentar?

Dusty deu uma longa explicação sobre como a igreja havia começado, enfatizando suas realizações, e deixou de lado qualquer orientação que Dominique lhe dera para o seu desenvolvimento. Explicou sua antiga vocação para ser pastor e como ele finalmente realizou seu sonho.

— Ser um homem pequeno ajuda, porque, quando eu convenço as pessoas de que Deus age por intermédio de uma pessoa como eu, então Deus também pode agir por intermédio delas.

— O que elas lhe pedem?

— A vida é um processo doloroso, Sr. Hamilton. A maioria está procurando um porto seguro, alguém que compreenda e compartilhe a dor que eles sentem.

— E como o senhor faz isso?

— Eu trago a dor deles para dentro de mim e não tento aplacar as lágrimas que se formam no meu peito; dói demais. Então eu os abraço e digo para irem em paz.

— O que o senhor faz quando encontra o mal numa pessoa?

— Essa é uma boa pergunta, e difícil de responder. Acontece com mais frequência do que o senhor imagina. Eu tenho de encontrar um jeito de exorcizar o mal e peço a Dominique para me ajudar com a pessoa e com o processo. Mas, às vezes, a escuridão é tão imensa que eu tenho que me banhar numa aura de luz e deixar Dominique me limpar.

— E como ela faz isso?

— Ah, é um segredo dela. Você vai ter que perguntar diretamente a ela.

— Nesse caso, eu acho que preciso entrevistá-la também.

Samuel estava anotando tudo o mais rápido possível, tentando imaginar como poderia tocar na questão das sacas de feijão-rajado. Mas não conseguiu encontrar uma brecha.

— Havia um grupo de garotas muito animadas na fila da frente durante o seu sermão. E, depois que terminou, três delas se dirigiram aos bastidores.

— Sim, vieram me pedir orientação. Passei alguns minutos com cada uma e expliquei como deveriam seguir meus ensinamentos espirituais e que deveriam voltar sempre, para que eu acompanhasse o progresso delas.

— Ah, sim — disse Samuel, olhando para a cama desfeita e a boneca esquisita no travesseiro. — Você atendeu todas juntas, ou uma de cada vez?

— Juntas — suspirou Dusty. — Não tinha tempo para resolver os problemas espirituais delas individualmente; por isso, as ouvi em conjunto e disse-lhes que fossem para casa e voltassem aqui no domingo.

Não duvido, pensou Samuel. Queria saber que rumo deveria dar à conversa — e tinha de tocar no assunto do saco de feijão-rajado, mas, se ele fosse nessa direção e o anão tivesse algo a esconder, ele se fecharia de vez.

— O senhor se importaria se eu entrevistasse a sua assistente para conseguir mais informações sobre o senhor para a minha matéria?

— Por mim, tudo bem. Mas tem de ver com ela, se é que ela ainda está aí — disse o anão, se levantando do banquinho em frente à mesa de maquilagem. Samuel viu o reflexo de Dusty no espelho que parecia o de um teatro, cheio de lâmpadas.

— Onde é que o senhor conseguiu aquele quadro? É bonito e bem antigo. Parece italiano.

— Isso é outra coisa para se perguntar à Dominique. Foi ela quem me emprestou.

— Obrigado por me atender, reverendo — disse Samuel, mais uma vez enfatizando o título que o próprio anão se outorgou.

— Vou fazer tudo para a matéria sair no domingo e lhe mandar uma cópia.

— Por favor. Qual é mesmo o seu nome? — perguntou Dusty, fingindo estar distraído.

— É Samuel. Samuel Hamilton. O meu cartão está aqui, para o caso de o senhor querer acrescentar alguma coisa.

Samuel andou de volta para o palco e para o salão agora quase inteiramente vazio, onde Vanessa estava sentada numa das cadeiras dobráveis, falando com um homem gordo e careca vestido com um casaco esporte quadriculado. Quando o repórter se aproximou, ela se levantou e se virou para ele.

— Esse aqui é o Art McFadden — apresentou. — Faz investigações para o Dr. Harmony.

— E eu sou Samuel Hamilton — disse o repórter, estendendo a mão, que o gordo engoliu com a manopla pegajosa.

— Muito prazer. Qualquer amigo de Vanessa também é meu amigo — disse ele, solícito.

— Então você trabalha para o Dr. Harmony?

— Com certeza. Entre outras coisas.

— E o que, exatamente, o senhor faz para ele?

— Na maioria das vezes, relações públicas.

— Isso significa o quê?

— Eu faço tudo para ele ter clientes. E então cuido deles. — O gordo hesitou. — Olhe, eu gostaria de poder conversar mais com vocês, mas tenho que falar com o pastor. — E se dirigiu ao camarim do reverendo.

— Qual é a desse cara? — perguntou Samuel, ao ver o gordo subir os degraus para a plataforma.

— É ele quem faz os pagamentos do Dr. Harmony. É ele quem consegue os negócios e faz a alegria dos provedores — respondeu

Vanessa. — Ele com certeza está indo até o camarim do anão para fazer seu pagamento. Se eu fosse você, passaria mais tempo com ele. Tudo está à venda com aquele gordo, e com isso você vai descobrir quase tudo o que acontece por aqui.

Dominique saiu de trás das cortinas pretas. Ela também estava vestida de preto e usava botas de salto alto, que a deixavam com quase 2 metros de altura. Trazia um medalhão de ouro bem grande no pescoço. Era uma visão impressionante, mesmo com a cicatriz no lado do rosto.

— Está uma noite bem cheia, não? — perguntou Samuel.

— É. Eles têm tantos problemas; e nós, tão pouco tempo. Quem é você, posso perguntar?

— Meu nome é Samuel Hamilton. Eu sou do jornal matutino. Eu acabei de fazer uma entrevista com o reverendo Schwartz para uma matéria que eu estou fazendo sobre esta igreja. Ele me disse que você era a sua assistente. Posso fazer umas perguntas?

— Eu gostaria muito de atendê-lo, Sr. Hamilton, mas neste instante estou muito cansada e ainda tenho muito trabalho a fazer por aqui. Fique com o meu cartão. Ligue durante a semana e nós podemos conversar.

— OK, Srta... — e Samuel olhou o cartão — ...Dominique, mas eu espero que possa ser o mais rápido possível. Eu não posso terminar de escrever a matéria sem as suas informações.

— Telefone amanhã — respondeu.

Já passava das 22 horas quando Samuel e Vanessa saíram da Igreja Universal do Desdobramento Mental. Quando viraram a esquina, Samuel balançou a cabeça.

— Eu realmente me surpreendi com todos os negócios escusos que aconteciam tão abertamente. Esse pastor é bem enrolado.

Se ele estiver tentando proteger o império dele, se é assim que chamam, não está fazendo um trabalho muito bom. Está sendo muito descuidado ao deixar todo mundo perceber que transa com menores de idade. Ele pode se dar muito mal por causa disso.

— Alguém teria que reclamar primeiro — disse Vanessa. — Você viu aquelas garotas berrando na primeira fila. É como se ele fosse um ídolo do rock, e os representantes dos sindicatos não vão reclamar enquanto receberem os pagamentos deles.

— Mas ele não pode agradar a todo mundo o tempo todo. É uma questão de inveja. Mais cedo ou mais tarde, vai dar problema.

— Talvez, mas isso é tudo no futuro. Vamos falar sobre a razão pela qual você veio aqui, antes de mais nada. Descobriu alguma coisa sobre a tal saca?

— Não tive como. Aliás, fiquei até com medo de perguntar. Vou ter que pensar em outra abordagem, como aquela que você sugeriu, falando com o gordão.

Algumas horas mais tarde, depois que o dinheiro foi todo contado e Dominique saiu para depositá-lo no banco, Dusty sentou-se no meio da bagunça do seu misto de camarim e escritório e ligou o toca-discos. De lá saiu a voz de Victoria de Los Angeles. Seu timbre operístico dava o tom da sequência de músicas do LP. Quando ela começou a cantar La Paloma, Dusty se enroscou em cima dos lençóis com as marcas de sexo, enterrou a cabeça num travesseiro e começou a chorar copiosamente.

Capítulo 7

Que caminho seguir?

Bernardi sentou-se junto a uma mesa redonda de carvalho bebendo um copo de vinho tinto, olhando a mulher de meia-idade e cabelos grisalho-azulados sentada do outro lado, que cumprimentava os clientes conforme chegavam ao Camelot. Ela bebericava um copo de cerveja e acendeu outro cigarro, depois de apagar o já fumado num cinzeiro cheio de guimbas na mesa junto dela. Fazia gestos no ar, de vez em quando sorrindo ou cumprimentando com a cabeça um cliente que havia reconhecido. Excalibur, o mestiço de Airedale sarnento e bobo a seus pés, não se mexia, mas olhava cada movimento que passava por ele. Bernardi imaginou que ela e o cachorro conheciam todo mundo que entrava.

Já passava das 18 horas. O parque do outro lado da rua estava quase deserto e o sol lançava seus raios por trás de vários prédios do centro da cidade, a leste. Lá embaixo, os barcos chegavam e partiam por baixo da Bay Bridge.

Samuel estava atrasado. Quando ele entrou, o cachorro deu um pulo e abanou o rabinho cotó. O repórter abraçou Bernardi e deu-lhe um tapinha nas costas.

— Desculpe. Eu me atrasei no jornal.

Imediatamente ele se dirigiu ao cachorro, que se ergueu nas patas de trás e lambeu suas mãos. O repórter remexeu o bolso, mas percebeu que não tinha nada para dar a ele. Olhou para Melba com uma expressão de desespero, mas ela apenas deu de ombros. Excalibur não entendeu que não ia ganhar nada e continuou esfregando as patas nas calças de Samuel.

Samuel finalmente se livrou dele e fez sinal para o tenente se aproximar, pegando a manga do terno marrom dele e esticando a outra mão para Melba.

— Melba, este aqui é o Bruno Bernardi. Ele é o novo detetive da divisão de homicídios, de quem eu falei.

— Eu já sabia quem ele era. Comigo não tem essa de policial disfarçado. Eu não quis dizer nada porque não queria dar a impressão que ele estava sendo examinado. — Então ela riu.

— É na Melba que você deve vir quando quiser saber o que realmente está acontecendo em São Francisco — disse Samuel.

— Que bom encontrá-la finalmente, Melba. Eu sinto como se já a conhecesse.

— Não tenha tanta certeza assim, detetive. Falam tanta besteira sobre mim nesta cidade que a maioria das pessoas nem sabe em que acreditar. E quero que continue assim.

Bernardi sorriu.

— Eu só ouvi coisas boas, Melba. Só coisas boas.

— Ah, claro. Vocês, puxa-sacos, são todos iguais. Deve ter tido aula com o Samuel.

Ela riu outra vez, acendeu mais um Lucky Strike e tomou outro gole de cerveja.

— Obrigado por ter vindo, Bruno — disse Samuel. — Eu queria que vocês se conhecessem. Eu também preciso pedir um favor, Melba. O Bruno queria saber em quem ele deve ficar de olho na polícia de São Francisco e eu decidi que não havia pessoa melhor a se perguntar do que você.

Melba passou os olhos pelo bar moderadamente cheio, soltou a fumaça pelo nariz e apagou o cigarro. Então fez sinal para os dois homens se aproximarem. Os dois se sentaram, cada um de um lado dela. Samuel esticou a mão e coçou o lado sem orelha da cabeça de Excalibur.

— O senhor está aqui porque Charlie MacAteer morreu, Sr. Bernardi. Ele era um dos melhores homens da divisão de homicídios e um verdadeiro príncipe como pessoa. Muita gente sentia inveja dele.

Ela deu uma geral no tenente, satisfeita porque a avaliação que fizera dele estava certa, e assegurou-se de que ele olhasse direto para ela.

— Pela cidade andam dizendo que o senhor é melhor ainda. Existem alguns arrivistas na polícia que lutaram para pegar o lugar dele como chefão, mas a cúpula sabia o que eles estavam fazendo. Você é um grande problema para alguns desses burocratas imbecis. Apenas fique de olhos e ouvidos abertos. Os melhores sempre vencem os medíocres. E o senhor vai saber instintivamente em quem não confiar na divisão de homicídios.

"Fique atento. Depois de resolver uns casos grandes, eles vão relaxar e você vai estar dentro. É um tempo necessário para se acostumar. Faça a ronda de todos os bares em todos os distritos, para que os proprietários e os barmen saibam quem você é. Depois que eles confiarem em você, vai receber muita informação que vai facilitar a sua vida. Mais algum tempo e vão começar a lhe dar crédito por resolver crimes que você nem sabia que tinham sido cometidos.

Ela acendeu outro cigarro, bebeu o que sobrou do copo de cerveja e fez sinal ao barman de quem queria mais uma.

— Não tem ninguém especial em quem ele simplesmente deveria ficar mais atento? — implorou Samuel, quase jogando as mãos para o céu.

— Eu sei que você está pensando no Maurice Sandovich, Samuel, porque você já teve que lidar com ele — disse Melba, quando inclinou a cabeça para o lado, rejeitando a pergunta.

— Só para sua informação, Bruno, ele é quem cuida do tráfico de drogas em Chinatown. Já passou por altos e baixos; mas, como eu disse ao Samuel, ele é café-pequeno; por alguns trocados, ele pode lhe arranjar a maioria ou quase toda a informação de que você vai precisar sobre Chinatown. Mas acho que vocês estão tentando descobrir uma coisa que todos nós achamos que aconteceu em Mission.

Ela apagou o cigarro e pôs o copo vazio na mesa, já que o outro ainda não havia chegado.

— O tira mais importante em Mission é o capitão Doyle O'Shaughnessy, um irlandês durão filho da puta que sabe das coisas. Ele cuida do bairro de Mission com mão de ferro e não leva desaforo para casa. Ele já sabe sobre você e já conhece o caso. Em princípio, ele mandaria você se foder porque é novo no departamento, mas ele também sabe que o crime provavelmente aconteceu em Mission bem debaixo do seu nariz e não está satisfeito; por isso, vai ser receptivo a qualquer ajuda que você puder dar. Geralmente, se não for um caso de assassinato, ele descobre quem foi e o empurra para fora da jurisdição, para que o quintal dele pareça limpo. Faça uma visita logo ao O'Shaughnessy. Sabe onde encontrá-lo?

— Na delegacia, não?

— O cacete. Vá ao restaurante Bruno's, em Mission, qualquer dia entre meio-dia e 15 horas. É lá que ele fica com os amigos, os chefes dos sindicatos. É engraçado, tenente, você pode dizer a todo mundo que a sua família é que é a dona do lugar. — Riu.

— Foi lá que o Art McFadden me mandou encontrá-lo — disse Samuel.

— Art quem?

— Eu conto mais tarde.

— Aquele gordão, advogado de porta de cadeia. Ele praticamente mora no Bruno's. E sabe por quê? — Melba torceu o nariz.

— Deve ser por causa da Prefeitura. Lá é a base principal. Você mesma disse que os melhores policiais se encontram lá — respondeu Samuel.

— É isso aí, meu chapa. Em Mission, é o lugar onde as coisas acontecem. Dê um alô em meu nome àquele gordão filho de uma puta e pergunte quando é que ele vai me pagar por lhe dar o caso Ragland, está bem?

— Caramba, Melba, você é muito bem relacionada. O que você sabe sobre aquele pastor anão, Dusty Schwartz?

— Por enquanto, não muito. Ainda não é meu cliente. Mas depois que você e o detetive Bernardi conversarem, avise-me — exigiu Melba.

— Está bem — disse Samuel. Ele pegou o copo, se levantou e fez sinal para Bernardi ir com ele. Foram até uma mesa nos fundos do bar, perto da cabine telefônica de mogno e do outro lado do bar em forma de ferradura. Sentaram-se, Samuel com seu uísque com gelo e Bernardi com sua taça de vinho tinto.

Samuel explicou como ele havia seguido a pista de uma das sacas de feijão-rajado até a Igreja Universal do Desenvolvimento Mental e deu a Bernardi uma descrição fulgurante do negócio e da performance do anão, e de Dominique, a espiritualista que Vanessa acreditava ser uma bruxa. Então falou de Michael Harmony e de

Art McFadden, o advogado de porta de cadeia que trabalha para ele. Suas últimas palavras foram sobre o apetite sexual do anão.

— Nós talvez tenhamos que usar essa parte do sexo como último recurso, se não der para provar mais nada — disse Bernardi. — Mas, como um todo, foi um dia de trabalho muito bom.

— É. A minha cabeça está rodando até agora. E então chegamos ao problema.

— Qual é o problema? — perguntou Bernardi, olhando para o jornalista e bebendo um gole do Chianti barato que o barman de Melba havia servido.

— Que caminho seguir?

Bernardi pensou um pouco.

— Entendo. Você tem três caminhos para seguir e todos levam a lugares diferentes. Além disso, eu tenho uma informação confidencial que complica as coisas.

Samuel ergueu os olhos cansados e se empertigou.

— O que é? — perguntou, lambendo os lábios secos.

— Encontraram mais uma parte do corpo na baía. É parte de um braço com uma fratura que foi corrigida cirurgicamente, acima do cotovelo. Uma fratura bem feia.

— Quando aconteceu? — perguntou Samuel, tirando o caderno do bolso do casaco e começando a tomar notas.

Bernardi esticou a mão com a palma para baixo.

— Calma aí, meu amigo. Eu disse que era confidencial.

— Por quanto tempo? — perguntou Samuel, as pálpebras voltando a ficar caídas.

— Essa é uma boa pergunta. Queremos que quem quer que tenha feito isso continue nos dando partes do corpo. Portanto, precisamos passar algum recibo de que estamos recebendo; mas, ao mesmo tempo, não queremos assustar ele ou ela. Precisamos passar as informações da maneira mais inócua possível.

Samuel entendeu as restrições não muito sutis que Bernardi estava lhe impondo. E decidiu ignorá-las por enquanto. Sabia que o detetive precisava dele para pegar quem quer que tivesse sido.

— Você acha que uma mulher pode ter feito uma coisa dessas? — inquiriu Samuel.

— Digamos "eles", em vez de "ele" ou "ela". Talvez sejam dois.

Samuel não conseguiu se conter.

— E por quanto tempo eu vou ficar amordaçado? — pressionou.

— Está bem. Digamos que você deve segurar isso por três dias. Vou me encontrar com o legista amanhã e saber mais depois disso.

— Posso ir com você?

— Vai ser tudo em off, tá legal?

— Só vou publicar o que vocês quiserem.

— Tudo bem. Amanhã, então, às 10 horas na minha sala. Agora, vamos voltar ao nosso dilema.

Samuel bebeu o último gole do uísque e se levantou para buscar outro drinque.

— Mais um, tenente?

Bernardi hesitou.

— Claro. Ainda está cedo e eu posso tomar mais um copo antes do jantar.

Samuel voltou com as bebidas, se sentou e mexeu a sua com o dedo.

— Eu me distraí. Não tenho nenhuma prova concreta de que a saca que contém aquela parte do corpo veio mesmo da igreja, de modo que só estou operando instintivamente. Mas tem muita coisa que precisa ser descoberta sobre o que está acontecendo naquele lugar. — Contou nos dedos. — Tem o anão, a espiritualista. E o advogado de porta de cadeia que trabalha para Michael Harmony, o advogado que usa aquela peruca. Precisamos saber mais sobre todos eles e as ligações que eles têm entre si — explicou.

"Deixe-me cuidar do gordão e da espiritualista. Se você se aproximar deles como policial, vão entrar em pânico. Já que o Schwartz trabalha ou já trabalhou para a polícia de São Francisco, você pode colher todo o histórico dele lá. Talvez até mesmo do Maurice Sandovich, quer dizer, se ele já não se corrompeu por alguns dólares do baixinho. Como o O'Shaughnessy deve estar do seu lado, descubra o que puder com ele. Pelo que a Melba disse, ele vai ficar muito feliz em ver você. Especialmente se pensar que você vai limpar alguma merda e deixar a fama para ele."

— Tudo bem — disse Bernardi. — Cuidado só para não fazer nada que pise no pé do O'Shaughnessy enquanto estiver no Bruno's. Não há a menor dúvida de que ele tem ligações lá dentro que não passariam por um escrutínio público e, se você se intrometer muito, todo mundo vai se fechar, talvez até mesmo por ordem dele.

— Está querendo dizer que o capitão é corrupto?

— De jeito nenhum. O que eu estou dizendo é que, no trabalho da polícia, os milagreiros trabalham com uma rede bem grande. E ele parece ser um deles, por isso deve ter muitas conexões peçonhentas.

— Em outras palavras — disse Samuel, — não falo nada com McFadden sobre ele arranjar casos com a polícia de São Francisco.

— É. E não fale com ele sobre qualquer coisa que você sinta que possa fazê-lo parar de lhe dar informações internas. Além disso, não é o objetiva saber agora quem está pagando para ficar com os casos de quem. O que nós queremos é saber de onde saiu aquela saca.

— Mas acho que você está certo em querer falar com a espiritualista, porque a vítima era latina, a igreja vive repleta de latinos e ela mesma é latino-americana.

— Ótimo — disse Samuel, e eles brindaram.

— Tim-tim — disse Bernardi. Os dois beberam o que havia restado nos copos. Samuel foi até o banheiro. Quando voltou, Bernardi já havia saído.

No caminho para a saída, Melba o interrompeu.

— Gostei do seu detetive de terno marrom gasto. Daqui a um ano, vai estar fazendo o maior sucesso porque é inteligente e é gente como a gente.

— É. Acho que sim — comentou Samuel. — Blanche está aí?

Melba sorriu e tomou um gole de cerveja.

— Eu já falei, ela está em Tahoe. Só volta na semana que vem. Você aguenta até lá, não aguenta?

Samuel assentiu timidamente e olhou para o chão, enquanto coçava as costas do cachorro.

— Agora conte tudo o que vocês conversaram — ordenou.

Samuel e Bernardi se encontraram no dia seguinte na sala do legista. Cara de Tartaruga, vestido em seu costumeiro guarda-pó branco, estava rabugento como sempre, mas a série de músicas que tocava no fonógrafo lá no fundo acalmava o seu humor. Samuel sabia que era melhor não tocar em nada da mesa do legista, já que ele tinha olhos de águia para qualquer coisa que estivesse fora do lugar, e o repórter já havia levado uma bronca anteriormente por ter tirado um objeto e tê-lo recolocado numa posição ligeiramente diferente da anterior.

— Senhores, percebo que já viraram amigos em pouco tempo — disse ele, com seus olhos observadores.

— Barney, este aqui é o Bruno Bernardi. Já falei que nós trabalhamos juntos em outro caso — falou Samuel.

— É, falou. Como vai, detetive Bernardi. Tenho certeza de que o senhor se lembra de que ajudei seu colega MacDonald em alguns casos bem complicados, alguns anos atrás.

— Com certeza, Sr. McLeod. Eu nunca me esqueço de um favor. E, o mais importante, eu respeito e aprecio a competência. O senhor estava tão certo sobre as questões que analisou para nós que, nos dois casos, os réus foram condenados.

Barney quase demonstrou emoção através da fisionomia estoica, mas conseguiu se controlar.

— O senhor veio aqui para falar sobre a parte de um braço que foi encontrada boiando na baía, certo? Em princípio, eu relutaria em ter uma conversa como essa na frente do Sr. Hamilton, mas ,como ele esteve envolvido no caso desde o começo e como, apesar de ser repórter, manteve a palavra empenhada, fico inclinado a deixar que ele participe, desde que vocês concordem que tudo o que vai ser dito aqui ficará em off.

— Eu tive a mesma experiência com o Sr. Hamilton e também constatei que ele é confiável — confirmou Bernardi.

Cara de Tartaruga chegou a cabeça mais para a frente, desligou o toca-discos e empertigou os ouvidos, ansioso. O repórter e o detetive assentiram, concordando com o que o legista silenciosamente estava pedindo, e os dois responderam claramente que "sim".

— Muito bem, então vamos ao que interessa. Sigam-me — disse ele, pegando um grande envelope de um escaninho atrás da mesa. Eles caminharam pelo corredor até a seção do necrotério, o legista abriu a porta de um compartimento do freezer e retirou um saco plástico etiquetado com um nome fictício e um número, contendo duas partes de um mesmo corpo — a perna que eles já tinham visto e a outra, que era nova: um cotovelo com parte da metade superior do braço.

— Podemos ter sorte com esta prova — disse Cara de Tartaruga, e tirou uma radiografia do envelope que havia levado de sua sala. Colocou o envelope na mesa e pousou o raio X em cima da caixa iluminada sobre a mesa. — Esta é uma parte do mesmo corpo ao qual a perna pertence, e nós a encontramos em China Basin. Ele era um jovem latino. Mas olhem só para isto: você vê a linha da fratura acima do cotovelo? É bastante séria, e foi corrigida através de uma cirurgia. Esse conserto não foi feito nos Estados Unidos, e sim no México. Dá para ver pelo tipo de técnica utilizado. Portanto, nós podemos concluir que, quem quer que seja o nosso jovem, ele quebrou o braço no México, ou pelo menos foi operado lá.

— Como você sabe?

— Pela maneira como juntaram o osso.

— E isso significa...

— Que os médicos de lá fazem as coisas de uma maneira diferente dos daqui.

— Há algum jeito de se saber há quanto tempo ele já estava morto? — perguntou Bernardi.

— Não. Mas nós tivemos sorte. Um pescador jogou o anzol num píer ao sul do Mercado e puxou isso. Ainda estava parcialmente congelado.

— E isso foi perto de China Basin? — perguntou Samuel.

— Mais perto de China Basin do que da ponte Golden Gate. Eu diria que, independentemente da parte da baía em que foi jogado, a corrente o carregou para o sul, mas não muito longe, pela condição em que estava quando o pescador o retirou da água.

— E isso é tudo o que nós sabemos — disse Cara de Tartaruga, tirando a radiografia da caixa de luz e colocando-a de volta no envelope.

— Dá para saber se a mesma serra foi usada para cortar o braço? — perguntou Samuel.

— Claro, esqueci de dizer. Sim, foi utilizado o mesmo tipo de equipamento. Tinha as mesmas marcas de serra que o fêmur.

— Agora nós precisamos descobrir quem desapareceu — disse Bernardi.

— Dar um rosto a esse rapaz ajudaria muito — disse Cara de Tartaruga. — Mas quem quer que esteja fazendo isso é inteligente demais para mandar um dedo ou a cabeça. Essas pistas, vocês podem esquecer.

— Nas palavras de Melba — disse Samuel —, é o mínimo que nós podemos fazer.

— O quê? — grunhiu Cara de Tartaruga.

— Dar um rosto à vítima deste crime — disse Samuel.

— Isso é com vocês, rapazes.

O restaurante Bruno's ficava na quadra do número 2300 da rua Mission. Era lá que aqueles que detinham posições de poder na classe trabalhadora faziam os seus negócios numa cidade que, fora isso, só tinha redutos esnobes e pretensiosos no centro, onde eles não eram bem-vindos e aonde não iriam mesmo. O restaurante ganhou essa posição de destaque logo depois que abriu em 1940, em resposta à influência cada vez maior do movimento operário depois que venceu a greve dos estivadores na década de 1930, e aumentou com o poder dos trabalhadores durante a Segunda Guerra Mundial. Em 1963, o restaurante já não estava mais nos seus melhores dias, mas a pobreza que exibia nos cantos combinava bem com a imagem que ele tinha de ponto de encontro declarado para aqueles cujo trabalho era representar os interesses dos submissos trabalhadores assalariados de São Francisco.

Samuel ligou antes e tentou fazer uma reserva para almoçar com Art McFadden no dia seguinte, mas não conseguiu. Ligou para o cara para dar a notícia, mas foi informado de que não se preocupasse, que era só aparecer que sempre davam um jeito para eles, qualquer que fosse o dia. Samuel foi conferir para ver se era verdade. No dia seguinte, ele pegou o bonde elétrico da rua Mission e saltou no cruzamento da Mission com a 23. Andou meio quarteirão até o Bruno's, passando por uma sapataria mexicana; uma clínica com a foto de um médico na vitrine segurando um estetoscópio, e os preços para vários exames escritos em espanhol; e duas lojas dedicadas a vender vestidos para meninas que iam fazer a primeira comunhão, algo muito importante na comunidade latina. Também havia um mercado com frutas e verduras frescas na calçada abarrotada de gente. Parecia até que aquele era um bairro próspero e badalado. Quando entrou no estabelecimento meio caído pouco antes das 13 horas, o lugar estava lotado. Havia representantes da maioria dos sindicatos de São Francisco espremidos no bar, misturados a políticos, policiais à paisana e alguns mais importantes, de uniforme. Era tanta fumaça em volta do bar que tudo o que Samuel tinha a fazer era respirar fundo para satisfazer qualquer ansiedade real ou imaginária que ainda pairasse em sua mente sobre fumar um cigarro.

Viu Art McFadden no fim do balcão, vestido com o mesmo paletó xadrez que usara na igreja algumas noites antes, mascando um charuto vagabundo e conversando com um homem que Samuel não sabia quem era. Teve que abrir caminho com os ombros para chegar até ele.

Quando viu Samuel, McFadden tirou o charuto da boca, engoliu o bourbon com gelo num só gole e deu um tapa nas costas do jornalista, antes de apresentá-lo ao chefe do Sindicato dos Trabalhadores, que estava a seu lado. Por causa do barulho e da fumaça, era impossível ouvir integralmente qualquer conversa, quanto mais reconhecer a pessoa com quem se estava falando.

— Chegou bem na hora, Samuel — saudou McFadden, com uma risadinha.

Samuel teve que adivinhar o que ele havia falado.

— Não foi fácil passar no meio dessa gente toda, como dá para perceber.

McFadden passou alguns dólares ao maître, e os dois foram levados até uma mesa longe o suficiente do barulho das pessoas, para que conseguissem se entender. Antes de se sentarem, McFadden pediu ao maître que mandasse mais um bourbon com gelo pelo garçom.

— O que você quer, Samuel?

— Um uísque com gelo — gritou o repórter, antes de se dar conta de que não precisava mais gritar.

Os dois homens se sentaram. O irlandês gordo era sociável; e, pelo que Samuel havia visto, era muito bem relacionado no universo dos trabalhadores.

— Eu não costumo ver você — disse McFadden. — Você é novo no jornal?

— Eu só virei repórter há pouco mais de um ano — explicou Samuel. — E, antes disso, eu não saía muito. E você?

McFadden riu.

— Um irlandês está sempre em casa aqui. Como pode ver, nós somos muitos.

Samuel não queria perder mais tempo, mas também não queria entrar logo num terreno perigoso, por isso esperou o momento certo. McFadden fez quase todo o trabalho para ele.

— Vamos tomar alguns drinques e nos conhecer melhor. Gosto de saber com quem estou lidando — disse ele.

— Muito bem. E eu também gostaria de saber mais a respeito de você.

Beberam seus drinques e cada um pediu mais dois; e no meio disso ainda comeram um filé de linguado com molho de manteiga acompanhado de batatas portuguesas. Durante a refeição, amigos e conhecidos de McFadden pararam na mesa para dizer alô ou pedir que ele passasse um minutinho com eles depois do almoço.

— Parece que você conhece todo mundo por aqui — disse Samuel, percebendo que o irlandês havia relaxado depois que os dois já tinham bebido bastante.

— Este é um dos lugares onde faço negócios. É onde eu acerto a maioria das minhas coisas.

— Qual é a sua relação com a Igreja Universal do Desdobramento Mental? — perguntou Samuel, enquanto notava uma barata gigantesca subir lentamente a parede ao lado da mesa. Não se dignou a matá-la porque imaginava que haveria muitas outras para substituí-la.

— Ela é uma fonte de casos para o meu chefe, Michael Harmony — respondeu McFadden. — Um dos maiores advogados de São Francisco.

— O reverendo recomenda o escritório de advocacia do seu chefe aos fiéis?

— Com certeza. Muitos deles.

— E o que ele ganha em troca?

— Eu sabia que você ia me perguntar isso, e não estou livre para contar.

— Prometo que não vou publicar nada do que me disser. Só dê uma ideia geral para eu entender como a coisa funciona.

— Você é repórter, não é?

— Sou.

— E você sabe que é contra a lei pedir casos e pagar por eles, não sabe?

— Já ouvi dizer.

— O que você acha que o promotor público iria pensar se soubesse que existe gente nesta cidade comprando casos em Mission? — perguntou McFadden.

— Provavelmente nada, se fosse só entre irlandeses — respondeu Samuel. Os dois riram. — Existem coisas muito piores que acontecem aqui do que ajudar pessoas a conseguir um advogado.

McFadden soltou uma enorme risada que chamou a atenção de vários comensais nas mesas em volta.

— Você é muito bom, Samuel. Vou me lembrar dessa. Mas, falando sério, o que você acha que iria acontecer se esse tipo de informação vazasse?

— Obviamente, muitos advogados que estivessem fora do esquema iam sair fazendo acusações — disse Samuel. — Mas não estou interessado em publicar essa informação. Só quero saber o que acontece lá dentro. Só isso.

— Tudo bem, tudo bem. Desde que fique só entre nós, eu conto como tudo funciona. Mas você tem que me prometer.

— Prometo — disse Samuel, colocando uma nota de 20 dólares na mesa, que a mão carnuda de McFadden imediatamente rapou e enfiou no bolso da lapela.

— O reverendo me passa os casos dos fiéis que sofreram algum tipo de dano. Diz para eles que Deus quer que eles venham até mim para receberem ajuda.

— E o que ele recebe em troca?

— Xoxotas — disse McFadden com a cara dura, e então riu. — O anão gosta de foder umas xoxotinhas novas. Então, eu saio por aí como se fosse um cafetão e arranjo umas mocinhas para acompanhar as missas dele. O resto é fácil. O cara leva jeito com as garotas. Mas o dinheiro não troca de mãos. É um ótimo negócio.

— Como você consegue que elas transem com ele?

— Isso não interessa. Eu simplesmente consigo e pronto. — McFadden riu.

— Alguma das garotas já veio até você para reclamar?

— Você está perguntando se o anão dá conta do recado? — Ele soltou uma gargalhada batendo a mão na mesa. — Ora, não, senhor. Nem uma única vez nos seis meses que nós trabalhamos juntos.

— Conte alguma coisa sobre o anão que eu possa usar no meu artigo.

— Ah, isso é fácil. Ele é muito direito, um homem de palavra. E muito esperto também; conhece o valor do dinheiro, o que ajuda muito quando você basicamente está administrando uma instituição de caridade.

— Você acha que ele está se aproveitando da caridade? Digo, em matéria de dinheiro?

— Está, mas o que ele gosta mesmo é do poder. Faz com que ele se sinta um figurão. Mas ele sabe o valor do dinheiro. E, pela aparência dos shows que ele monta, deve estar ganhando bem. Além das garotas, eu sei que pago bem a ele.

— Mas eu não posso usar esse lado da operação para mostrar o quanto ele entende de dinheiro.

— É verdade, mas pode dizer que ele é um empresário de talento.

— Baseado em quê?

— Em que ele faz o cesto correr e junta um bocado de dinheiro.

— Já que nós estamos compartilhando segredos, posso perguntar uma coisa confidencialmente? — inquiriu Samuel, imaginando se estava agindo certo ao tocar no assunto da saca de feijão.

— Vá em frente, meu jovem — assentiu o irlandês, olhando para ele de olhos arregalados, já pensando em vender mais informações confidenciais.

Samuel percebeu a ansiedade do outro e pensou mais uma vez antes de fazer a pergunta que pretendia.

— E quanto àquele belo quadro renascentista que ele usa como objeto cenográfico?

— Eu já perguntei a mesma coisa. Ele diz que ganhou da Dominique. É tudo o que eu sei.

— E a Dominique? O que você acha dela?

— Eu a conheço da sua outra linha de trabalho, se é que você me entende.

— É. Já ouvi falar que tem gente que paga para levar uma boa surra dela.

Samuel riu e McFadden soltou uma sonora gargalhada.

— Você consegue imaginar alguém comprando um feitiço daquela mulher, pensando que todo esse tempo ela quer mesmo é enfiar alguma coisa no seu cu? Mas, verdade seja dita, ela é uma empresária muito esperta. Foi ela que me levou até o anão. Disse que uma xoxotinha fazia maravilhas com ele, e estava certa — riu de novo.

Samuel achou que isso era tudo o que ia conseguir do irlandês sem entornar o caldo e entregar o que realmente queria.

— Você me ajudou muito, McFadden — disse ele, pedindo a conta.

McFadden fez um sinal negativo.

— Meu nome é Art, Samuel, e o almoço é por conta do Dr. Harmony. Vou contar que ele fez um novo amigo no jornal da manhã.

— Agradeça a ele por mim. E diga que é sempre bom ter amigos bem relacionados. — Eles riram de novo e se cumprimentaram.

No caminho até o apartamento, no ônibus de Mission até a esquina da 5 com a Market, e na viagem de bonde pela rua Powell, Samuel se lembrou das mocinhas histéricas na primeira fila da missa que assistira e se perguntou se elas teriam alguma coisa a ver com o crime que ele estava investigando. Mas não era uma boa hora. Havia bebido demais para tirar qualquer conclusão. Esperava se lembrar disso quando amanhecesse.

Capítulo 8

Octavio e Ramiro

Dois dias depois do almoço com McFadden no Bruno's, Samuel estava pronto para se encontrar com Dominique. Deu um pulo no Camelot na noite anterior para contar as últimas a Melba e para fazer uma social com Blanche, que finalmente voltara e estava atendendo no bar em forma de ferradura. Ele também quis saber de Excalibur, mas Melba lhe disse que o vagabundo estava tomando um banho para tirar as pulgas e receber uma "geral", e com isso ele dedicou toda a sua atenção a Blanche.

— Meu amigo Bernardi, detetive de homicídios, quer convidar a gente para um restaurante italiano em North Beach, para que vocês possam conhecer a Vanessa, namorada dele.

— Parece bom. Será que dá para ser na terça à noite? É o meu único dia de folga enquanto estou na cidade — respondeu Blanche.

— Vou dar um jeito de ser na terça.

Samuel achou que Blanche estava deslumbrante, especialmente depois que ela aceitou mais uma chance de explorar São Francisco com ele. Ele olhou seus cabelos louros puxados num rabo de cavalo preso por um elástico e admirou os olhos azuis que contrastavam com sua pele bem cuidada. Mas naquela hora, ela não parecia muito saudável.

— Você está muito vermelha hoje. Está tudo bem?

— É claro. — Sorriu. — É só que eu corri lá de casa até aqui e o meu pulso ainda não voltou totalmente ao normal. Demora exatamente 24 minutos. — Ela sorriu e piscou para ele. — Agora que você não está mais fumando, por que não vem correr comigo uma hora dessas?

— Eu tentei no parque Golden Gate, lembra?

— É, mas você roubou. Pegou um ônibus.

— Como é que você adivinhou?

Ela piscou de novo.

— Foi fácil. Quando você chegou à lanchonete da Betty depois da corrida, não tinha um cabelo fora do lugar e seu rosto estava branco como sempre, como agora por exemplo, e não todo vermelho.

A mente dele buscava uma resposta rápida quando Melba gritou da frente do bar, na mesa redonda.

— Telefone, Samuel. É a Rosa María.

Blanche lhe passou uma extensão atrás do bar.

— Alô, Sra. Rodríguez. Aqui é o Samuel. Como vai?

Sua testa se franziu numa expressão de incompreensão. Tirando o jantar na casa dela, em companhia de Melba, quando ela dera a lista dos compradores das sacas de feijão-rajado, ele não a conhecia.

— Os meninos têm uma notícia para você, Hamilton. Você pode vir até o mercado?

— Quando? — perguntou, assentindo animado.

— Eles costumam chegar da escola às 15 horas. Podemos marcar às 16 horas amanhã? É sobre um amigo deles. Mas é melhor deixar que eles contem, para eu não acabar confundindo as coisas.

— Tudo bem. Estarei lá. O endereço é rua 20 com Shotwell, certo?

— Certo. Vejo você amanhã.

Samuel pediu mais um uísque e deu uma olhada no caderno durante alguns minutos. Perguntou a Blanche se podia usar o telefone outra vez. Então discou alguns números procurando Dominique e finalmente conseguiu falar.

— Preciso desmarcar a entrevista de amanhã para outro dia — explicou. Marcaram uma nova data e ele desligou.

— Muita coisa acontecendo? — perguntou Blanche.

— É, parece que tudo está acontecendo ao mesmo tempo. Mas a Sra. Rodríguez está dizendo que as crianças têm alguma coisa importante para me dizer.

— Por que não a chama simplesmente de Rosa María?

— Eu não a conheço o suficiente.

— Ela pode parecer formal, mas tem os pés no chão.

— Eu fui à casa dela com a sua mãe. Ela também a convidou, mas você não estava aqui.

— Eu sei. E quem é Dominique? — perguntou Blanche, tentando não parecer muito óbvia.

A esperança de Samuel aumentou. Seria possível ela estar com ciúmes só por que ele falara com uma mulher que ela não conhecia? Olhando o rosto dela à espera de uma reação, ele explicou quem era e como estava ligada ao pastor anão. Acrescentou que as pessoas achavam que, na verdade, ela era uma bruxa.

— E o que você quer dizer com bruxa? Poções mágicas e esse tipo de coisa?

— Magia negra, pelo que me disseram.

— E essas maluquices não são ilegais?

— Também já me disseram isso. Mas eu não estou preocupado com o que ela faz com as "maluquices" dela, como você diz, mas com as informações que ela pode me dar.

— Que informações? Está procurando uma poção do amor? — perguntou, sorrindo.

Samuel ficou todo vermelho porque ele realmente havia pensado em pedir uma coisa dessas a Dominique.

— Adiantaria alguma coisa? — perguntou, sondando.

— Deixe de ser bobo. Eu só estava provocando você.

— Foi o que pensei — ele disse, passando o dedo para limpar o acúmulo de gotinhas no copo, antes de beber o último gole do drinque.

As duas crianças chegaram da escola no dia seguinte às 16 horas, enquanto Samuel estava no Mercado Mi Rancho conversando com Rosa María. Pareciam felizes em vê-lo. Cumprimentaram educadamente, e Marco apertou sua mão, enquanto Ina, ainda muito tímida em sua presença, foi procurar abrigo atrás de Rosa María. Cada um comeu um lanche e um copo de leite na pequena área atrás do balcão, escondida das vistas do público, que era usada como escritório. Rosa María ofereceu a Samuel um refrigerante ou uma xícara de café, mas ele recusou.

— Contem ao Sr. Hamilton aquilo que me contaram ontem — pediu, depois de eles terem comido e ficado mais quietos. Deixou a porta entreaberta, caso precisasse atender um cliente.

— Nosso trabalho é ajudar nossos pais no mercado depois da escola e nos fins de semana — explicou Marco.

— E nós ficamos amigos de alguns dos clientes — interrompeu Ina.

— Gostamos especialmente do Octavio e do Ramiro, que é primo dele — disse Marco. — Eles vêm ao mercado juntos para comprar a comida da semana, normalmente aos sábados.

— De onde eles são? — perguntou Samuel.

— Os dois são do México — disse Ina. — E eles não falam inglês. Pelo menos, com a gente, não.

— Há uns seis meses, eles pararam de vir. Nós achávamos que eles tinham simplesmente voltado para o México — disse Marco. — Mas, no sábado passado, Ramiro veio sozinho. Parecia estar muito triste. Perguntei onde estava o primo dele.

Ina, que não queria ser deixada de fora, interrompeu.

— E ele disse que o primo tinha desaparecido.

Samuel, que estava ocupado fazendo anotações, olhou para cima, primeiro para Rosa María e depois para as crianças.

— Desaparecido?

— Foi o Ramiro que disse — responderam os dois, ao mesmo tempo.

— Quantos anos o Octavio tinha?

Os dois ficaram sem saber o que responder.

— Eu diria que ele tinha uns 20 e poucos anos — disse Rosa María.

— Como ele é? — perguntou o repórter.

— Baixo e magrinho, como a maioria dos que acabam de chegar do México. Ele é muito bonito, mas também é durão, se está me entendendo.

— Para falar a verdade, não — respondeu Samuel, tentando fazer uma imagem mental de Octavio.

— Ele tinha uma aparência muito esperta, como uma pessoa que sabe tomar conta de si mesma. Foi por isso que eu tive as minhas dúvidas ao telefonar, mas os meninos me convenceram de que ele não ia simplesmente desaparecer.

— Como é que eu posso falar com o Ramiro?

— Eu tenho o endereço e o telefone dele — disse Rosa María e lhe deu uma folha de papel. — Lembre-se de que ele não sabe falar inglês, por isso vai precisar de um intérprete. Mas, primeiro, você vai precisar convencê-lo de que não vai entregá-lo à imigração, já que, obviamente, ele está aqui de forma ilegal. Nisso eu posso ajudar. Posso ligar para ele e dizer quem você é e que pode ajudá-lo a encontrar o primo. Só não posso ir com você, por causa das crianças e do mercado.

— Eu posso arranjar uma intérprete — disse Samuel. — Quando será que eu consigo falar com ele?

— Vou tentar falar com ele esta noite e aí falo com você. Provavelmente vai ter que ser depois do trabalho ou no fim de semana. Posso contatá-lo pela Melba?

— Não. Eu vou lhe dar meus telefones de casa e do trabalho. Diga a ele que no fim de semana é melhor. Você me diz quando?

— Digo.

Samuel sorriu para ela, muito grato.

— Obrigado pela ajuda, meninos. O que vocês disseram pode ser muito importante. Se isso acontecer, vou colocar o nome de vocês no jornal.

As crianças ficaram muito animadas.

— Perto das histórias em quadrinhos? — perguntou Marco.

Samuel entendeu.

— Claro, Marco. Ao lado das histórias em quadrinhos.

Samuel contatou Vanessa contando a informação que recebera e conseguiu que ela o acompanhasse e agisse de novo como sua intérprete. Quando Rosa María telefonou para Samuel dizendo que Ramiro aceitava conversar com ele, deu ao repórter o nome de um restaurante mexicano onde o rapaz se sentiria à vontade e confirmou que ele estaria lá.

Era quase meio-dia de sábado quando um jovem mexicano caminhou até a porta de vidro de um restaurante meio fora de caminho na rua 26, perto da rua Valencia, olhou para dentro e então se postou na soleira da porta e hesitou. Era um garoto tímido que não tinha mais de 20 anos, com no máximo 1,65 m de altura e magrelo. Tinha um rosto ossudo, pele cor de canela e olhos castanhos que transmitiam tristeza e medo.

Samuel estava comendo tacos, aproveitando o cheiro dos feijões refritos no prato e tomando uma cerveja mexicana geladinha. Vanessa olhou para cima, parou de comer a salada e fez sinal para o rapaz, que demorou a atender ao chamado. Olhou em volta furtivamente, como que para ter certeza de que não estava sendo atraído para uma cilada e para certificar-se de que não havia ninguém atrás dele. Samuel não moveu um músculo. Ficou olhando para o rapaz e fez uma anotação mental para que pudesse identificá-lo se ele decidisse sair antes que conseguissem conversar. Ramiro finalmente aceitou o convite de Vanessa, entrou no restaurante e se aproximou da mesa. Apresentou-se e se sentou.

Vanessa conversou com ele por vários minutos em espanhol e ele finalmente começou a se acalmar, mesmo recusando o convite de comer alguma coisa. Samuel pôs de lado seu prato vazio de tacos, a garrafa de cerveja igualmente vazia e perguntou a Vanessa se ela já tinha descoberto por que ele estava tão nervoso.

— Ele disse que, desde que o primo desapareceu, há seis meses, ele vive com medo. No começo, achou que a Imigração pegara o Octavio; mas até agora ninguém da cidadezinha em que eles moravam perto de Mazatlán viu o primo ou ouviu falar dele; por isso deportado ele não foi. Ele diz que é assustador quando alguém que você está acostumado a ver todo dia simplesmente desaparece sem dizer nada a ninguém.

Samuel quis saber quando ele saíra de casa e por que foram para lá. Mais uma vez, ela e Ramiro falaram em espanhol.

— Ele disse que saíram há mais de dois anos. Disse que vieram pelas mesmas razões de todos os homens da aldeia. Para trabalhar, economizar dinheiro e comprar terras para arar e construir uma casa.

Quando pediram para dar uma descrição física de seu primo Octavio, ele deu a mesma que Rosa María dera. Como ele não o descreveu como durão ou esperto, Samuel pediu para saber mais sobre sua personalidade.

— Ele estava metido com gangues ou drogas?

— Não. Ele trabalhava muito duro. Queria economizar dinheiro para poder se casar com a namorada e levá-la para casa com ele, mas ela acabou mudando de ideia sobre se casar com ele e sair de São Francisco.

— Por quê? — perguntou Samuel.

— Ela ficou muito envolvida com uma igreja que eles frequentavam. Gostava muito do pastor. Octavio tinha ciúmes e queria tirá-la de São Francisco. Ele chegou a confrontar o pastor e mandá-lo se afastar da namorada.

Samuel e Vanessa ficaram se olhando, sem conseguir acreditar. Ela perguntou a Ramiro:

— Você está falando da Igreja Universal do Desdobramento Mental? — Vanessa perguntou a Ramiro, continuando após ouvir a resposta: — Está. Sara Obregon, a namorada dele, ia à igreja duas ou três vezes por semana. Então ele começou a ir também. Foi lá que ele teve a ideia de que alguma coisa estava rolando entre ela e o pastor. Mas os guarda-costas da igreja o impediram de voltar lá. Isso o deixou com mais raiva ainda.

— E o que foi que a Sara achou de tudo isso? — perguntou Samuel.

— A essa altura ela estava doente e muito fraca, por isso foi ver a bruxa da igreja. E então Octavio e Sara tiveram uma briga enorme por causa do pastor, e ele pediu para que ela voltasse ao México com ele e esquecesse o pastor.

Samuel sacudiu a cabeça.

— Será que eu entendi o que ele acabou de dizer? Eles brigaram por causa do pastor?

— Brigaram — respondeu Vanessa. Continuou a traduzir. — Ela disse que não estava interessada no pastor, mas que tinha que esclarecer algumas coisas com ele. Aí, o Octavio desapareceu e, depois, ela também.

— Ela também desapareceu? — perguntou Samuel, sacudindo a cabeça e cerrando os olhos. — Peça para ele falar um pouco mais sobre isso.

— Depois que o Octavio sumiu, Ramiro perguntou a Sara onde ele estava. Ela parecia muito preocupada com alguma coisa. Disse que não sabia e que pouco se importava. Disse que tinha os seus próprios problemas.

— Pergunte quais eram esses problemas.

— Ela se recusava a falar sobre o que a estava preocupando. E ele também não a conhecia tão bem assim. E aí, ela também desapareceu.

— Quanto tempo depois do Octavio? — perguntou Samuel, pensando na hipótese de aquelas garotas histéricas da primeira fila estarem de alguma maneira ligadas ao crime que ele investigava.

Ramiro coçou a cabeça e olhou longamente pela janela. Samuel pôde perceber que reviver a experiência do desaparecimento do primo estava sendo difícil. O rapaz cerrou os punhos e bateu com eles na mesa. Mais calmo, pediu:

— *¿Me puede dar un vaso de agua?*

— É claro — respondeu Vanessa, e chamou o garçom. — Quer alguma coisa, Samuel?

O repórter virou a folha do caderno enquanto sacudia a cabeça. O garçom trouxe a água e Ramiro bebeu. Depois, continuou:

— Mais ou menos uma semana depois que Octavio desapareceu — disse Vanessa.

— O Ramiro falou com o pastor ou com a Dominique sobre o primo? — quis saber Samuel.

Ramiro limpou uma lágrima que escorria pelo olho e olhou para a mesa.

— Falou, sim, e nenhum dos dois admitiu saber qualquer coisa. Ramiro ficou louco e disse a Dominique que sabia que ela tinha dado alguma coisa a Sara; só não sabia o quê. Dominique ficou com raiva e disse que não era verdade. Aí disse que não podia falar de seus clientes e não chegou sequer a admitir que Sara costumava vê-la. Mas o Ramiro sabia que isso não era verdade porque já a vira entrar no consultório da igreja. Quando Ramiro tentou se aproximar do pastor, os guarda-costas se interpuseram e o anão se recusou a falar com ele. Foi aí que ele desistiu. Parou de ir à igreja e decidiu só esperar, torcendo para que o Octavio voltasse.

— Ele sabe o que a Dominique deu a Sara? — perguntou Samuel.

— Não, mas ele acha que, por causa disso, Sara ficou muito doente.

— Que droga — disse Samuel. — E a família dela? Ele teve algum contato com eles?

— Teve, sim — traduziu Vanessa. — Eles são de outra região do México, de Guaymas. Fica mais ao norte de Mazatlán, no litoral. Pensei que talvez eles tivessem ido para lá juntos. Mas a família checou com os parentes que ainda moram lá e ninguém tinha ouvido falar dela também.

— Ele ou alguém da família de Sara falou do desaparecimento dela para a polícia?

— Você está brincando? São todos ilegais. Nenhum de nós confia na polícia.

— Será que você pode me dizer mais alguma coisa que seja importante sobre o desaparecimento de um ou outro?

— Eu fui com a família dela até a igreja de São Domingo na rua Bush e rezamos juntos no altar de São Judas — contou ele a Vanessa.

— E que importância tem isso? — indagou Samuel.

Vanessa respondeu:

— São Judas é o padroeiro das causas perdidas. Só existe uma igreja em São Francisco que tem uma estátua dele. Todo mundo que é católico sabe onde fica; e, quando tudo mais dá errado, nós vamos até lá e rogamos a ele que nos ajude a encontrar uma pessoa amada ou resolver um problema insolúvel. Se chegaram a esse ponto, é porque devem estar desesperados mesmo.

— Você apelaria a São Judas ou à Dominique?

Ela revirou os olhos.

Samuel pediu para fazer uma pausa e tomou mais uma cerveja, enquanto Ramiro bebia um refrigerante e Vanessa, um café. Depois, conversaram um pouco mais. Quando terminaram, Samuel tinha muito para contar a Bernardi. Mas sua cabeça estava rodando com tantos detalhes que ele não conseguia juntá-los. Precisava de tempo para pensar e conferir algumas coisas.

Capítulo 9

Alguns desdobramentos surpreendentes

Samuel tinha mais uma coisa a fazer antes de se encontrar com Bernardi. Ele imaginou que Vanessa já fosse adiantar ao detetive o que tinham descoberto com Ramiro; e ele podia averiguar o que a bruxa sabia — e se sabia — sobre a saca de feijão-rajado que continha a parte do corpo, e qualquer ligação que a saca tivesse com a igreja. Ele descobrira muitas coisas desde a primeira vez que marcara um encontro com ela e agora tinha de decidir como mencionar as revelações que Ramiro havia feito sobre a poção do amor e as visitas que a garota lhe fizera. Ele precisava dar um jeito de tocar nesses assuntos sem que ela se fechasse. Parte do problema era que ele concordara em exercer duas funções: estava investigando um assassinato e trabalhando como repórter de jornal.

Utilizando o artigo sobre o pastor como pretexto, ele remarcou a entrevista que tinha para falar com Dominique no apartamento dela. Pelo que disse, ela não recebia mais os pacientes com alguma questão espiritual ali, já que podia lidar com eles na igreja. Ela reservava o apartamento para os seus outros afazeres. Samuel já tinha ouvido falar nessas atividades, mas, no momento, não estava interessado nessa faceta da sua vida. O que ele precisava era de informação.

O exterior do edifício estava precisando urgentemente de uma pintura e havia lixo jogado por toda a calçada na esquina das ruas Folsom e 17. Quando tocou a campainha do apartamento de Dominique, pensou que ela devia morar num pardieiro, mas mudou de ideia quando a porta se abriu lentamente e ele subiu as escadas mal iluminadas mas bem decoradas. Ficou ainda mais impressionado quando chegou lá em cima. Dominique o encontrou vestida com um terninho elegante e uma blusa de seda. Acompanhou-o até a sala. Ele imediatamente viu as molduras iluminadas nas paredes com o que pareciam cabeças caídas.

— Você tem um gosto bem incomum — disse Samuel.

— Eu gosto de colecionar objetos étnicos do mundo inteiro. Espero que, ao vê-los, as pessoas parem para pensar na cultura dos outros países.

— Eu nunca vi nada parecido com sua coleção.

— Demorei a vida inteira para juntar — disse ela, com uma complacência confiante. — Entre, por favor. Sente-se.

Samuel se sentou e tentou não ficar olhando para as cabeças caídas, mas não conseguia tirar os olhos daquela direção.

— Demora um pouco até se acostumar. Você prefere ir ao meu escritório?

— Acho que eu ficaria menos distraído.

Ela se levantou, destrancou a porta que ficava atrás dela e acendeu vários interruptores de luz. Quando Samuel entrou, viu-se diante de uma coroa de ervas pendurada do teto. Totalmente tomado pelo cheiro, ele lutou para não espirrar. Várias imagens do que pareciam deuses pagãos estavam cuidadosamente distribuídas pelo ambiente, destacadas por spots de luz.

— Esta sala é ainda mais impressionante que a outra — disse.

— Está reconhecendo essas deusas? — perguntou. — Essa aqui é Xochiquetzal, a deusa asteca das flores e do amor.

Samuel olhou para a imagem de barro um tanto complicada que usava um grande cocar de penas e um vestido ornamentado.

— É uma imagem muito positiva na sociedade mexicana, especialmente entre os pobres. A que está do outro lado é a deusa asteca dos nascimentos, Tlacolteutl.

Samuel observou uma figura agachada com um bebê saindo do meio das pernas abertas.

— Este é o meu retiro. Era aqui que eu costumava receber a maioria dos meus clientes que precisavam de ajuda espiritual. Quer dizer, até eu ficar ocupada demais na igreja.

— E o outro lado do seu apartamento?

— O outro lado é para outro tipo de serviço que eu tenho certeza de que você já ouviu falar, Sr. Hamilton. — Sorriu, maliciosamente. — Mas, para ser sincera, eu não tive mais tempo ou inclinação para trabalhar nessa área desde que comecei a atender tanta gente na igreja do reverendo Schwartz. Eu sei que tenho o dom da cura, e essa é a minha vocação.

— Confesso que conheço a sua outra atividade, mas eu não estou aqui para falar sobre isso. Estou fazendo uma matéria sobre o reverendo. Conte-me sobre como vocês se conheceram e como a igreja funciona. Parece que você sabe de muita coisa que acontece lá dentro.

Dominique não apreciou essa descrição da maneira como ela ajudava a administrar a igreja, e Samuel percebeu sua irritação pelo tom de voz mais agudo e pelo modo como ela esfregou as palmas das mãos no terninho como se estivesse limpando um suor nervoso. Ela lhe deu uma longa explicação sobre como fora assistente de William L. Gordon, o doutor do "divino", e sobre como ajudara o reverendo Schwartz a adaptar os ensinamentos de Gordon à sua igreja localizada numa loja.

Depois de falar por uns dez minutos, ela subitamente mudou de assunto:

— Você também escreveu no seu jornal sobre parte de um corpo que foi encontrada numa lata de lixo. E, pelo que dizem as matérias, você continua a cobrir esse assunto. Ou será que eu o estou confundindo com outra pessoa? — perguntou, com um olhar penetrante.

— Está totalmente certa. Eu ainda investigo aquele incidente. Mas não é por isso que eu vim aqui — mentiu.

— Com certeza você não está pensando que eu tive alguma coisa a ver com aquilo? — perguntou, desconfiada, se endireitando na cadeira.

— Tenho certeza de que não — voltou a mentir.

Dominique se sentou na beira da cadeira.

— Fale mais dessa matéria. Parece uma coisa horrível. Pelo que você escreveu, a vítima era um jovem latino. Eu fico curiosa, já que moro em Mission e vejo tantos rapazes latinos no bairro e na igreja.

Samuel aproveitou aquela deixa, sabendo que Octavio era cliente dela.

— Por acaso, você não deu por falta de ninguém na igreja, deu?

— Sr. Hamilton — ela implorou —, o senhor tem que entender que nós lidamos com uma população de imigrantes. Eles vêm e vão. Um dia nós estamos orientando uma pessoa, e, no outro, ela foi embora.

— Então, o que quer dizer é que não sentiu a falta de ninguém.

Nesse instante, uma gata persa entrou na sala, foi até Dominique e roçou o corpo na perna dela.

— Esta aqui é a Puma. Ela é minha companheira — disse Dominique, ignorando a pergunta.

A gata encarou Samuel, e em seguida correu e pulou numa cestinha lá no canto. Era toda forrada de aniagem. Samuel percebeu os traços de algumas letras vermelhas impressas na parte que saía da cesta. Ele estava quase voltando à sua linha de interrogatório, mas achou melhor mudar de direção. Primeiro, teria de consultar Bernardi. Mas ele não poderia simplesmente se levantar e sair; precisava se retirar com elegância, por isso passou mais alguns minutos indagando exatamente o que ela fazia para o reverendo Schwartz.

— O reverendo me disse que, quando o mal é grande demais, ele pede para você fazer uma limpeza nele. Perguntei como isso acontecia e ele me mandou falar com você.

— Sinto muito, Sr. Hamilton, mas eu não tenho liberdade de discutir a maneira como trato os meus clientes. Eu posso confirmar que o reverendo Schwartz é meu cliente e que o atendo profissionalmente quando ele pede a minha orientação.

— Mas ele me deu permissão para perguntar isso — disse Samuel, imaginando que tipo de limpeza a dominatrix poderia fazer no pastor. — Eu tenho mais uma pergunta e é sobre o quadro que o reverendo usa nos sermões. Ele disse que você emprestou a ele.

— É verdade. O quadro é meu.

— Onde o conseguiu? Parece que foi pintado por um dos grandes mestres.

— Essa é uma longa história e eu não vou entrar nela agora. Vamos dizer apenas que o reverendo o aproveita ao máximo.

Samuel fez várias outras perguntas sem importância e finalmente pediu licença, tentando não aparentar muita pressa, e saiu do apartamento.

Ele parou numa cabine telefônica e ligou para Bernardi, que não estava lá. Deixou marcado com a recepcionista para falar com ele no dia seguinte, às 8 horas.

* * *

Samuel chegou ao Tribunal com meia hora de atraso na manhã seguinte. Para Bernardi, isso não tinha importância, já que havia uma pilha de pastas que precisavam da sua atenção, algumas na mesa e outras espalhadas pelo chão. O repórter estava com a cara toda vermelha e pareceu frustrado.

— Você deve ter tido uma noite ruim — comentou o detetive, tomando o café frio e comendo o último pedaço da rosquinha caramelada. Então, para completar seu ritual diário, ele esfregou as mãos, eliminando os últimos farelos de açúcar que ainda estavam presos nos dedos.

Samuel sentou-se numa das duas cadeiras em frente à mesa de Bernardi.

— Comecei mal o dia. É tanta coisa na cabeça que eu deixei a carteira e o dinheiro em casa.

— Qual é o problema, meu amigo? A Vanessa já me contou do seu encontro com o Ramiro. E a recepcionista me disse que você tinha algo muito importante para me dizer. Espero que tenha descoberto alguma coisa mais útil do que esse negócio do Octavio e da namorada desaparecida.

— Descobri outra coisa além disso e, no momento, ir atrás do casal fica em suspenso — disse Samuel.

— É mesmo? Estou esperando — disse Bernardi, se inclinando na mesa, ansioso.

— A bruxa Dominique tem uma gata branca.

Bernardi ficou olhando para ele.

— E daí?

— Você não lembra que, quando encontraram a primeira parte do corpo, havia pelos de um animal branco no saco?

Bernardi se pôs logo de pé e deu um tapa na testa, como se tivesse acordado de um sonho.

— Caramba, Samuel, é isso mesmo. Você conhece este caso muito melhor do que eu.

— E tem mais. A gata branca dorme num cestinho no canto do apartamento, e esse cestinho é forrado com... adivinha o quê?

— Não faço a menor ideia.

— Um saco de aniagem com letras vermelhas, exatamente igual ao que a parte do corpo foi encontrada.

Bernardi apertou os olhos.

— Tem certeza?

— Eu não fui até lá e tirei a saca do cesto porque não queria que ela percebesse que eu tinha visto, mas tenho certeza. E agora, nós fazemos o quê?

Bernardi se recostou na cadeira e pensou por alguns instantes.

— Vamos até a sala do legista dar mais uma olhada naquele saco, nos pelos brancos e no pedaço de braço quebrado. Depois que eu der outra olhada na prova e acrescentar a sua descoberta ao quadro geral, a gente decide o que fazer.

Depois de terem reexaminado a prova, Bernardi coçou a cabeça e mordeu o lábio inferior.

— Eu aposto que ela não entende o quanto é importante o que você viu no apartamento dela. As únicas pessoas que sabem do pelo do animal naquele saco são você, o legista e eu. Além do mais, se ela pensasse que a gata fosse ser uma pista em tudo isso, ela jamais o teria convidado para fazer a entrevista naquela sala.

— Eu não estou entendendo direito. Não estamos atrás de uma prova que ligue alguém àquele saco, e não é exatamente isso o que o pelo da gata faz? — perguntou Samuel.

— Eu quero entrar no apartamento de Dominique e pegar essa prova, mas, antes de fazer isso, queria saber mais sobre a Sara. Vamos falar com a família dela primeiro. Ramiro disse que ela morava com eles.

— Por que quer falar com a família da Sara?

— Se tiver sobrado alguma coisa do que Dominique deu para ela e nós conseguirmos descobrir que substância química é, eu poderia acrescentar esses ingredientes ao mandado de busca.

— Você está querendo dizer que houve mais um assassinato e que a Sara pode estar morta?

— Eu não estou dizendo nada. Só estou tentando montar um caso. E o meu jeito de agir é conseguir o máximo de provas possível antes de sair apontando o dedo.

— Vamos conseguir uma declaração juramentada de cada pessoa da família, baseados na situação de Sara como pessoa desaparecida.

Quando Vanessa tentou marcar uma hora com os pais de Sara, ela bateu numa parede de silêncio. Embora os familiares estivessem procurando desesperadamente por ela desde que desapareceu e estivessem ansiosos por conseguir qualquer ajuda que pudessem ter, simplesmente não queriam aceitar a presença da polícia, que tinha uma relação de antagonismo com a comunidade latina. E, mesmo quando alguém falava com eles em espanhol, preferiam ficar só na esperança. Um último esforço foi feito por Vanessa e por seu pai, o Sr. Galo, que visitaram a residência da família, mas mesmo assim eles não cederam. Finalmente, Bernardi teve de conseguir um mandado de busca baseado na informação que

Samuel e Vanessa tinham conseguido com Ramiro, de que podia haver uma prova naquela casa que ligasse um réu a um possível homicídio.

Bernardi, Samuel e o intérprete oficial chegaram com o xerife, que apresentou o mandado e um representante do tribunal, na casa dos Obregon na rua Army, no bairro de Mission, a poucos metros da igreja católica onde o Sr. Galo fazia os seus sermões. Era uma casa pequena e malconservada atrás de outra maior, também muito maltratada. Ambas tinham tábuas faltando na fachada e pareciam muito pobres. Samuel desconfiava de que o proprietário cobrava aluguel, na esperança de que o terreno fosse subir de preço. Era mais barato do que fazer uma boa reforma e conseguir um preço mais alto com um tipo de inquilino diferente do que ele conseguia atrair.

De pé, em cima da varanda alquebrada, Samuel observou a mulher de 40 e poucos anos que abriu a porta e aceitou a explicação que o intérprete ofereceu de que a casa sofreria uma busca da polícia à procura de provas. Talvez ela tivesse sido muito bonita nos velhos tempos, mas agora havia engordado, o cabelo desgrenhado não tinha brilho e seu rosto estava inchado. Usava um avental de pano branco, com tecidos verdes e vermelhos costurados com linhas da mesma cor. O aroma de ervas mexicanas como cominho, pimenta chipotle e orégano chegava pela porta aberta da cozinha, nos fundos da casa. Um rádio tocava música *ranchera*. Com o xerife ali ao lado, Bernardi trouxe o intérprete, que o apresentou como o detetive Bernardi, do departamento de polícia de São Francisco, e tomou o cuidado de não dizer que ele era da divisão de homicídios, para não deixá-la ainda mais assustada.

Uma vez que estavam todos lá dentro, a mãe de Sara chamou o marido para se juntar a eles. Um menino de cerca de 10 anos olhou por trás de uma cortina que separava a sala do resto da casa. Então, uma garota no início da adolescência passou pela cortina e o tirou dali. Um mexicano de aparência frágil, com olheiras e rosto triste, foi atrás da garota. Ele olhava para o chão e não encarava nenhum dos três homens. A Sra. Obregon os apresentou relutantemente como seu marido Carlos, seu filho e sua filha. Explicou que Carlos havia lidado muito mal com o desaparecimento da garota, já que Sara era a filha mais velha, e a sua favorita. O baque sido tão forte que ele ainda não voltara ao trabalho desde que ela desaparecera, seis meses antes.

Bernardi explicou que a lei permitia que ele tomasse uma declaração oficial de todos eles a respeito de Sara. Ele pediu uma foto da filha desaparecida e a mãe apontou para um grande porta-retratos no beiral da lareira: surpreendentemente, era uma moça que parecia uma estrela de cinema.

— A minha Sara era tão bonita! Quando eu tinha a idade dela, eu também era assim. Mas olhe como eu estou agora! — respondeu. — Nós tiramos essa foto quando ela se formou na Escola Secundária de Mission. Foi a primeira pessoa dos dois lados da família a conseguir se formar. Tínhamos tanta esperança por ela — falou, mais à vontade com a abordagem simpática que o detetive estava adotando.

— Sinto muito por ter que fazer essas perguntas, senhora — disse Bernardi, mansamente, através do intérprete. — Qual a idade dela?

— Dezenove anos.

— Estava trabalhando?

— Ela ia à City College. Aliás, estava indo muito bem e estava muito animada. Quer dizer, até ela começar a sair com Octavio e eles se meterem com aquela igreja horrorosa.

— Eu já vou chegar lá — interrompeu Bernardi. — A senhora está me dizendo que não gostava do Octavio?

— No começo eu até gostava, mas aí eles começaram a frequentar aquela igreja na rua Mission e passavam o tempo todo brigando.

— A Sara contava sobre o que eles brigavam?

— Era alguma coisa com a igreja, mas ela não me contava.

A adolescente, que não parecia quase nada com a do retrato, interrompeu em inglês:

— O Octavio era ciumento, isso eu posso dizer. Mas ela não me dizia por quê.

Samuel, que estava ocupado fazendo anotações e tomando o cuidado de não se meter para que seu nome não aparecesse em nenhum registro oficial, se inclinou e sussurrou alguma coisa para Bernardi.

— O Octavio alguma vez bateu nela? — perguntou o detetive.

Todos fizeram que não com a cabeça.

— Ela teria dado um pontapé nele, se isso acontecesse — exclamou a irmã menor. — E isso ela teria me contado!

— Alguma vez ela falou numa tal de Dominique lá da igreja?

— Desculpe — pediu o intérprete. — Poderia repetir a pergunta?

Bernardi repetiu.

— Falou — disse a irmãzinha. — Falava dela e até se consultava com ela.

— Para quê? — perguntou o tenente.

— Dominique é uma *curandera*. Ela cura as pessoas. Ela receitou um remédio porque Sara estava com náusea e vomitando.

— E o que você acha que ela tinha?

— Eu não sabia. Por isso fiquei feliz quando ela foi ver a curandeira.

Samuel sussurrou mais alguma coisa para Bernardi, que abanou a cabeça.

— Você tem algum desses remédios em casa? — perguntou.

— Vou ter que olhar no quarto dela — disse a mãe, por meio do intérprete.

— A senhora se incomoda se eu for junto?

— Não. É por aqui — disse a mãe, que a essa altura já havia se dobrado completamente ao charme de Bernardi. — Ela divide o quarto com a irmã.

A Sra. Obregon atravessou a cortina e o grupo andou pelo corredor. O assoalho de madeira era pintado de marrom-escuro e as paredes eram bege. A mãe abriu a porta num dos lados do corredor que mostrava um quarto arrumado com dois guarda-roupas e duas camas, muito benfeitas.

— Este é o quarto das meninas — explicou.

Havia um banheiro, cujo acesso se dava pelo quarto.

— Este aqui é o banheiro dela? — ele perguntou.

— Este é o único banheiro da casa.

— Se incomoda se eu der uma olhada?

— Por favor.

Ele abriu o armário em cima da pia e só havia escovas e pasta de dente. Nenhum remédio, de nenhum tipo. O armário embaixo da pia continha uma caixa pela metade de absorventes e um pouco de papel higiênico.

— Essas coisas são da Sara?

A irmã ficou vermelha.

— Nós duas usamos naqueles dias do mês.

— Ele voltou ao quarto e olhou nos dois guarda-roupas.

— Qual é o da Sara? — perguntou. A irmã mostrou. Ele abriu a gaveta de cima e fez uma busca pelas coisas normais usadas por uma mulher: calcinhas, sutiãs e meias, todas muito bem dobradas em pilhas. Nas outras gavetas, havia várias calças jeans, suéteres e camisetas dobradas. Enquanto ele mexia nas camisetas, viu um pequeno envelope pardo. Chamou a mãe.

— Sabe o que é isso?

— Não faço a menor ideia.

— Alguma de vocês tem uma pinça de sobrancelhas?

A garota abriu a gaveta de cima do outro guarda-roupa e tirou uma pinça. Bernardi pegou o envelope pardo com ela e o abriu com um saco plástico na outra mão. Não havia nada lá dentro, mas tinha um cheiro esquisito.

— Reconhece esse cheiro, Sra. Obregon?

Ela franziu a testa e pensou por alguns segundos.

— Não. Mas o cheiro é de remédio.

Samuel parou de tomar notas e observou o procedimento com grande interesse. Ele também cheirou o envelope.

— Para mim também não lembra nada — ciciou a Bernardi.

Com o saco plástico ainda aberto, Bernardi empurrou o envelope para dentro e fechou a aba, amarrando com um elástico que vinha junto.

— Posso levar isso comigo?

A mãe respondeu em espanhol.

— Isso é realmente necessário?

— É um assunto oficial da polícia — ele explicou. — Metade daquele armário é de roupas dela?

— Mais da metade — anunciou a irmã, dando de ombros.

O resto da busca não trouxe nada de interessante. A mãe encontrou uma boa foto de Sara, que deu ao detetive para que ele não levasse o querido porta-retratos da lareira.

— O que você acha? — perguntou Samuel, do lado de fora da casa.

— Vamos ver se há traços de alguma substância neste envelope. Tenho minhas suspeitas — disse o detetive — e provavelmente são as mesmas que você tem.

O capitão Doyle O'Shaughnessy saiu de trás de uma divisória de proteção na delegacia de Mission de uniforme completo, à exceção do chapéu, para cumprimentar o detetive da homicídios

Bruno Bernardi ao lado da mesa onde os detidos eram fichados. Ele fumava um Chesterfield. O policial tinha um corpanzil de mais de 1,90 m e pesava bem mais do que 100 quilos. Tinha cabelos ruivos crespos, um rosto sardento e olhos azuis, e, se ainda restasse alguma dúvida sobre a sua ascendência irlandesa, ele falava com o palavreado da velha terra. Esticou a mão grande e sardenta para apertar a mão muito menor de Bernardi, mas o cumprimento foi firme. O detetive era quase 15 centímetros mais baixo que o capitão.

— Já estava na hora de a gente se encontrar, tenente. Ouvi muitas coisas boas sobre você — disse O'Shaughnessy, soltando fumaça pelo nariz.

— Eu também ouvi muitas coisas boas a seu respeito.

— Essa é uma reunião só para a gente se conhecer ou tem alguma coisa específica que você queira de mim? — perguntou o capitão, jogando o cigarro no chão e pisando em cima.

— As duas coisas. Eu queria ter vindo antes, mas tenho tantas pastas na minha mesa que não tive a menor chance.

— O velho Charlie MacAteer era um dos grandes. Todos nós estamos muito tristes com a morte dele — disse o capitão, deixando claro a quem ele era leal.

— É, eu sei que tenho que substituir alguém do mais alto nível — reconheceu Bernardi, com um toque de humildade na voz. Melba o alertara de que as coisas não seriam fáceis para ele nesse lado da cidade. — Estamos com um problema no meio do seu território e eu preciso da sua ajuda.

O'Shaughnessy olhou para ele. Não gostava de ouvir falar em problemas no seu quintal, especialmente vindo de alguém que não era de Mission.

— Como o que, por exemplo? — perguntou.

— Assassinato. Talvez até duplo homicídio.

— E aconteceu aqui em Mission? Como é que eu só estou ouvindo falar nisso agora? — mentiu.

Bernardi sabia das coisas. Já tinha sido informado de que O'Shaughnessy ficava de olho em tudo o que acontecia em Mission.

— Não temos certeza sobre onde aconteceu o primeiro assassinato, e não sabemos ao certo se houve mesmo um segundo. Só estamos nos preparando para o pior. Deixe-me contar o que sei.

Bernardi começou a dar uma explicação detalhada do que sabia desde a descoberta do primeiro pedaço de perna na lata de lixo até a observação de Samuel da gata aninhada no cesto forrado de aniagem, sem mencionar o nome do repórter ou seu envolvimento na investigação.

— Eu estava de olho nesse anão de merda desde que ele abriu aquela igreja de araque — disse o capitão. — E eu sei daquela dominatrix vagabunda que trabalha com ele. Por algum motivo, muitos policiais gostam de apanhar dela, e por isso lhe dão uma espécie de passe livre. Pelo menos com os dois sob o mesmo teto fica mais fácil vigiá-los. E não se esqueça de que aquele merdinha trabalha para a polícia de São Francisco. Não pense que não me lembram disso todos os dias. Eu finjo que não vejo enquanto ele só estiver tapeando os outros e comendo as marronzinhas. Nós podemos viver com isso, você não acha? — acrescentou, piscando como quem sabe das coisas.

Bernardi continuou com o olhar fixo e não disse nada. Sentiu-se ofendido pelo capitão ter usado a palavra marronzinha. Vanessa era latina.

— Eu já sei do anãozinho e das garotas. Mas me deixe ser honesto com você: nós não recebemos nenhuma reclamação sobre isso. O que você me contou sobre a garota desaparecida pode ser aquilo de que precisávamos para acabar com a festa daquele idiota.

Eles continuavam de pé, ao lado da mesa de indiciamentos. O capitão não convidara Bernardi para ir à sua sala. O detetive percebia perfeitamente a hostilidade do capitão em relação a ele e tentava ser o mais diplomático possível e continuar com o seu trabalho.

— Com todo o respeito, capitão, se acabar com a festa dele, nós podemos perder a pista que estamos seguindo.

— E o que você sugere? — perguntou o capitão, irritado por se ver contrariado.

— Não sei exatamente. Acho que precisamos de indícios mais concretos antes de acusarmos alguém. E, se erguermos a mão agora contra essas pessoas, nossas fontes vão secar.

— Então você está me dizendo que neste momento não quer nenhum mandado de busca para o apartamento daquela mulher, mesmo que isso nos traga o saco de aniagem com os pelos da gata.

— Eu quero, mas não agora. Eu tenho alguém trabalhando neste caso que pode ter um insight sobre qual deve ser a próxima coisa a fazer.

— E quem é? — perguntou o capitão, impaciente.

— Não tenho liberdade de dar essa informação agora.

— Pois então está bem, porra. — E ele se empertigou em toda a sua altura e olhou de cima para Bernardi. — Quando estiver disposto a dividir suas informações com um colega policial, nós retomamos a conversa.

Seu rosto estava todo vermelho. Ele se virou abruptamente e saiu pela porta protetora que ficava atrás dele.

Bernardi o cumprimentou com a cabeça, acenou, esperou a porta bater e então, calmamente, saiu. Não confiava no capitão o suficiente para que ele soubesse até que ponto o repórter estava envolvido. Ele e Samuel teriam de imaginar o que fazer sem a ajuda de O'Shaughnessy. Melba tinha razão. Ele iria se deparar com várias barreiras erguidas por outros policiais.

Capítulo 10

Indo aonde as pistas o levam

Charles Perkins, o procurador-assistente dos Estados Unidos, abriu a porta da sala e deu uma olhada na recepção.

— É você, Samuel Hamilton? Eu não ouço falar de você desde aquela interna que eu lhe dei para as matérias que você escreveu sobre aqueles vagabundos de Chinatown. — Ele riu sarcasticamente. — Se eu sei de alguma coisa nesta vida — acrescentou o jovem de pele amarelada e cabelo cor de palha caindo sobre um dos olhos —, é que você não estaria aqui numa hora dessas se não estivesse querendo alguma coisa de mim. — Olhou duro para o repórter e estendeu a mão. — Como você está, caramba?

Mas Samuel podia sentir que Perkins não estava muito interessado na resposta.

— Entre aqui — disse Charles, dando passagem enquanto segurava a porta. A sala não havia mudado muito. Continuava entupida de papéis empilhados em todos os espaços disponíveis, com caixas de arquivos de casos espalhadas pelo chão, algumas em que o procurador trabalhava no momento e outras que já estavam prontas para ir para o arquivo há muito tempo, mas que ainda não haviam sido retiradas, incluindo algumas que estavam lá desde a última visita de Samuel.

Charles Perkins tinha um olhar penetrante e cultivava uma aparência de grande autoridade, mas o repórter sabia que ele era uma pessoa mesquinha, com o mau hábito de apontar o dedo para quem quer que se dirigisse e de passar sermões com um ar de indiferença condescendente, ansioso para ser o centro das atenções. Tinha sido companheiro de faculdade de Perkins, e o repórter havia convencido o procurador-assistente dos Estados Unidos a ajudá-lo em seu primeiro caso, quando Samuel era apenas um vendedor do jornal da manhã.

Charles tinha razão: Samuel estava precisando de novo de sua ajuda e essa era a única razão para ele estar ali. E ele sabia que Perkins iria ajudá-lo. Só não sabia o que o homem exigiria como pagamento. Samuel agora estava numa posição de barganha melhor do que antes, porque agora podia dar ao egocêntrico procurador a devida cobertura da imprensa pela informação que ele lhe passasse.

— Muito bem, o que é agora?

— Você não quer botar a conversa em dia antes? — perguntou o repórter. — A gente já não se vê há mais de um ano.

— Vamos lá, Samuel. Você está falando comigo — disse o procurador, fazendo uma careta. Ele continuava a usar o terno de três peças da Cable Car de que Samuel se lembrava e trazia as mesmas abotoaduras folheadas a ouro na camisa branca desbotada. Perkins afastou a mecha de cabelo louro de cima dos olhos, sentou-se à mesa atulhada de papéis e indicou a outra cadeira a Samuel.

— Tudo bem, eu preciso da sua ajuda. Preciso de um contato na polícia da fronteira americana em Nogales, no Arizona. Mas tem que ser alguém que tenha acesso aos arquivos da imigração americana e que possa abri-los para mim.

— Ah, o pedinte agora quer escolher, hein? — zombou Perkins. — Primeiro, é melhor contar a história. — E colocou os pés sobre a mesa.

Samuel passou as duas horas e meia seguintes dizendo a Perkins o que sabia e por que precisava de uma informação específica que ele achava que só o procurador da república poderia lhe dar. Quando acabou, Perkins esticou as mãos em cima da mesa, absorto em seus pensamentos. Depois de alguns instantes, ele se levantou, foi até um arquivo no canto da sala, abriu a segunda gaveta, examinou um pouco o aglomerado de papéis e tirou uma pasta. Colocou-a em cima de uma das muitas pilhas que já ocupavam a sua mesa, murmurando para si mesmo. Samuel não conseguiu pegar uma palavra do que ele estava dizendo.

— Aqui está! Você tem sorte de eu ter uma memória tão boa! — anunciou.

Passou a mão rapidamente sobre aquela incrível bagunça, procurando um bloco de anotações. Finalmente, tirou um de uma das muitas pastas que estavam no chão, colocou na mesa e começou a escrever.

— Aqui está o agente da polícia da fronteira com quem você deve falar em Nogales, no Arizona. É melhor dar uma checada para ver se ele ainda está lá. Aqui estão alguns telefones. Se não estiver, eles vão dizer onde você pode encontrá-lo. Faça-o se lembrar de que trabalhou comigo no caso Simona e que, quando terminou, ele disse que me devia um favor. Mais alguma coisa?

Samuel pensou que, quem quer que fosse o coitado, não devia saber com quem estava lidando quando prometeu uma coisa dessas a Perkins.

— É só isso? — perguntou um agora impaciente Perkins.

— Tem mais uma coisinha — disse Samuel, rapidamente. — Na igreja sobre a qual eu falei há uma bela pintura antiga. Acho que é italiana. — Descreveu-a para Perkins. — Na minha opinião, parece ser valiosa demais para estar num chiqueiro como aquele. É possível que tenha sido roubada?

— Tudo é possível — disse Perkins. — Nós temos uma pequena equipe em Washington que trabalha em busca de tesouros de arte roubados na Europa que vieram parar nos Estados Unidos depois da guerra. Se quiser que eu dê uma olhada nisso, vou precisar de uma foto do quadro.

— Agora eu estou ocupado demais tentando identificar o jovem morto enquanto os pedaços dele estão numa gaveta do necrotério. Mas, assim que tiver um tempo para respirar, eu arranjo a tal foto. Obrigado por toda a ajuda. Vou ficar em contato — e cumprimentou a mão mole que lhe era estendida, surpreso por Perkins ter dado tantas informações tão facilmente. Ele se perguntou se o procurador estava realmente querendo agradar ou se havia mudado. Então, sorriu ao sair: Perkins devia ter percebido que as coisas estavam diferentes desde que ele passara a ser repórter e provavelmente imaginou o que o poder da imprensa podia fazer pela imagem dele.

Alguns dias depois, na mesa de recepção do escritório da polícia da fronteira americana em Nogales, Samuel pediu para falar com o oficial Duane Cameron. Minutos depois, um jovem bronzeado e meio atarracado de cabelo escovinha saiu da porta onde a placa dizia "Somente para Funcionários". Ele usava o uniforme verde-escuro da patrulha, com uma camisa branca muito bem passada e a patente de sargento na manga. Samuel se surpreendeu com a doçura do rosto do homem, porque já tinha ouvido falar coisas muito ruins sobre os patrulheiros da fronteira.

— Obrigado por atender às minhas ligações e obrigado por localizar o arquivo e falar comigo — disse Samuel.

— Bom-dia, Sr. Hamilton — disse o funcionário com um sorriso. — O senhor dormiu bem ? Aposto que percebeu como a cidade estava vazia quando chegou ontem à noite e o quanto ela fica vibrante pela manhã.

Cumprimentaram-se.

— É, eu percebi. No teco-teco que me trouxe de Tucson ontem à noite, percebi o tamanho da cidade. As luzes seguiam por quilômetros. E, quando cheguei ao hotel e olhei pela janela, as ruas estavam vazias. Parecia mais uma cidadezinha.

— Isso é porque a maioria das pessoas que trabalha aqui mora numa cidade muito maior do lado mexicano da fronteira. Eles só são bem-vindos nos Estados Unidos para pegar pesado durante o dia e têm que voltar para o lado deles ao cair da noite. Os gringos não querem que eles participem da vida social deste lado da fronteira.

— Ramiro me disse que este lugar é bem difícil para jovens mexicanos que querem atravessar a fronteira.

— E ele está sendo gentil. Mas, na maioria das vezes, a coisa não chega a esse ponto. Ele e o primo só foram parar no lugar errado. Só isso. Mas a gente ainda vai conversar sobre isso. Entre e tome uma xícara de café do Arizona.

Samuel seguiu o oficial pela porta "Acesso restrito 'a funcionários", caminhou por um corredor bem longo e terminou no que devia ser uma sala de interrogatórios. Havia uma mesa redonda feita de uma madeira já bastante desgastada e quatro frágeis cadeiras pintadas de verde. Uma grande janela separava a sala do corredor, mas não tinha vidro — só uma grade verde —, de modo que o que quer que acontecesse naquela sala podia ser acompanhado do lado de fora.

— Agradeço pelo seu tempo, Cameron — começou Samuel.

— Eu me lembro daqueles meninos. O Octavio só tinha 16 anos naquela época e o primo, um pouco menos. Meu pega com eles foi há três anos — disse Cameron. — Ficaram apavorados.

— Eu ouvi uma parte — disse Samuel. — Parece que alguém os colocou para correr de um restaurante, brandindo uma machadinha de carne.

— É, o que não diz muito sobre o tipo de cidadãos que nós temos aqui.

— O que aconteceu? — perguntou Samuel.

— Os meninos começaram a pedir carona na estrada que vai para Tucson, mas ninguém deu. O tio havia dito a eles que podiam comer bem nos restaurantes de caminhoneiros. Aí, eles entraram no primeiro que encontraram. Acharam que iam ser bem recebidos, porque do lado de fora havia uma placa de um homem recostado num cacto usando um grande sombreiro e um poncho, com um cachorro deitado ao lado.

"Assim que eles se sentaram no balcão, a garçonete loura que deveria atendê-los largou o que quer que estivesse usando para limpar o balcão e entrou correndo na cozinha. Imediatamente, de lá saiu um homem com uma machadinha de carne na mão e os colocou para correr do restaurante. O dono então nos chamou e disse que dois estrangeiros ilegais estavam tentando prejudicar seu estabelecimento. Quando eu cheguei à parada dos caminhões, ele me disse que ali a regra era a que estava escrita embaixo do homem dorminhoco: 'PROIBIDA A ENTRADA DE CACHORROS E DE MEXICANOS' e apontou para o sul, para onde eles tinham ido. — O patrulheiro sacudiu a cabeça, mal conseguindo acreditar. — Obviamente, os meninos não sabiam ler em inglês.

"Eu os peguei enquanto corriam pela rodovia, para bem longe do lugar. Tirei um revólver de ar comprimido de Octavio e os trouxe até aqui. Eles foram fotografados, fichados e foi feito um registro da tatuagem da Virgem de Guadalupe na parte superior do braço esquerdo, como você pode ver no arquivo. Isso era tudo o que eu sabia até receber o seu telefonema. O que aconteceu depois que eles saíram daqui?"

— Eles acharam que não era seguro viajar deste lado da fronteira, então decidiram pegar um ônibus até Tijuana. Começaram a viagem à noite e, no caminho, o ônibus capotou na rodovia Mexicana 2, perto de Sonoita. Octavio precisava de cuidados médicos, e eles acabaram tendo que ficar um mês lá. Eu encontrei a cidade no mapa e ela faz fronteira com Lukesville, no Arizona. Preciso ir até lá e ver se eu consigo encontrar alguma prova do que aconteceu com eles — disse Samuel.

— Quando chegam a Nogales, a maioria dos garotos já viajou muito e geralmente estão bem fracos. Alguns nem deviam seguir. É um milagre que a maioria não morra. Se estiver indo para Sonoita agora, pelo menos veio numa época boa do ano. Ainda não está quente demais, e a viagem pelo Monumento Nacional do Órgão de Cacto é bem bonita.

Samuel explicou a Cameron que sua única experiência com tempo quente havia sido na juventude, nas planícies de Nebraska, onde a umidade era bem grande, de modo que ele não conhecia as temperaturas escaldantes do deserto de Sonora.

— É muito bom que na minha primeira viagem eu tenha a sorte de chegar quando a temperatura ainda está no limite do suportável. Tenho mais umas coisinhas a pedir. O senhor poderia me arranjar uma foto extra do Octavio e uma cópia do registro?

O oficial pensou por um instante.

— Eu não devia dar informações sobre o que está nesses arquivos. Mas, como foi o Charles Perkins quem mandou você e eu estou devendo uma a ele, eu vou arranjar.

Samuel agradeceu, tirou um mapa rodoviário do Arizona e colocou na mesa.

— E, por favor, qual é o melhor caminho até Sonoita?

O funcionário mostrou o caminho mais rápido e estimou que ele chegaria lá em quatro ou cinco horas. Então fez uma cópia da pasta de Octavio e Ramiro e entregou ao repórter.

Samuel se levantou e foi até a porta. O patrulheiro atarracado deu-lhe um tapinha nas costas.

— Boa sorte, Sr. Hamilton. Espero que consiga o resto das informações de que precisa. Ajuda às famílias mexicanas pelo menos saber o que aconteceu com as pessoas que elas amam.

O repórter fez que sim e cumprimentou o oficial, perguntando-se quanto tempo um bom samaritano como Cameron duraria na polícia da fronteira.

Samuel cruzou a fronteira dos Estados Unidos com o México na altura de Sonoita cinco horas depois de sair de Nogales. Dirigiu algumas quadras até o número 16 da rua Augustín de Iturbide, onde Ramiro lhe disse que ficava a clínica onde cuidaram de Octavio. Ele não encontrou o que esperava. Viu um prédio com uma grande placa dizendo *Fabrica de Tortillas Ana María.* O fundo era de um azul desbotado e as letras brancas estavam tão apagadas que dava para ver a armação de metal em vários lugares. Parecia que o menor vento poderia jogá-la no chão.

Ele estacionou o carro alugado naquilo que restara do meio-fio e saiu. Não havia calçada, só a poeira avermelhada do deserto. Tentou abrir a porta do endereço que recebera, mas estava fechada e ninguém respondeu quando ele bateu. Olhou para o relógio. Eram 19 horas.

Ele se dirigiu a um pequeno restaurante que ficava ali ao lado e que tinha cinco mesas pintadas de cores fortes, espalhadas sem muita ordem pelo chão de cimento. Duas mesas estavam ocupadas: uma com operários de uniforme e outra com um casal e duas crianças. Uma mulher robusta estava sentada perto de uma cortina de plástico que levava aos fundos do estabelecimento. Acima da cabeça dela, havia uma abertura com uma tábua de madeira onde estavam pousadas duas panelas quentes; e, olhando naquela direção, Samuel pôde ver duas pessoas trabalhando no que parecia ser uma cozinha improvisada. Numa parede ficava um quadro negro com o menu do dia escrito: *menudo 5 pesos, chile verde 6,50, tamales de pollo dos por 3 pesos.* Samuel estava com fome. Não sabia o que era *menudo*, por isso apontou para o chile verde e pediu uma cerveja Dos Equis. Pensou até em fumar um cigarro, embora tenha lutado arduamente para largar o vício alguns anos antes, mas o desejo passou rápido ao pensar na comida e sentir seu aroma.

— *¿Pago con dinero americano?*

A mulher sorriu.

— *Sí, señor, sí se puede. Sientese.* — E moveu as mãos na direção das três mesas desocupadas.

Samuel sentou-se e tomou alguns goles da cerveja que um menino lhe trouxe. Podia sentir o cheiro dos *tomatillos* antes mesmo de o prato de *chile verde* ser posto à sua frente. O garoto também colocou um cesto de tortilhas de milho enroladas no que parecia ser um pano de prato, mas não havia talheres. Samuel fez um gesto com a mão de que queria pelo menos uma colher, e o garoto foi atrás do balcão e trouxe uma, além de um garfo e uma faca e um pedaço de papel branco para servir de guardanapo.

Depois de comer por alguns minutos, ele já tinha quase terminado o *chile verde* e perguntou à mulher:

— *¿Clinica?* — e apontou para o edifício ao lado.

A mulher fez que sim.

— A que horas abre? — perguntou, e mostrou o relógio.

— *A las ocho de la mañana* — respondeu a mulher, mostrando oito dedos.

Samuel indicou que entendia o que ela estava dizendo. Percebeu que não adiantaria nada ter pressa e, como não tinha para onde ir, decidiu experimentar algo novo.

— *Menudo, por favor.*

O menino trouxe uma sopa de tripas e Samuel a engoliu com quase a mesma rapidez com que havia comido o *chile verde.*

— *¿Hotel?* — perguntou à mulher.

Ela fez um gesto e apontou para mais adiante na rua:

— *Flamingo.*

Às 8 horas, Samuel abriu a porta da clínica. Lá dentro, a sala de espera estava estrilando de atividade e todas as cadeiras estavam ocupadas. Uma moça vestida com um uniforme branco estava atrás da recepção. Samuel se aproximou dela.

— Você fala inglês?

— Sim, senhor.

Aliviado, Samuel sorriu.

— Por favor, eu gostaria de falar com a *señora* Nereyda Lopes Niebles.

— Ela não está aqui agora. Posso ajudar? — perguntou, sem nenhum sotaque perceptível.

— Eu tinha uma hora marcada para hoje de manhã.

— Desculpe, mas ela não está.

— E quando vou poder vê-la?

— Não sei dizer, senhor. Volte amanhã.

— Você perguntou se podia me ajudar. Eu estou aqui para dar uma olhada no prontuário médico de Octavio Huerta.

— Só a *señorita* Lopez pode autorizar o senhor a ver os registros médicos. Volte amanhã.

— Você está de brincadeira? Eu vim lá de São Francisco e tinha uma hora marcada com a *señora* Lopez para hoje de manhã.

— Eu já disse que ela não está aqui. Volte amanhã.

Samuel estava uma fera e saiu batendo a porta. *Que diabo eu vou fazer agora?*, pensou. Fiz toda esta viagem atrás de uma esperança. Essa mulher prometeu que estaria aqui e que iria falar comigo.

Ele voltou para o hotel e ligou para Bernardi e depois para Vanessa, que ajudara a agendar o compromisso. Enquanto Vanessa tentava localizar seu contato, Samuel foi fazer um tour pelo deserto e almoçou no único restaurante decente da cidade. De tarde, ligou para Vanessa. Houvera um mal-entendido. A mulher iria atendê-lo no dia seguinte. Assim, Samuel se levantou cedo e foi até a clínica, chegando na hora em que ela estava abrindo.

A mesma jovem o atendeu.

— Seguindo sua recomendação, voltei para ver se a *señora* Lopez pode me atender — falou.

— Vou ver se ela está. Quem quer falar com ela?

— Diga que é Samuel Hamilton, de São Francisco, e que se trata de um paciente dela chamado Octavio Huerta.

Ela voltou em poucos minutos.

— Por aqui.

Abriu uma porta dupla de vaivém atrás da mesa e conduziu Samuel por um corredor até um grande dormitório com no mínimo umas trinta camas, todas ocupadas por homens em diferentes situações de saúde, mas todos com algum tipo de atadura no corpo. No meio dos catres se encontrava uma mexicana alta, que parecia ter 30 e poucos anos, com bochechas salientes e a pele cor de canela, vestida com um uniforme de enfermeira, uma boina branca engomada e um estetoscópio no pescoço, tratando de um homem com a perna inteira engessada, levantada e segura por um fio que pendia do teto. Quando Samuel se aproximou, Nereyda parou o que estava fazendo e sorriu calorosamente.

— Oi, eu sou Nereyda Lopez Niebles. Você queria falar comigo?

— Queria — surpreso por ela também falar um inglês perfeito. — Eu sou Samuel Hamilton, do matutino de São Francisco. Pensei que tínhamos marcado para ontem.

— Aconteceu um imprevisto e eu tive que ir ao Arizona — disse ela, como se furar compromissos fosse uma parte natural de sua rotina diária. Nem se esforçou em pedir desculpas, e Samuel não tinha mesmo o que exigir. Ela tinha o que ele queria.

— Vim ver se você pode me ajudar a conseguir o prontuário médico de Octavio Huerta. Ele foi seu paciente aqui há uns três anos.

O rosto dela não se modificou.

— Nós atendemos muita gente. Dê-me alguns minutos que eu vou procurar a ficha.

Ela terminou de fazer sua ronda e foi até o que parecia ser um escritório nos fundos do dormitório. Voltou alguns minutos depois com uma pasta na mão.

— É, agora eu estou me lembrando. Ele era muito jovem. O braço tinha uma fratura feia que foi corrigida cirurgicamente por um dos nossos médicos voluntários — disse ela, mais amável, agora que tinha dado um rosto humano àquilo que ele queria.

Samuel sorriu. Valera a pena fazer a viagem.

— Você pode me dar essas radiografias? — perguntou.

Lentamente, ela tirou o estetoscópio com um lindo movimento de seu braço esguio e o segurou numa das mãos.

— As leis no México são um pouco mais frouxas que nos Estados Unidos, Sr. Hamilton, mas você continua precisando de uma razão válida para ver o prontuário médico de outra pessoa.

— Eu explico. Como os seus registros provavelmente podem confirmar, ele e o primo estavam num ônibus que capotou a uns 80 quilômetros daqui, quando estavam a caminho de Tijuana. Octavio sofreu ferimentos graves e foi trazido para cá de ambulância. — Samuel explicou a viagem dos dois depois que saíram de Sonoita e como eles foram parar em São Francisco. — Ramiro, primo dele, disse que Octavio desapareceu há alguns meses. Isso nos ajudou a focar nele como possível vítima de um crime, porque havia um jovem desconhecido morto em São Francisco cuja fratura no braço foi reparada através de uma cirurgia.

Nereyda ficou pálida.

— Tem certeza de que o corpo que vocês têm é mesmo dele?

— Desculpe, eu não expliquei direito. Acho que eu não estou querendo assustar você. Nós não temos um corpo, só parte de uma das pernas e parte de um braço com a cicatriz de uma operação e uma placa. É por isso que precisamos da radiografia.

Nereyda balançou a cabeça e umedeceu os lábios. Por um momento não disse nada, mas dava para ver que estava pensando no pedido dele.

— Vou ajudá-lo, Sr. Hamilton, mas não temos os registros aqui. O consultório do cirurgião ortopedista que operou Octavio fica em outro lugar, perto do hospital. É do outro lado da cidade.

Eles chegaram a um acordo, e Samuel a levou de carro até o consultório do médico e esperou no carro. Ela voltou rapidamente com um envelope grande e eles retornaram à clínica. Ela tirou as radiografias e as colocou numa caixa de luz improvisada, explicando a Samuel o que viam.

— Esta aqui mostra a fratura e esta mostra o conserto que o médico fez. Imagino que seja esta a que você quer.

— É, e isso é mais do que eu esperava encontrar. Posso retribuir com pelo menos um convite para almoçar ou jantar hoje à noite, antes de eu ir embora?

Nereyda pensou nisso por um instante.

— É claro — ela disse. Marcaram de se encontrar à noite, num dos melhores restaurantes de Sonoita.

Quando estavam confortavelmente acomodados à mesa que dava para a praça da cidade, Samuel perguntou:

— Como é que você é tão bem formada e fala inglês tão bem?

— As respostas são simples. Eu nasci aqui. Minha família emigrou para Phoenix quando eu tinha 1 ano, e eu cresci e fui educada lá, mas nós vínhamos sempre aqui. Eu via o grau de injustiça com que as pessoas eram tratadas no serviço público de Phoenix e também percebi que Sonoita fica no caminho de muitos viajantes cansados para os Estados Unidos. Por causa da exaustão e da ansiedade de estar quase chegando ao destino, ou por causa da ganância daqueles que querem lucrar ao fazê-los atravessar a fronteira da maneira mais barata possível, havia muitos acidentes sérios na estrada que atravessava essa região do país.

"Não havia ninguém para atendê-los ou para pagar pelo tratamento. Muitos morriam, e isso me incomodava muito. Então, dei início a uma instituição de caridade. No começo, comandava tudo de Phoenix, mas logo ela ficou grande demais e eu tive de vir para cá para administrá-la. Por falar nisso, eu tenho muitos colaboradores no Arizona e até na Califórnia. Também temos muitos médicos que vêm aqui para ajudar. Quando os gringos começaram a aparecer, os médicos da região não quiseram se omitir e também passaram a doar uma parte de seu tempo. Foi assim que o Octavio conseguiu ser tratado de um fratura tão grave."

— Você é casada?

Samuel deixou a pergunta escapulir e na mesma hora ficou vermelho.

— Infelizmente, não. Os homens não gostam de mulheres fortes nesta parte do mundo. Mas nunca se deve perder a esperança. — Ela sorriu de leve e olhou-o fixamente.

Samuel ficou meio sem jeito. Suas mãos estavam suadas. Ele esfregou as palmas nas calças cáqui, que no caso não tinham pregas. Era difícil imaginar uma mulher bonita e talentosa como aquela sem um companheiro. Ele não queria ter entrado na vida pessoal dela. Simplesmente escapou.

Recompondo-se, ele falou:

— Tudo o que você me disse faz sentido. Eu não esperava conseguir tanto quanto o que você me deu.

— Você acha que essas radiografias vão confirmar que o Octavio está mesmo morto? — perguntou ela, com uma expressão de dor no rosto.

— Acho que sim, mas vou deixar que o legista chegue a essa conclusão. Mas seja lá o que eu descobrir, vou mantê-la informada. Tem algum telefone pelo qual eu possa encontrar você? — perguntou, procurando ao máximo manter uma atitude profissional.

Eles trocaram mais informações e Samuel descobriu que tinha de fazer força para deixar Sonoita e Nereyda para trás.

No caminho de volta para Tucson, onde iria pegar o avião até São Francisco, ele voltou a passar pelo Monumento Nacional do Órgão de Cacto e apreciou a beleza dos gigantescos cactos saguaros e o silêncio absoluto ao seu redor. Pensou bastante em Nereyda, sua beleza despretensiosa e seu coração aberto e imaginou por que ele ainda corria atrás da recalcitrante Blanche, quando uma mulher como aquela combinaria muito mais com sua personalidade. Na viagem longa e silenciosa, sozinho com seus pensamentos, ele simplesmente deu de ombros e aceitou o fato de que uma mulher como aquela não se interessaria por um homem como ele.

Capítulo 11

Fechando o cerco

Um dia depois de voltar a São Francisco, Samuel foi até a sala de Bernardi. O detetive o levou por um corredor à sala onde estava o material apreendido mediante um mandado de busca ao apartamento de Dominique e ao seu cubículo na igreja. Assim que Bernardi abriu a porta, Samuel sentiu o aroma das ervas amontoadas num dos cantos. As primeiras coisas que ele viu foram as imagens das deusas pagãs que vira no apartamento dela. Tlacolteutl, Coatlicue, Xochiquetzal e as outras estavam todas entulhadas em outro canto.

— Por que confiscaram essas imagens? — perguntou, cobrindo o nariz com um lenço.

— Elas podem levar à prova de um crime — sorriu Bernardi.

Samuel guardou o lenço e coçou a cabeça.

— Alguma dessas ervas empilhadas aí já deu algum resultado, ou isso é só para mostrar que você não está para brincadeira?

— Ainda não sabemos. Tudo o que conseguimos do envelope, tirando as digitais de Dominique e da garota, foi o cheiro. Mas ele não bate com nenhuma dessas ervas — disse Bernardi, pegando a boneca. — E também nenhuma bate com este cheiro aqui.

— O toxicologista não conseguiu identificar os componentes químicos do que ficou no envelope e na boneca? — perguntou Samuel, enquanto pegava a boneca de pano com os fios de lã preta saindo da cabeça e a revirava várias vezes.

— Com o que nós demos a ele, não.

— Você está me dizendo que identificar uma erva pode ser mais uma arte que uma ciência? É isso o que está dizendo?

— Ao que tudo indica, sim.

— Nesse caso, eu tenho uma ideia para descobrir o nome dessas ervas. Você poderia me emprestar o envelope e a boneca por um dia ou dois?

— Não. Eu preciso ficar com as provas.

— Eu me lembro que isso já deu problema em outro caso. Tem a ver com a cadeia de provas, não? Não tem grilo, você pode vir comigo. Eu me lembro dessa boneca — disse Samuel, sentindo seu cheiro pungente. — Tenho quase certeza de que eu a vi, ou uma muito parecida, no camarim do pastor. O lugar estava impregnado com esse cheiro. Já que você encontrou no apartamento de Dominique, aposto como isso tem alguma coisa a ver com vodu. E, olhando de perto, parece que há uma secreção humana nela.

— O que você acha que é? — perguntou Bernardi.

— Para mim, tem cara de ser muco ou esperma. Eu não ficaria surpreso se fosse do pastor.

— Acho que tem mais cara de ser esperma, e, se você viu essa boneca no camarim dele, faria muito sentido. Mas o médico-legista não pode afirmar isso com certeza e está muito além da minha formação — disse Bernardi. — A polícia também não tem um especialista em ervas ou em magia negra, mas essas são certamente perguntas a se fazer à Dominique.

— Se realmente for a mesma boneca, é interessante ela estar no camarim do anão e depois ter ido parar no apartamento dela — disse Samuel. — Mas talvez seja o contrário.

— O que está querendo dizer? — perguntou Bernardi.

— Talvez ela tenha dado a boneca ao pastor e, quando ele terminou o que tinha que fazer, devolveu para ela.

— Talvez — concordou Bernardi. — Vou ter que levar em conta essa possibilidade.

— Pense nisso por uns minutos. A bruxa é ela. Foi ela que provavelmente fez a boneca, e não o pastor. Obviamente foi ele que usou e depois devolveu.

— OK, isso eu posso aceitar.

— E os pelos da gata no saco?

Bernardi voltou ao presente e sorriu.

— Você é um excelente observador, Samuel — disse ele, dando um tapinha no ombro do repórter. — Foi você que percebeu os pelos da gata, e a análise mostrou que são os mesmos. Agora, aparentemente você fez a ligação da boneca e desse cheiro esquisito com o pastor. Você trabalha muito bem.

— O saco da gata era o mesmo que embalava o primeiro pedaço do corpo?

— Não, era um saco inteiro, saído de outro lote. Se tivesse sido o mesmo saco, teríamos o criminoso na mão — disse Bernardi. — Mas ouça isto: também havia um cesto no cubículo dela na igreja, acolchoado com o mesmo tipo de saca do Mi Rancho, e estava cheio dos mesmos pelos da gata.

— E, pelo que você está dizendo, essa saca também não era a mesma, porque também estava inteira.

— Exatamente. Não era a mesma.

— E eu também imagino que não havia nenhum congelador na casa com pedaços do corpo...

— Infelizmente, não tivemos essa sorte — riu o detetive.

— Eu posso escrever uma matéria com essa parte? — perguntou um animado Samuel.

— Ainda não. Primeiro nós temos que interrogar a Dominique e ouvir o que ela tem a dizer.

— E quando é que vai ser? Eu posso estar presente?

— Nós podemos dar um jeito nisso — respondeu Bernardi. — Primeiro, tenho que organizar meus pensamentos, para cobrirmos todas as nossas dúvidas.

— Vamos falar um pouco do pastor — disse Samuel. — Como ele estava com a boneca com o mesmo cheiro no camarim, por que não dá para arranjar um mandado de busca?

— Se conseguirmos fazer a conexão que você acabou de fazer, podemos ir atrás dele, mas você teria que assinar uma declaração juramentada. E isso vai acabar com o discurso de que você é apenas um jornalista.

"No momento atual, as provas apontam principalmente para ela. Tudo o que nós temos contra ele é que ele estava pegando a garota e, como você mesmo disse, mexendo com esse negócio de vodu. Para quê as pessoas usam uma coisa dessas, caramba?"

Samuel não respondeu. Estava ocupado procurando alguma coisa no caderno. Quando encontrou, começou a falar sem erguer a vista.

— Sabemos, pelas radiografias, que as partes encontradas são do corpo de Octavio, o namorado da garota.

— Essas radiografias só provam que ele morreu, não dão a menor pista sobre quem matou — interrompeu Bernardi.

— Vamos ver se alguma coisa está passando despercebida — disse Samuel, voltando as páginas para ler as anotações anteriores. — Você tem duas partes de um corpo que é de Octavio e uma garota que pode estar viva ou morta. Sabe que ela provavelmente estava tomando alguma erva misteriosa que nós não podemos identificar, mas cujo cheiro está num envelope que tem as digitais de Dominique e da garota. E tem uma boneca de pano que eu tenho certeza de que tem o mesmo cheiro que se sentia no camarim do pastor e é o mesmo tipo de boneca que estava na cama dele. Mas você precisa descobrir o que provoca esse cheiro e que erva foi usada, antes de começar a fazer perguntas ou acusar alguém. A única coisa concreta que se tem são os pelos de uma gata que apontam para o apartamento de Dominique e também o cestinho da gata no cubículo da igreja.

— Acho que por ora é só isso — disse o detetive, passando a mão pelo cabelo curto e meio grisalho e esfregando os olhos —, mas já é o suficiente para começar a fazer um monte de perguntas à Dominique, depois que a gente identificar o que estava naquele envelope e na boneca.

Na loja de plantas chinesas do Dr. Song, Samuel conversava com o proprietário albino através da sobrinha, que fazia as vezes de intérprete. O Dr. Song vestia um paletó mandarim de seda cinza, ornamentado com bordados coloridos que lembravam paisagens chinesas. Sua sobrinha, Buckteeth, vestia um uniforme escolar de saia preta com o bordado de um pagode chinês e seu nome no bolso de uma blusa branca engomada que Samuel sempre a via usar.

Eles estavam de pé no balcão laqueado de preto, a uns 8 metros da porta de entrada, e Samuel percebeu que as paredes eram cobertas de inúmeras fileiras dos mesmos vasos de barro de que ele se lembrava das outras vezes em que estivera ali. Aparentemente, os vasos continuavam sendo um repositório para as ervas e para o dinheiro dos clientes do Dr. Song.

Samuel e o albino já tinham falado as abobrinhas de praxe sobre o que aconteceu desde a última vez que se viram, e o sino tocou no alto da porta quando Bernardi entrou, carregando uma maleta debaixo do braço. Ficou meio assustado quando viu pela primeira vez o herborista pálido de olhos rosados encarando-o diretamente através dos óculos grossos, embora Samuel já tivesse descrito o Dr. Song para ele. Depois, foi atingido pelo cheiro forte dos montes de ervas que pendiam do teto, suspensas por fios. Então percebeu que o Dr. Song e Dominique tinham uma coisa em comum e entendeu por que Samuel o tinha convidado a ir até lá. Ele rapidamente se recompôs, enquanto o jornalista o apresentava ao especialista.

Samuel disse a Buckteeth:

— Explique ao seu tio que o tenente tem duas provas com o mesmo tipo de cheiro e que ninguém conseguiu identificar a substância. Eu pedi que ele viesse aqui. Acredito que o Dr. Song seja a pessoa que mais conhece os cheiros de ervas neste mundo.

Buckteeth riu.

— Quer dizer que a polícia não sabe quais são as plantas que causam esses cheiros? — E começou a tagarelar com o Dr. Song.

O herborista ouviu em silêncio, sem expressão no rosto pálido.

Bernardi interrompeu:

— Infelizmente, não. — E colocou a maleta no balcão, tirando dois sacos plásticos, um com o envelope pardo que conseguiu na casa de Sara Obregon e o outro com a boneca de pano de cabelo de lã preta confiscada no apartamento de Dominique.

O Dr. Song pegou os dois objetos e os cheirou. Seus lábios pequenos se estenderam levemente, e as rugas características de um sorriso surgiram nos lados dos olhos rosados.

— Ele disse que a boneca foi aspergida com o que vocês, demônios brancos, chamam de meimendro-negro. O nome científico é *Hyoscyamusniger*.

— Só um instante — falou Samuel. — Ele descobriu isso cheirando só uma vez?

— Está tudo no nariz, Sr. Hamilton — a garota respondeu, rindo.

— Para que serve? — quis saber Samuel.

Buckteeth e o herborista tiveram uma longa conversa, enquanto Samuel e Bernardi examinaram as pilhas de pequenas caixas com cadeado nos fundos do balcão laqueado, que se erguiam do chão até o teto.

— É o que os chineses chamam de poção do amor. É uma maneira antiga de fazer alguém se apaixonar pela pessoa que a administra. A maneira mais comum é fazer um chá com as folhas do meimendro e oferecer ao outro — disse Buckteeth. — Ele só não tem certeza do porquê de a boneca estar com um cheiro tão forte. Ela deve ter sido obtida de alguém que conhece essas coisas e vale a pena investigar para que foi usada.

Samuel e Bernardi se entreolharam e assentiram, concordando.

— E o envelope? — perguntou Samuel.

— Meu tio diz que é *cao wu tou*, que vocês aqui chamam de aconitato. Utiliza-se para pôr fim a uma gravidez.

— Pode ser usada para alguma outra coisa além disso? — perguntou Samuel.

— Ela tem muitas funções medicinais, especialmente se combinada com outras ervas; mas, sozinha, esse é o uso mais comum.

— A primeira utilidade desse aconitato faz mais sentido do que as outras — disse Bernardi. — Eu sei o que fazer com essa.

Desde o começo, ele e Samuel pensaram que o conteúdo do envelope fora utilizado para induzir um aborto em Sara, porque o sintoma descrito parecia um enjoo matinal. E, se Dominique estivesse dando alguma coisa à garota, estaria muito encrencada, já que um aborto, ou mesmo uma simples tentativa, era ilegal na Califórnia. Essa seria uma moeda de troca muito importante no interrogatório dela.

— Você entende por que está aqui, Srta. Dominga? — perguntou Bernardi, olhando diretamente para a bruxa.

— A razão não me parece inteiramente clara, tenente — ela respondeu, coquete —, mas tenho certeza de que o senhor vai me explicar. Por favor, me chame de Dominique. Esse é o meu nome comercial e é assim que sou conhecida.

Samuel estava atrás de um espelho opaco através do qual podia ver o outro lado, num posto de observação entupido de coisas e à prova de som. Um único alto-falante trazia as vozes da sala de interrogatório sem ventilação, com quatro cinzeiros espalhados sobre a mesa e onde também havia um gravador. Bernardi estava na mesa com um assistente de cada lado, e Dominique estava do outro lado, de frente para Samuel, sem saber que uma única parede os separava.

— Você compreende que vamos fazer perguntas sobre certas coisas que tiramos do seu apartamento e do seu local de trabalho na Igreja do Desdobramento Mental. A entrevista vai ser gravada neste aparelho — disse, apontando para o gravador no meio da mesa.

— Compreendo. Não sei se vou poder acrescentar muita coisa, mas vou responder da melhor maneira que puder.

Bernardi tinha um bloco de anotações à sua frente e uma pilha de provas à direita. A primeira coisa que pegou foi um envelope pardo.

— Reconhece isso?

Ela sorriu.

— É um envelope.

Samuel a achava muito feia na claridade. A cicatriz no lado do rosto se tornava muito mais óbvia, embora ela tentasse cobri-la com maquiagem. Talvez tivesse ido toda de preto para demonstrar mais poder como bruxa, ou talvez para lembrar às pessoas de que tinha outros talentos. Ele a imaginou de chicote na mão, pronta para aplicar o tipo de castigo a que estava acostumada em seu trabalho noturno.

— Esse não é o tipo de envelope que você usa para entregar ervas?

— Eu não tenho como saber, a não ser que o senhor ponha isso dentro de um contexto — ela replicou.

— Vamos colocar de outra maneira. A senhora vende ervas medicinais para o público, não é verdade?

— Vendo ervas para os meus clientes, sim.

— E uma das maneiras pelas quais você entrega as ervas é em envelopes pardos, igual ao que eu tenho na mão, certo?

— Sim, eu uso envelopes assim para entregar as ervas aos meus clientes.

— Você deu alguma erva medicinal a Sara Obregon neste envelope?

— A identidade dos meus clientes são confidenciais, tenente.

— Você não está entendendo — disse Bernardi. — Você está aqui porque encontramos indícios incriminadores no seu apartamento e na igreja que ajudou a criar, que podem associá-la a certos crimes que foram cometidos. Este envelope tem as suas impressões digitais, assim como as de Sara Obregon. Então, como é que vai ser, Dominique, a verdade ou o xilindró?

Samuel estava com o nariz grudado no espelho. Escutava com tanta atenção que quase se esqueceu de onde estava. Nunca tinha visto Bernardi pressionar alguém do jeito que ele estava fazendo com a bruxa.

— Muito bem, tenente. Já que eu não tenho nada a esconder, vou falar sobre essa transação, mas eu me reservo o direito de proteger meus clientes — disse ela, cruzando as pernas grandes e levantando a saia um pouco acima dos joelhos.

— Antes de tudo, assegure-se de que vai responder às minhas perguntas completamente e sem reservas, senhorita — disse Bernardi, ignorando a tentativa de sedução.

— Eu tive um encontro com Sara Obregon. Ela foi me ver porque estava tendo uma série de enjoos. Dei a ela um pouco de aconitato e expliquei que, se ela misturasse com gengibre ou alcaçuz, provavelmente resolveria o problema.

— A senhora vendeu o gengibre e o alcaçuz também?

— Não, senhor. Eu não vendo essas coisas. Disse para ela comprar em Chinatown.

Enquanto Bernardi anotava a resposta, Samuel, do outro lado do espelho, deu um soco na mão. O Dr. Song tinha avisado que o aconitato podia ser usado para outras coisas além de aborto, inclusive contra náusea. Não havia indícios de gengibre ou de alcaçuz no envelope ou no quarto de Sara. O fato de não haver resíduos químicos de outras substâncias no envelope devia ter aumentado as suspeitas deles contra Dominique, mas ele sentiu que a capacidade de pressão contra a bruxa estava se esvaindo, quando ela disse que dera a Sara a responsabilidade de acrescentar outros ingredientes. Era impossível saber se Dominique estava mentindo, sem as informações da garota.

Bernardi continuou.

— Vamos falar da sua gata.

— A Puma? Ela é maravilhosa. O que tem ela? — perguntou, curiosa.

— Encontramos duas cestas para ela, uma no seu apartamento e outra na sua sala na igreja. Cada cesta era forrada com um saco de aniagem do Mercado Mi Rancho.

— Eu gosto daqueles sacos. São perfeitos para se fazer uma caminha confortável para ela.

— Onde a senhora os pegou?

— Na cozinha da igreja. O cozinheiro faz muito feijão-rajado. O senhor sabe, isso é uma marca registrada da cozinha mexicana e a maioria dos paroquianos vêm do sul da fronteira.

Bernardi não queria entregar seu trunfo de que uma parte do corpo de Octavio fora encontrada num saco de aniagem com os pelos da gata nele, de modo que teve de tomar cuidado com o que perguntava.

— Os sacos que nós confiscamos são os únicos que a senhora usou para fazer o ninho da sua gata?

— Bem, agora que o senhor tocou no assunto — disse Dominique —, eu tive que substituir o da igreja duas vezes. Eu reclamei com o Reverendo e com o cozinheiro, mas nenhum dos dois disse nada, e o cozinheiro me deu um novo nas duas vezes.

— Quando foi que o primeiro desapareceu?

Dominique pôs a mão entre as sobrancelhas e pensou fortemente por alguns momentos, enquanto Samuel apurava o ouvido e se aproximava mais do espelho.

— O primeiro desapareceu há uns seis meses. O segundo foi tirado umas duas semanas antes de o senhor confiscar tudo.

— A senhora nunca descobriu quem os levou?

— Nunca. Muita gente passa pela igreja, de modo que pode ter sido qualquer um. Aqueles sacos não têm valor; por isso, francamente, eu nunca pensei nesse assunto até agora, que o senhor falou.

— Os sacos que nós pegamos estavam inteiros. Algum dia a senhora cortou algum deles para forrar a cesta?

— Não, senhor. A ideia era dar à Puma a cama mais confortável possível.

Mais uma bola fora. Precisamos de um golpe de sorte, pensou Samuel mordendo os lábios, exasperado. Havia uma jarra suja na sala, cheia de água, e um copo igualmente sujo na mesa. Ele serviu um copo, torcendo para que pudesse agarrar Dominique pelo pescoço, sacudi-la e mandá-la deixar de lado aquelas besteiras.

Bernardi pegou a boneca e a agitou na frente dele, com os cabelos de lã preta sacudindo no ar.

— Para que se usa essa coisa com um cheiro tão forte?

Dominique se remexeu na cadeira e cruzou os braços.

— É uma boneca. Acho que dá para perceber só de olhar.

— Nós sabemos que é uma boneca. Queremos saber para que é usada — perguntou o detetive, tentando não demonstrar impaciência.

— Não tenho o direito de falar sobre isso — disse a dominatrix, endireitando-se na cadeira com um ar de segurança.

— Será que eu vou ter que repetir, senhorita? Ou você começa a falar desse assunto comigo ou vai ficar presa até estar pronta — mentiu Bernardi.

Dominique se recostou na cadeira lentamente e sorriu.

— O senhor não pode brincar comigo, tenente. Não pode me prender numa cela e querer que eu fale. Tem que me acusar de alguma coisa ou me liberar. O senhor sabe para que serve o habeas corpus.

— Talvez sim, talvez não — disse Bernardi. — Mas eu posso dificultar muito a sua vida, senhorita, e posso garantir que, a não ser que extraia respostas hoje, você vai se arrepender de algum dia ter me conhecido.

— Você é um rapaz muito educado, mas eu acredito. Então, o que eu ganho se começar a falar dessa boneca e da relação que tenho com ela?

Samuel riu. Ela sabia que podiam acusá-la da prática de vodu.

— O que você quer para falar a verdade? — perguntou o detetive.

— Não quero nenhuma acusação criminal levantada contra as minhas práticas — respondeu a dominatrix.

— Eu prometo que a senhora não vai ser acusada de praticar magia negra por falar a verdade sobre essa boneca, desde que não tente me enrolar — disse Bernardi.

— Eu quero isso por escrito — ela replicou.

Bernardi e os dois detetives que estavam com ele se reuniram fora da sala e Samuel saiu de seu isolamento.

— Acho que ela está mentindo sobre o gengibre e o alcaçuz — ele disse. — Por que pegar leve no assunto da boneca?

Bernardi o chamou com o dedo indicador. Eles caminharam um pouco pelo corredor.

— Não quero que os meus colegas me escutem. Cozinheiro demais acaba estragando a comida. O problema é o seguinte. Sem algum tipo de imunidade, ela não vai falar. Ela conseguiu se safar da acusação de aborto, mas sabe que foi pega na questão da magia negra. Se dermos imunidade e ela mentir, a pegamos da mesma maneira.

— Entendi — disse Samuel. — Você dá a ela um pouquinho e vê aonde ela vai levá-lo. Se ela mentir, então você tem duas acusações contra ela, em vez de uma só.

— Exatamente — disse Bernardi.

— Mas quem vai provar que ela está mentindo? — perguntou Samuel.

— Você. Eu conheço seu instinto de caçador, mas ela, não.

Samuel ergueu uma sobrancelha

— Vai ser meio difícil descobrir alguma coisa, se ela não der mais informações. Tenho que consultar a Melba.

— Talvez eu vá com você — disse Bernardi, rindo.

— A Melba adoraria. Dá a ela um palco maior para ensinar suas lições — disse Samuel, e deu um tapinha no ombro de Bernardi.

Bernardi voltou aos dois detetives e andou até o fim do corredor para falar com o promotor público encarregado do assassinato de Octavio. Ele voltou com uma folha datilografada e o grupo voltou para a sala de interrogatório.

— Tudo bem, Srta. Dominga, aqui está o seu acordo de imunidade.

Bernardi entregou a ela o documento. Ela o leu e encarou o detetive.

— Você compreende que esta é uma imunidade de qualquer acusação pela prática de magia negra em conexão com a boneca e as ervas, nada mais. E nós queremos o nome da pessoa a quem você entregou. Isso é parte do trato. Assim que você me disser, eu vou escrever o nome no acordo, de modo que não haja nenhuma dúvida quanto à imunidade.

— Magia negra é um termo amplo. Isso inclui vodu, não inclui?

Bernardi semicerrou os olhos.

— Acho que a palavra é suficientemente abrangente para incluir isso.

— Então escreva aqui, à mão — ela exigiu.

Bernardi deu um sorriso reluzente, tirou a tampa de uma caneta esferográfica que estava no bolso e escreveu "vodu" na definição de magia negra na cláusula de imunidade. Depois de rubricar o documento, Dominique o assinou.

— Como a minha cliente desapareceu, vou contar o que sei — ela falou, endireitando-se na cadeira. — Octavio estava atrás de Sara Obregon. Mas, de acordo com ele, ela não dava atenção aos seus avanços. Ele veio até mim e pediu ajuda. Eu fiz a boneca usando a lã preta como cabelo para representar Sara. Joguei bastante meimendro-negro e o instruí a segurá-la e acariciá-la várias vezes ao dia. Era uma maneira da força de seu pensamento fazê-la pensar nele, como se fosse por uma espécie de osmose.

Bernardi escreveu o nome de Octavio no acordo, de modo que os dois lados soubessem que a imunidade incluía apenas o fato de ela ter dado a boneca a ele. Samuel tomava notas atentamente e ao mesmo tempo estudava a linguagem corporal de Dominique, para ver se demonstrava alguma contradição ao que ela estava dizendo. Ele ficou intrigado sobre como ela se empertigava na cadeira enquanto contava a história.

— O que é meimendro-negro? — perguntou Bernardi.

— É uma poção do amor.

— Uma poção do amor? Como é que se administra isso?

— Normalmente, num chá. Dei a ele um pacote bem grande e lhe disse que fizesse um chá para ela e lhe desse o máximo de vezes possível.

— Ele pagou por isso?

— É claro que sim.

— Quanto?

— Trinta dólares.

— Quanto tempo costuma demorar até aparecerem os resultados?

— Isso, não dá para saber. Às vezes, basta uma única aplicação; às vezes, se passam semanas; e, às vezes, não funciona nunca.

— E dessa vez?

— Não tenho a menor ideia. Os dois sumiram.

— Então por que a boneca, se o chá devia ser suficiente?

— A boneca era uma espécie de seguro. Falei para ele banhá-la na erva várias vezes por semana, para manter a máxima potência.

— Por que isso foi parar nas mãos do pastor?

— Ele me disse que a Sara deu para ele, depois que ela tirou do Octavio, que a estava importunando muito, sacudindo a boneca na cara dela.

— Vou ser sincero com você, Dominique. Ficamos sabendo que pode ter havido alguma coisa entre Sara e o pastor. Algumas pessoas daqui acreditam que você tenha dado a boneca ao pastor para atiçar a garota e, por algum motivo, ele devolveu a você. E nós queremos saber a resposta a essas duas perguntas.

— Isso não faz o menor sentido, tenente. Já falei que fiz isso para o Octavio. Ele e a garota estavam tendo problemas e ele queria seduzi-la.

— Se isso é verdade, por que a garota teria dado a boneca ao pastor e por que o esperma do pastor foi encontrado nela? — ele mentiu.

— Isso, o senhor vai ter que perguntar a ele.

— O que foi que ele disse?

— Eu acabei de dizer o que ele disse, tenente.

Samuel murmurou para si mesmo. Claro, diga o que quiser para se proteger, sua puta, especialmente quando as duas principais testemunhas que podem contradizê-la estão desaparecidas.

* * *

Uma semana depois, na mesma sala de interrogatório, Bernardi e o capitão O'Shaughnessy se encontravam sentados diante do pastor anão e de um advogado corpulento, de cabelos pretos encaracolados, muito bem-vestido, cujo maxilar ficava pendurado sobre a camisa branca engomada. Sua pasta combinava com a cor dos cabelos e tinha suas iniciais douradas cravadas ao lado da alça, para que todos pudessem ver e admirar. Ele a deixou na mesa com a tampa aberta, de um jeito que impediu que Samuel pudesse ver a cara do pastor. Samuel achava que ele tinha feito isso de propósito, já que o advogado sabia muito bem como eram os interrogatórios policiais e sabia que o repórter estava atrás do espelho. Mesmo antes desse insulto, Samuel já não estava satisfeito com a presença de Hiram Goldberg, porque isso significava que seu cliente iria se fechar.

— Bom-dia, Sr. Goldberg. Obrigado por ter vindo. Estamos prontos para fazer ao seu cliente, o Sr. Schwartz, algumas perguntas sobre duas pessoas que estão desaparecidas — disse Bernardi.

— Meu cliente, o reverendo Dusty Schwartz, está disposto a cooperar com uma investigação razoável da polícia — disse o advogado, dando uma resposta inócua e já preparada —, mas, neste exato instante, ele invoca seu direito constitucional de ficar em silêncio, previsto na Quinta Emenda — disse ele, apontando o dedo para o grupo reunido do outro lado da mesa, com o bracelete de ouro pendurado no pulso carnudo.

"Sua equipe depenou a igreja e o apartamento dele, tirando quase tudo o que havia lá quando executou os mandados de busca. Agora, ele está impossibilitado de abrir sua igreja ou fazer sermões. Portanto, a pergunta que ele tem a fazer é quando vocês vão devolver as panelas e os caldeirões à igreja dele, a cama e a penteadeira ao camarim e o quadro que fica no palco; para não falar da comida da despensa. E eu ainda nem comecei a exigir o que vocês tiraram do apartamento — disse ele, quase sem parar para respirar. — A verdade, tenente, é que o senhor praticamente desnudou este homem e não encontrou nada que o incriminasse."

Ele então se recostou e cruzou os braços com uma careta de satisfação no rosto.

— Nós não vamos saber se tudo isso é verdade até questionarmos seu cliente sobre algumas coisas que nós tiramos da igreja, Dr. Goldberg. Estamos prontos para devolver as coisas que retiramos do apartamento dele.

— Eu já falei, tenente, que por recomendação do advogado dele, o Sr. Schwartz invoca a Quinta Emenda. Ele não vai falar nada. Se quiser acusá-lo de alguma coisa, ou até mesmo prendê-lo, fique à vontade. Caso contrário, nós vamos embora; e, se os seus bens não forem devolvidos imediatamente, vamos entrar com uma petição no tribunal para solicitar que esse departamento de polícia receba uma sanção — disse Hiram Goldberg.

Um inquieto Doyle O'Shaughnessy esticou os braços na mesa. Estava sem chapéu, mas o brasão no uniforme enfatizava sua autoridade. Fumava seu cigarro Chesterfield enquanto falava:

— Acreditamos que o seu cliente tenha tido relações sexuais com menores de idade. E, a não ser que a gente consiga alguma cooperação dele sobre essas pessoas que estão desaparecidas, vamos manter a lojinha dele fechada — falou, com seu sotaque irlandês, e apagou o cigarro no cinzeiro que estava à sua frente.

Hiram não se fez de rogado.

— Se o senhor acha que está ajudando a comunidade mantendo a igreja dele fechada, eu tenho uma notícia para você: está deixando que grupos de marginais passem fome desnecessariamente. Eu não ficaria nem um pouco surpreso se o índice de criminalidade que o senhor tenta manter sob controle em Mission viesse a explodir. Essas pessoas estão desesperadas para comer, e algumas delas vão apelar para roubos ou furtos com o intuito sobreviver.

— Agora quem vai me escutar é você, Dr. Advogado — disse o capitão, pronunciando as palavras como uma provocação. — O seu cliente não é bem-vindo em Mission. O lugar dele não é lá. Diga para ele mudar a igreja para Tenderloin, onde estão mais acostumados com a ralé dos marronzinhos.

— O fato de o senhor querer que ele se mude não é a mesma coisa que ter provas contra ele, capitão — respondeu o advogado. — Então o senhor o autue ou o deixe ir em paz e devolva o que ele precisa para reabrir as portas da igreja.

— Como o quê?

— Como o quadro que ele tem, as panelas e os caldeirões da cozinha, para ele poder pregar e alimentar as pessoas.

— E o que nós ganhamos com isso?

— Ele vai se abster de processá-los por interromper seus negócios — respondeu Hiram.

— Pensei que ele comandasse uma igreja, e não um negócio — disse o detetive, rindo daquela ameaça vazia.

No decorrer da conversa, Hiram havia fechado a pasta e agora Samuel podia ver o rosto do anão. Ele estudou a expressão atentamente para ver se podia distinguir alguma reação ao que estava acontecendo. Tudo o que ele viu foi tristeza. Isso o deixou confuso. O cara parecia deprimido, e não culpado.

— Em algum momento, nós vamos ter que falar sobre o fato de o seu departamento dar a este homem, que não está sendo acusado de crime algum, a oportunidade de voltar a trabalhar.

— Esse é um assunto para a comissão de polícia e para o funcionalismo civil — disse Bernardi —, o que está muito longe da minha jurisdição.

— Isso, tenente, vai custar muito caro para a cidade — disse Hiram, em desafio.

Essa arenga sem sentido continuou por mais uns dez minutos, antes de o pastor e do advogado irem embora, seguidos pelo capitão O'Shaughnessy.

Samuel entrou correndo na sala de interrogatório.

— O que você achou disso tudo? — perguntou ao detetive.

— De qual parte? De o pastor ter se fechado ou dos comentários racistas do capitão?

— Das duas.

— Nada que se aproveite muito — disse Bernardi. — O capitão já é bem conhecido por sua maneira míope de enxergar o mundo e nós não encontramos nada de importante na nossa busca que poderia implicar o pastor no desaparecimento de Octavio ou da garota.

— E o sexo com menores?

— Muitas camisinhas no armário dele e uma pilha de lençóis não lavados que ainda têm resíduos de esperma mas que não fazem sentido se você pensar nesse assunto.

— O que não faz sentido? — perguntou Samuel.

— Se ele usasse camisinha toda vez que transasse, não iam ficar marcas de esperma.

— Então tem que haver outra razão. Nós só precisamos pensar. E se ele estivesse se masturbando na boneca, fingindo que ela era a Sara? — disse Samuel.

— Essa é uma possibilidade real. Quem poderia testemunhar sobre isso? — riu Bernardi. — Nesse momento, tudo o que podemos provar é que havia esperma na boneca, mas não podemos nem provar de quem era.

Samuel deu de ombros.

— E o quadro?

— Até agora, nada. Mandei fotografar e enviei a foto ao procurador-assistente dos Estados Unidos, como você pediu.

Mas a não ser que a gente tenha notícias dele logo, vamos ter que devolver tudo.

— Para mim, isso é uma grande decepção — disse Samuel. — Eu tinha certeza de que vocês iam encontrar alguma coisa no camarim.

— Encontramos um pouco de meimendro-negro, mas obviamente não numa quantidade que dê para provar qualquer coisa contra ele. Se a bruxa estiver falando a verdade, ele pode alegar que a garota lhe deu junto com a boneca.

— E aquele investigador, o McFadden? Ele não disse que fornecia menininhas para o anão em troca das ações de indenização?

— Ele negou tudo quando o interrogamos. Nós não falamos da sua conversa, para proteger o seu disfarce. Tenho um homem que está checando com uns sindicalistas. Mas você sabe o que acontece quando a sobrevivência de alguém está em jogo. Eles se fecham completamente.

— Eu não consigo acreditar que todas as nossas fontes tenham secado — continuou Bernardi, batendo o lápis com força na mesa. — E eu pensei que estávamos com os dois na palma da mão. Preciso pensar nesse assunto por um dia ou dois.

— Vai demorar mais do que isso. Estamos perdendo alguma coisa importante — disse Samuel. — Vamos fazer um descanso. Vamos dar um pulo no Camelot esta noite e discutir tudo com a Melba.

Capítulo 12

De volta à prancheta?

Samuel e Bernardi estavam sentados em volta da mesa de carvalho do Camelot, enquanto Melba, a cidadã da noite, exalava a fumaça do Lucky Strike no interior ainda não muito apinhado do bar, que estava começando a se encher de clientes. Aos pés de Samuel, Excalibur roía um osso que o repórter havia levado para ele. Os homens estavam dando a Melba as versões sobre o que haviam descoberto na investigação sobre a morte de Octavio e o desaparecimento de Sara.

— Bem, rapazes, vocês estiveram muito ocupados. Mais alguma parte do corpo apareceu?

— Não — respondeu Samuel. — Quem quer que estivesse se livrando dele aprendeu algumas lições com o que já foi descoberto.

— Quer dizer, como se livrar de um cadáver sem deixar vestígios?

— Exatamente. A primeira parte foi descoberta graças à participação de um guaxinim. A segunda só apareceu porque o assassino não colocou um peso suficientemente forte quando a atirou na baía. Quem vai saber quantas outras partes não desapareceram sem deixar vestígios? Talvez todo o resto do corpo já tenha desaparecido.

— Vocês conferiram todas as pistas que tiraram da lata de lixo? Talvez alguma coisa tenha passado batida — ela falou.

— Talvez — disse Samuel. — Vou conferir de novo.

— Ou talvez vocês estejam procurando os suspeitos errados nos lugares errados — disse Melba.

— O que você quer dizer com isso?

— Talvez o anão e a bruxa não devessem ser o foco da investigação.

— Mas até aqui foi para eles que os indícios apontaram — disse Bernardi.

— Está parecendo mais uma enorme perda de tempo — disse Melba. — Vocês não apresentaram nenhuma prova conclusiva que implique qualquer um dos dois.

Bernardi e Samuel balançaram a cabeça com veemência.

— Acreditamos que os dois estão envolvidos, só não sabemos exatamente como — disse Bernardi.

Samuel não disse nada por um ou dois minutos, mas então comentou:

— Talvez a Melba tenha razão. Nós podemos estar deixando de ver algo grande, alguma coisa que não avaliamos corretamente ou que ainda não mostrou a cara.

— Talvez a garota não tenha desaparecido coisa nenhuma. Talvez ela só tenha fugido daqui por algum motivo. Ela não estava grávida?

— As famílias mexicanas são muito próximas, assim como as italianas, e elas adoram que os filhos lhes deem netinhos — disse Bernardi. — Se ela foi embora, teria que ser por algo realmente escandaloso para a família, como incesto ou coisa parecida.

— Bem, e se for incesto? — riu Melba. — Já aconteceu antes na sociedade mexicana. E na americana também.

— Duvido — disse Samuel. — O pai não se encaixa nesse tipo, e a mãe é uma figura bem poderosa. Ela nunca aceitaria esse tipo de maluquice. Além disso, acho que a irmã teria nos dito o que estava acontecendo. Ela é bem falante.

— Você conhece o ditado — disse Melba. — Um pau duro não pensa. Talvez por isso ela tenha ido embora.

— Na minha experiência, o pai não vai atrás só de uma filha, ele tenta comer todas. E, pelo que eu observei, não era esse o caso — disse Bernardi.

Samuel não disse nada, mas fez uma anotação mental daquela conversa.

— Perguntei por perguntar — disse Melba. — E o outro crime: por que o anão iria matar o rapaz?

— Ciúmes — disse Samuel. — Ele queria ter a garota só para ele.

— Você disse que o pastor recebia um fluxo constante de meninas enviadas pelo investigador McFadden. Chegou até a testemunhar isso pessoalmente. Por que o anão se daria a esse trabalho? Devia haver muitas outras no mesmo lugar de onde ela saiu.

— Vai ver ela o recusou e ele ficou tão obcecado que decidiu se livrar do rival e usar uma droga para fazê-la ficar submissa. Talvez essa seja a razão de ele ter a boneca e a erva no camarim — palpitou Samuel.

— Agora tudo o que vocês têm a fazer é provar tudo isso — disse Melba.

— E é isso o que nós estamos tentando fazer — replicou Bernardi.

— E você diz que não há como checar se o esperma encontrado na boneca é mesmo do anão?

— Não — disse Bernardi. — A ciência ainda não chegou a esse ponto.

— Isso é ruim. Poderia encerrar o caso. Mas, fora isso, concordo com o Samuel de que alguma coisa grande está faltando — ela disse, coçando o lado sem orelha da cabeça de Excalibur. — Vocês estão com um foco muito fechado. Acho que deviam ampliar mais a sua investigação e buscar outra pessoa como potencial assassino.

— Você até que levantou alguns pontos interessantes, Melba. E, amanhã de manhã, é a primeira coisa que eu vou fazer — prometeu Samuel.

Naquele instante, Blanche e Vanessa entraram no bar juntas e vestidas para matar. Um vestido de seda branco se colava à figura esbelta de Blanche e ela prendera o cabelo louro atrás com um elástico vermelho. Colocara um pouco de blush nas bochechas. Quando a viu, o coração de Samuel chegou a engasgar, e ele corou de excitação.

Vanessa usava um vestido preto bem justo que parecia de grife, mas que ela mesma havia feito, copiando de uma revista de moda. Valorizava as curvas de seu *derrière* e o volume dos seios de uma maneira elegante e sem exageros. Bernardi demonstrou sua aprovação.

Melba riu.

— Hora do baile para os meninos. Tomem um drinque. São por conta da casa, garotas.

Bernardi apresentou Vanessa a Melba, e Vanessa apresentou Blanche a Bernardi.

— Eu já conheço a Vanessa — disse Melba. — Blanche trabalhou com ela no projeto da América Central. Vanessa lhe deu aulas de espanhol antes da Blanche ir para a Guatemala e construir latrinas para os índios das aldeias das montanhas, alguns anos atrás.

— Você fala espanhol, Blanche? — perguntou Samuel, admirado.

— *Un poquito* — respondeu Blanche, sorrindo —, mas não adiantou muito, porque os índios não falam espanhol; eles têm seus próprios idiomas. Era de pensar que os organizadores soubessem disso.

— É um processo de educação permanente — disse Vanessa. — Os governos de lá não admitem que não têm controle absoluto sobre a população de suas fronteiras, por isso fingem que todo mundo fala a mesma língua. A língua dos conquistadores.

— O que é que vai ser, meninos? — quis saber Melba.

— Eu vou querer um martíni com vodca — disse Vanessa.

— E eu, um suco de cenoura — disse Blanche.

Enquanto o barman preparava as bebidas, Melba perguntou:

— Quais são os planos?

— Eu estava combinando com o Samuel de ir até North Beach e experimentar uma comida italiana. Por isso, para esta noite nós fizemos uma reserva no Vanessi's, na Broadway.

Melba riu.

— Vanessi's, hein? Você sabe quem é o dono do Vanessi's? Pois eu digo que italiano ele não é. O dono se chama Bart Shea. Irlandês até as orelhas.

— Talvez seja, mas o restaurante é dedicado à comida italiana. Isso eu posso garantir — disse Bernardi.

— Dê um alô a ele por mim. É um velho amigo — disse Melba.

— Vou dar — respondeu Bernardi.

* * *

Bernardi estacionou seu genérico Ford Crown Victoria 1959 preto da polícia na área reservada aos ônibus, ao lado da livraria City Lights na avenida Columbus, pouco abaixo da Broadway. À sua frente, na praça Alder, estava um novo Studebaker Avanti verde. Os dois casais que saltaram subiram a Broadway e atravessaram a rua em frente ao El Cid e então se dirigiram para o leste na Broadway, passando pelo Big Al's, pelo café Enrico's e pelo Finocchio's. No caminho, papagaios tentavam atraí-los para alguns bares caros que tinham sido transferidos para lá da Barbary Coast, na avenida Pacific, e da rua Jackson. A ideia dos reformistas cívicos era tirá-los do seu reduto tradicional, para que eles saíssem de São Francisco. Em vez disso, eles simplesmente subiram algumas quadras e se instalaram na Broadway.

Samuel apontou para a placa do bar Matador, em frente ao Vanessi's, na Broadway, 492.

— Aquele é um ótimo lugar para se ver filmes de grandes touradas ou ouvir um jazz. Vamos dar uma passada lá depois do jantar.

— Tudo bem, desde que não tenha sangue — disse Blanche. — Eu sou uma ativista em defesa dos animais. Não consigo vê-los sofrendo só porque um machão quer arrancar a orelha ou o rabo deles.

— Concordo inteiramente — disse Vanessa.

— Então acho que isso resolve a questão — disse Samuel, dando de ombros.

A essa altura, já tinham chegado ao Vanessi's. A grande placa, que misturava neon e tinta ocupava toda a fachada de gesso de cor pastel, passando sua mensagem. Ainda havia um pouco de classe num bairro que de outra maneira estava ficando decadente.

O proprietário reconheceu Bernardi quando ele entrou, e fez sinal para que fosse até os fundos do restaurante. Um velho senhor italiano de calça escura e uma camisa branca desbotada e amarrotada, usando uma boina e um cachecol colorido, tocava uma melodia cativante num xilofone de miniatura. Samuel nunca tinha ouvido aquele som antes e colocou 1 dólar na lata de gorjetas do músico. Num dos lados do corredor havia cabines cheias de clientes, e, do outro, um balcão com cadeiras e uma visão direta da cozinha, onde as refeições eram preparadas. O ambiente estava cheio de fumaça de cigarro. O grupo se aproximou do dono e Bernardi o cumprimentou.

— A Melba mandou um alô, Bart. Esta aqui é a Blanche, filha dela. Esta é a Vanessa, minha amiga. E eu gostaria de apresentar mais um grande amigo, Samuel Hamilton.

Bart Shea usava um paletó cinza com colete e uma gravata florida exagerada. Seus cabelos grisalhos estavam puxados para trás e ele ainda mantinha a aparência de um elegante irlandês de olhos azuis, vestindo um terno italiano.

— Sejam todos bem-vindos. Que bom conhecê-los, Vanessa e Samuel. É muito bom vê-la outra vez, Blanche. — E os conduziu para fora do salão principal, para um reservado confortável de uma área menos enfumaçada.

Quando se sentaram, Bernardi pediu uma garrafa de Camignano, um tinto da região de Pistoia, na Toscana, de onde era sua família.

— Sem querer ofender, Bruno — disse Bart —, mas deixe-me recomendar um vinho da Califórnia, George La Tour Cabernet Sauvignon, da vinícola Beaulieu. É um dos melhores tintos da Califórnia e vai ser por conta da casa. Eu garanto que vocês vão gostar e vão pedir mais vezes.*

---

* No Apêndice "A" há uma lista dos melhores vinhos californianos do começo da década de 1960, preparada por Agustin Huneeus. *(N. do A.)*

— Como poderíamos recusar? — respondeu Bernardi.

Blanche pediu apenas um copo de água tônica. Bart trouxe o chef, que logo se lançou numa animada conversa em italiano com Bernardi.

— Ele prometeu uma promissora entrada do velho continente — disse Bernardi. — Vocês não vão se decepcionar.

— Nós já vínhamos combinando de comer aqui há muito tempo. Estou feliz de finalmente ser hoje — disse Samuel, erguendo o copo, enquanto o garçom servia pequenas bandejas de antepastos.

Os casais brindaram com o vinho da Califórnia, e Bernardi demonstrou seu agrado ao proprietário. Samuel anotou o nome do vinho em seu caderninho. Conversaram em voz baixa, desfrutando do ambiente e do suave eco do xilofone que vinha do canto do restaurante. Enquanto sorviam as bebidas, beliscavam a mortadela, o salame e as pimentas ardidas italianas. Samuel estava gostando da companhia de Blanche. Ela estava particularmente acessível essa noite, pensou. Talvez pudesse ficar com ela, quando a levasse para casa depois do jantar.

Foi aí que Vanessa jogou a bomba.

— Eu não acho que aquele anão tenha matado alguém. Eu o conheço. Já conversei com ele sobre muitas coisas, não só sobre religião. Ele não é perigoso. É só um homem patético e solitário.

— De onde você tirou isso? — perguntou um surpreso Bernardi.

— Eu não teria tanta certeza assim — opinou Samuel.

— Existem muitas evidências que só fazem sentido se ele estivesse aprontando alguma maluquice.

— É exatamente essa a questão — disse Vanessa. — Ele podia estar fazendo maluquices porque é maluco, e não porque é um criminoso. O Bruno sempre me conta tudo. — Com isso ela olhou para o detetive, que agora olhava para baixo. — Vocês têm que acrescentar as falhas de caráter dele à equação. Até mesmo a obsessão por sexo é mais uma doença do que qualquer outra coisa.

— Transar com menores de idade é crime — disse Samuel.

— Mesmo que vocês provem isso, não quer dizer que ele seja um assassino. Mas eu duvido que consigam. As garotas ficariam constrangidas demais em admitir que foram seduzidas por um anão, e o pessoal dos sindicatos com certeza não vai ajudar.

— Você não acha que ele pode ter sido capaz de cortar o Octavio em pedacinhos e depois se livrar das partes uma de cada vez? — perguntou Samuel.

— Ele é absolutamente incapaz de fazer uma coisa dessas. Vocês deviam procurar uma pessoa pervertida com um histórico de comportamento desse tipo — assegurou Vanessa.

— Quer dizer que nós deveríamos procurar um cidadão comum que tenha sido acusado de fazer picadinho de gente e esteja em condicional? — provocou Samuel.

— Você sabe o que eu estou querendo dizer — retorquiu ela, irritada.

— E a bruxa? — perguntou Samuel, agora falando sério.

— Ela pode ter colaborado na questão da magia negra, mas não é burra. Ela nunca se envolveria intencionalmente no ato de matar alguém. Tem muito a perder. Você não acha que ela sabe o quanto a mágica dela tem valor na comunidade dos latinos?

— E se ela o ajudou a matar o garoto por acidente?

— É muito improvável. Como eu falei, ela é inteligente demais para isso. Ela sabe exatamente que quantidade de erva é necessária para cada efeito. Mesmo se alguém quisesse mais, ela não daria.

— Nesse caso, ela estava mentindo sobre o meimendro — comentou Samuel.

Vanessa levou a mão à testa e a esfregou suavemente com os dedos, assentindo.

— Acho que sim, e sobre o aconitato também. Provavelmente, vocês podem pegá-la por esse lado. Nesse caso, a pergunta é para quem o meimendro realmente era. Duvido que o Octavio quisesse isso para conquistar a Sara. Não era o tipo dele. Ele era muito machão, se você me entende. Aposto que foi o pastor que usou essa poção para tentar conquistá-la.

— Isso bateria com o fato de eu ter visto a boneca no camarim dele — disse Samuel.

— Ótimo! — Bernardi riu. — E além do que você viu, que nos possibilitou o mandado de busca, o que mais podemos provar?

— Vocês têm que encontrar a Sara — respondeu Vanessa.

— Você acha que ela ainda está viva? — perguntou Blanche.

— É o que diz a minha intuição. Provavelmente, está no México.

— Em que lugar do México? — perguntou Samuel.

— Essa é a pergunta de 64 mil dólares. Usem os talentos conjuntos de vocês para achar a Sara e o maluco. Então os mistérios vão ser resolvidos.

O resto da noite foi dedicado ao prazer de se fazer uma refeição decente em São Francisco, uma arte que Samuel só agora estava aprendendo com Bernardi. Quando terminaram o antepasto, o chef levou um prato de canelone de vitela com molho branco. Era suave e apetitoso, especialmente com a segunda garrafa de George La Tour Cabernet. Na hora da sobremesa, o chef reapareceu com zabaglione feito com vinho marsala e framboesas frescas.

Depois do jantar, eles desceram a rua até o Matador, para ouvir um pouco de jazz. Era um bar sofisticado. O proprietário, Barnaby Conrad, era pintor e uma figura da sociedade. Também havia sido toureiro na Espanha, sob o nome El Niño de California. E era por isso que passava filmes de touradas toda noite de domingo. Ele também era muito bem relacionado com o pessoal de Hollywood, e por isso não era surpresa encontrar uma ou duas estrelas de cinema frequentando o bar. Quando os casais entraram, viram as cabeças gigantescas de touros aparecendo nos fundos do bar. Também havia um aviário de vidro onde morava MacGregor, a arara do dono. Miles Davis tinha aparecido por lá uma noite em que estava de folga do trabalho no Blackhawk para tocar um pouco de jazz de qualidade com o pianista da casa, John Cooper, um velho amigo seu. Miles levara o baterista com ele. Os casais ficaram até quase a hora de o bar fechar, às 2 da manhã.

Samuel levou Blanche para casa num táxi. Quando chegaram à porta da frente, ela de repente lançou os braços em volta dele e o beijou.

— Você é um homem muito bondoso, Samuel. Boa sorte na sua busca por Sara e o maluco.

Samuel queria mais, mas ela desapareceu antes de ele ter tempo de reagir.

O repórter voltou para o carro, atônito. Tocou os lábios várias vezes na viagem de volta a Chinatown se perguntando se, por algum milagre, sua sorte com Blanche estaria mudando.

Na manhã seguinte, Samuel estava na sala do médico-legista assim que ele abriu a pasta com o caso de Octavio para olhar de novo. Cara de Tartaruga o colocou numa sala de reunião e arranjou um funcionário para ficar com ele, para que a cadeia de provas não fosse rompida. Samuel havia se esquecido de que todo o conteúdo da lixeira e tudo o que estava em volta foram preservados. Ele passou uma hora e meia examinando todo tipo de detrito e despojo que foi recolhido. No final, decidiu que havia sido pura perda de tempo. E que era incrível o que as pessoas jogavam fora.

Ele começou a examinar com cuidado as fotografias das marcas de serra no pedaço de coxa com uma lente de aumento e fez várias anotações. Quando finalmente chegou aos moldes de gesso das várias pegadas, percebeu que elas não significavam nada, a não ser que tivessem a de alguém para comparar. Ele coçou a cabeça quando olhou para as marcas com a lente de aumento, porque descobriu marcas de alguma coisa misturada ao gesso que ele não sabia o que era. Os moldes das patas de Excalibur e do guaxinim não revelavam nada além de demonstrar que o terreno era macio e fácil de marcar.

Samuel pediu ao funcionário para chamar o legista. O homem discou um número e, minutos depois, Cara de Tartaruga apareceu.

— Depois de olhar para todas as provas nesse arquivo, a única coisa que chama a atenção são as marcas de serra no fêmur. Há algum jeito de se saber que tipo de serra foi utilizado? — perguntou Samuel.

— Mostre-me o que você está vendo — pediu Cara de Tartaruga.

Samuel pegou a lente de aumento e colocou a foto na frente do legista.

— Percebo o que você quer dizer — disse Cara de Tartaruga. — A pergunta é: isso pode ter sido feito manualmente ou foi feito com algum tipo de serra elétrica? Nós precisamos de um especialista no assunto. Vou ver quem está disponível. Eu não uso um especialista assim desde o caso McGilicutty, quando o velho utilizou uma serra para desmembrar a esposa. — O legista riu. — É claro que ela já estava morta.

— Ainda bem. — Samuel estremeceu. — Quanto tempo você acha que vai demorar?

— Não sei. Aquele caso foi encerrado há dez anos. Se o especialista ainda estiver na ativa, não vai demorar nada. Senão, vamos ter que procurar alguém novo. Vamos dar um passo de cada vez. Ligue na segunda — disse o legista, se levantando enquanto apalpava a gola do jaleco branco e voltava à sua tradicional fisionomia impassível.

— Tem mais alguma coisa em que você quer que eu pense?

— Será que você pode descobrir o que são essas pintinhas misturadas com os moldes que o seu pessoal fez daquilo que quase parecem ser pegadas parciais? — disse o repórter, apontando para elas.

Samuel queria repassar com Bernardi sua revisão das provas naquela tarde, mas não houve tempo para isso. Foi só no dia seguinte, um sábado, que ele marcou um encontro com o detetive no apartamento de Vanessa. Ele pegou o bonde subindo a rua Market até a Church e andou até o parque Dolores.

No café na esquina das ruas 18 e Church, pertinho do apartamento de Vanessa, ele viu Dusty Schwartz tomando uma xícara de café e olhando pela vidraça na direção do apartamento dela. Ele evitou propositadamente qualquer contato visual, porque não queria ouvir uma ladainha do anão a respeito de um tratamento injusto pela polícia ou pela imprensa.

Vanessa abriu a porta e o convidou a entrar na cozinha, onde Bernardi já se encontrava de roupa esporte, em vez dos habituais ternos marrons. Vanessa ofereceu uma xícara de café ao repórter, que se sentou à mesa com Bernardi enquanto lhe inteirava de sua visita ao escritório do legista. Quando Vanessa voltou, Samuel quis informar a ela o que tinha acabado de ver.

— O anão está na cafeteria do outro lado da rua, olhando nesta direção — disse.

— Ela passa muito tempo me vigiando de lá.

— Quer dizer que isso acontece o tempo todo?

— O tempo todo, não. Vem aos sábados e domingos desde que a polícia fechou a igreja dele.

— Ele vem bater na sua porta ou fica olhando pela janela como um voyeur?

— Não, nada nesse nível. Às vezes, ele fica andando pela rua aí em frente, acho que na expectativa de que eu saia e ele possa se aproximar de mim.

— E isso não a incomoda?

— Eu sei o que você está pensando, Samuel — ela respondeu, quase que como um desafio —, e eu continuo afirmando o que disse na noite passada. Esse cara não é criminoso. É só doente.

— E o que o Bernardi acha de tudo isso?

— Ele diz que já sabe disso e que os tiras estão de olho nele, só para o caso de ele tentar fazer alguma idiotice. Mas ele não vai. É só um homenzinho patético.

— Que pode muito bem ser perigoso.

— Se for, é um perigo para ele mesmo. Para os outros, não.

— O que você acha desse gnomo espionando a sua namorada? — perguntou Samuel a Bernardi, meio que brincando.

Bernardi lançou-lhe um olhar feio e se serviu de café.

— Eu ouvi vocês dois falando daquele doido do outro lado da rua. Eu mesmo acho que ele está perdido. Mas a Vanessa tem razão. O que ele está fazendo não é crime. Eu tenho dois sujeitos de olho no bairro. Ele só aparece nos fins de semana quando sabe que é mais provável a Vanessa estar em casa — disse ele, se levantando e cruzando os braços.

— O cara é um pervertido. Nós já sabemos que ele transa com menores de idade. Não tem nada que você possa fazer sobre isso? — perguntou Samuel.

— Infelizmente, não é meu departamento. Mas eu consegui que o pessoal da Entorpecentes ficasse de olho. O problema é que nós precisamos de provas e até agora nós não temos.

— E o tal advogado? O investigador dele, McFadden, me disse que o Harmony o mandava arranjar menininhas para o pastor, em troca dos casos que ele enviava.

— É nisso que estamos trabalhando — disse Bernardi.

— E se ele começar a aparecer no meio de semana também?

— Eles vão ver. Ele sempre se senta no mesmo lugar. Se ele mudar de atitude, nós entramos em ação. Ele provavelmente sabe disso.

— De qualquer maneira, você não veio aqui para falar daquele imbecil. Vamos ver se conseguimos recarregar as baterias e voltar a funcionar. Eu só não consigo acreditar que as nossas pistas esfriaram.

— Isso só é verdade se nós ouvirmos a opinião das mulheres — comentou Samuel.

— É, a nossa obsessão em provar que o anão é culpado é tão contraproducente quanto a ignorância delas de todos os fatos que, no mínimo, sugerem isso — disse Bernardi. — Mas eu mudei um pouco de ideia nos últimos dias. Neste momento, estou mais interessado em saber se as novas pistas que você está seguindo vão dar em alguma coisa.

— A verdade é que eu não tenho muito que seguir. Preciso esperar até o legista me dar um retorno sobre o tipo de serra que foi usado para despedaçar o corpo. A única outra novidade é identificar as marcas do que quer que se tenha prendido ao gesso usado para colher as pegadas. Aquilo me deixou meio perplexo.

Capítulo 13

Cadê o pastor?

Quando Dominique ligou para Samuel, sua voz estava histérica.

— O Dusty sumiu e isso já tem vários dias — ela gritou, com o tom quase uma oitava acima do habitual. — Ele é a pessoa mais constante e consistente que eu já vi na vida. Eu não quis falar nada até agora, mas tinha que ligar para alguém, no fim das contas.

— Você parece estar muito preocupada, Dominique. Mas, francamente, eu acho estranho você estar ligando para mim para falar dos seus problemas — replicou Samuel.

— É estranho o reverendo não me ligar. Eu sei que você estava na cola dele, por isso tenho certeza de que você sabe de alguma coisa.

— É muito lisonjeiro as pessoas acharem que eu tenho olhos atrás da cabeça. Quando foi a última vez em que ele deu notícias?

— Ele me convidou para uma festa no apartamento dele no sábado à noite, mas eu não quis ir. Foi a última vez que eu ouvi falar dele. Liguei para lá no dia seguinte, mas não tive resposta naquela hora e nada desde então.

— São poucos dias. Não sei nem se a polícia iria considerá-lo uma pessoa desaparecida.

— Você não está entendendo — disse ela, com a voz tremendo num tom de desespero. — Ele não é assim. Ele precisa das pessoas, mas ninguém ouviu falar dele. Nem o advogado que ele contratou para entrar com um processo civil contra o departamento de polícia tem notícias dele.

— Você está falando do Hiram Goldberg?

A voz dela mudou.

— Não, não. Ele tem outro advogado para esse caso. É um especialista em processos contra a administração pública.

— O reverendo continua morando no mesmo apartamento onde a polícia deu uma busca, há algumas semanas?

— Sim. É na Bartlett com a 24, em Mission. Por favor, faça alguma coisa — implorou Dominique, nervosa.

— Você tem a chave de lá?

— É claro que não. Por que teria?

— Era só para facilitar as coisas.

Ele pensou por um momento.

— Tudo bem, eu vou dar um pulo até lá agora. Mas você fica me devendo essa. E eu sempre cobro as minhas dívidas.

— E eu sempre pago as minhas — respondeu a dominatrix.

Na rua Mission, Samuel pegou o bonde elétrico para a Mission com a 24, no centro do bairro, e foi a pé até o apartamento de Schwartz na quadra 300 da Bartlett, subiu até o terceiro andar e tocou a campainha; mas não houve resposta. Depois de várias tentativas, ele desceu e pediu para falar com a síndica, uma mulher de meia-idade desleixada de cabelo grisalho curto, que vestia um avental sobre o vestido desgastado.

— Nós não tivemos nenhuma notícia do Dusty nos últimos três dias — disse Samuel, como se fosse amigo dele. — Ele trabalha para nós e estamos preocupados — mentiu.

— Ele deu uma festa aqui no sábado à noite — respondeu a síndica —, e todo mundo saiu à meia-noite. Desde então, nenhum ruído.

— A senhora tem como abrir a porta?

— Mesmo que eu possa, você não conseguiria entrar sem quebrar alguma coisa se a corrente estiver passada. Você vai se responsabilizar se houver algum dano?

— É claro — respondeu o jornalista. — Se a porta estiver trancada, ele deve estar está ferido ou doente. Vamos tentar.

Voltaram ao apartamento do terceiro andar. O edifício era velho, mas estava em bom estado. O tapete cinza-claro na escada era caro e bem conservado, mesmo que já tivesse visto dias melhores. Quando chegaram à porta do apartamento, ela inseriu a chave-mestra e abriu-a facilmente uns 10 centímetros, o comprimento da corrente.

— Lamento, mas vou ter que fazer isso — disse Samuel. Jogou-se com força contra a porta até a corrente se desprender do encaixe, deixando um rombo na moldura.

O corredor estava escuro, mas havia uma lâmpada acesa ao lado do sofá da sala. Samuel nunca havia estado naquele apartamento; só tinha a descrição de Bernardi. Deu para ver que o proprietário tinha bom gosto e recursos para isso. A mobília era de excelente qualidade, as aquarelas nas paredes eram caras e as estantes de livros de mogno sólido estavam preenchidas com uma seleção eclética. O pastor obviamente gostava de ler — os livros também estavam empilhados por todo o chão. Além disso, havia uma coleção impressionante de LPs ao lado da vitrola de mesa Thoren e de um amplificador McIntosh. Uma cadeira de couro inglesa com um pequeno smoking pendurado ficava junto à janela. Ao lado, um abajur para leitura. No outro lado da sala, havia um sofá de couro de mesma cor e mesmo estilo de uma cadeira à sua frente e uma mesinha de centro.

Era interessante que não havia o menor sinal de ter acontecido uma festa, mas Samuel sentiu um cheiro estranho vindo de trás de uma porta que agora estava diretamente à sua frente.

Ele se aproximou com uma sensação de que algo importante estava para acontecer. Quando abriu a porta para o corredor que levava do quarto ao banheiro, ele engasgou.

— Ai, meu Deus!

O corpo do anão estava pendurado da moldura de uma das portas do final do corredor, com uma corda em volta do pescoço. Embaixo dele havia um banquinho de bar caído.

Samuel precisou de um momento para se recuperar. Ele correu até o corpo, que estava gelado, e o cheiro de decomposição misturado ao odor de matéria fecal era quase insuportável. Automaticamente, ele mandou a síndica voltar ao apartamento dela para chamar a polícia, pegou o telefone e ligou para Bernardi. Ele sabia que não devia tocar em nada sem luvas, mas aproveitou que a barra estava limpa e começou a abrir todas as gavetas com um lenço naquele que demonstrava ser o quarto do morto. Numa delas, encontrou uma carta dirigida a Schwartz de um remetente que ele não reconheceu e uma caixa postal em El Paso, no Texas. Copiou o nome e o endereço em seu bloquinho. Viu uma parede coberta de fotos em molduras caras, mas estava apressado demais na sua busca furtiva para parar e estudá-las com cuidado.

Em pouco tempo, Bernardi chegava lá com uma equipe da divisão de homicídios. Quando o fotógrafo já tinha tirado todas as fotos que queria do corpo e do banquinho caído e os técnicos em cena do crime recolhido as amostras do que estava abaixo do corpo, Cara de Tartaruga, com seu jaleco branco e sua fisionomia indecifrável, chegou.

— Pois bem, Sr. Hamilton, voltamos a nos encontrar. Nem se passaram muitos dias. Esse vermezinho não era um dos seus suspeitos? — perguntou ele, num tom de voz monótono, olhando para o corpo pendurado na corda.

— Ele ainda é — interrompeu Bernardi —, mas está ficando cada vez mais difícil acusá-lo de alguma coisa.

— Talvez tenha optado pela saída mais fácil, sabendo que vocês estavam atrás do rabo dele, por assim dizer — disse o legista, com um sorriso tímido.

— Eu não acredito que tenha cometido suicídio — disse Bernardi. — A morte dele provavelmente foi um acidente. Ele estava sem roupa, à exceção de uma camiseta velha. Está vendo a ampola de nitrato de amila no chão, ao lado do banquinho? Obviamente ele inalou um pouco dela e então se sufocou enquanto se masturbava. O tiro saiu pela culatra quando o banco em que ele se apoiava caiu e ele morreu enforcado. Já vi esse tipo de morte acontecer.

— Pode ser — disse Cara de Tartaruga. — Eu soube, por alguns dos meus assistentes, que houve muitos casos de quase morte que deram entrada no hospital geral este ano.

— Talvez quem o tenha matado soubesse que a polícia estava fechando o cerco em torno dele como suspeito e sabia que ele não aguentaria a pressão e delataria um cúmplice do crime. Ou então talvez o tenham assassinado para fazê-lo passar por culpado — disse Samuel.

— Talvez — disse o legista. — Vamos conferir o tipo de esperma. Você sabe que ele deveria ejacular quando morreu, independentemente de se tratar de um suicídio ou de um assassinato. Foi daí que saiu toda essa merda.

Então ele mandou que dois funcionários cortassem a corda, e isso demorou vários minutos, já que um teve de segurar o corpo enquanto o outro o liberava. Finalmente, deitaram-no gentilmente numa maca, cobriram-no com um lençol e o levaram dali. Samuel tentou não olhar para o rosto contorcido do anão. A equipe de Bernardi entrou no quarto, enquanto Samuel ia até a sala e ligava para Dominique a fim de avisar da morte do amigo. Os gritos de tristeza dela ainda ecoavam em seus ouvidos depois que desligou o telefone.

Bernardi chamou-a para ver as fotos. Todas eram de Vanessa e de Sara, tiradas com uma lente teleobjetiva.

— Parece que o pervertido tinha um santuário para elas — disse o detetive, com raiva.

— O coitado devia ser louco por elas — disse Samuel, pensando em Dusty sentado no café e vigiando o apartamento de Vanessa. — Está vendo o espaço vazio à esquerda? Parece que estão faltando algumas fotos.

Então, pensou na boneca cheia de meimendro que vira no camarim do pastor. O anãozinho devia ser um sujeito absurdamente solitário, pensou.

— Você viu alguma dessas fotos quando executou o mandado de busca?

— Não, porra. Se tivesse, ele já estaria na cadeia. É horrível ver as fotos da minha namorada cobrindo toda a parede desse filho da puta.

— Pelo menos, ela ainda está viva. O fato de as fotos da Sara estarem aqui me deixa ainda mais preocupado. Eu fico me perguntando o que isso pode significar. Você acha que as que faltam são da Sara ou da Vanessa? — perguntou Samuel.

— Não faço a menor ideia. A cada minuto este caso se complica mais — respondeu Bernardi. Chamou um funcionário. — Fotografe e meça esse espaço em branco, para saber o tamanho da moldura que cabe aí.

— Bruno, eu quero que você me escute — disse Samuel. — Peça aos seus técnicos para procurarem uma saída pelos fundos, digitais e qualquer coisa que pareça fora do comum. Eu estou com um pressentimento ruim sobre a morte desse cara.

— Quer dizer que você não acha que tenha sido um acidente...?

— Está vendo aquele arranhão no pé do banquinho? Pode ter partido de alguém que o tenha chutado — explicou Samuel. — E eu aposto que você não vai encontrar nenhuma digital naquela ampola de nitrato de amila.

— Mas, para fazer isso na frente de outra pessoa, teria que confiar muito nela, não acha? — respondeu Bernardi. — Será que conseguiríamos descobrir quem estava na festa que ele deu sábado à noite?

— Talvez eu tenha a resposta desse enigma: Dominique.

— O que ela tem a ver com tudo isso? — perguntou Bernardi.

— Foi ela que me chamou falando que o anão tinha sumido

— Você acha que ela pode tê-lo matado?

— Ainda não sei. Mas preciso falar com ela e obter algumas respostas diretas — disse Samuel.

— Você está se referindo àquelas que nós tivemos quando a interrogamos...

— Estou falando de respostas diretas. A gente já ouviu muita besteira.

Foram até a cozinha. Vários copos e pratos estavam num escorredor ao lado da pia. Também havia muitos talheres sobre um pano de prato. A lata de lixo sob a pia estava vazia. Bernardi chamou o técnico.

— Veja o que dá para tirar de todas essas coisas. Se o Samuel estiver certo, alguém tomou muito cuidado para não haver nenhuma digital nesse lugar. — Voltou-se para Samuel e disse: — quando ele terminar, você pode ir atrás dele pela escada dos fundos. Apenas tome cuidado para não estragar nenhuma prova em potencial.

Depois que o técnico terminou de trabalhar na cozinha, Samuel fez sinal para que o acompanhasse até a porta dos fundos e à varanda que havia ali. Então, ele desceu as escadas de madeira sólida e pintada de uma tonalidade média de verde. Samuel se virou e ficou observando-o trabalhar.

— É interessante que a porta dos fundos não estivesse trancada e não houvesse digitais no interruptor de luz. Pode tomar nota disso? — instruiu ao técnico. O homem acedeu.

— O que está procurando, Sr. Hamilton?

— Qualquer coisa. Simplesmente qualquer coisa, uma pegada, uma impressão digital. Quem sabe?

O técnico tirou uma foto de um interruptor solto e pôs a lâmpada queimada no bolso do avental.

— Aposto que a maioria das pessoas usa esta escada à noite.

— Provavelmente. Parece que elas são mais usadas para levar o lixo para fora, já que as latas ficam na rua Fern, do outro lado da cerca, nos fundos do prédio.

O técnico começou a descer lentamente alguns degraus da escada, mas Samuel segurou seu braço.

— Espere. Está vendo aquilo? Tire uma foto e guarde. Tem algum jeito de se saber do que é feito e de onde vem? — perguntou, apontando para um único fio bege, preso num prego no alto do corrimão.

— Claro, nós temos pessoas que podem fazer isso. É só colocar no microscópio e comparar com os fios que já existem.

— O Bernardi vai ficar orgulhoso de você — sorriu Samuel.

No fim das escadas havia uma porta dos fundos, pintada no mesmo tom de verde.

— Aposto que eu também não vou encontrar digitais nesse portão — disse o técnico.

— Não importa, jogue o pozinho mesmo assim e vamos ver se aparece alguma coisa. Se não houver, isso só vai reforçar a minha opinião de que alguém limpou tudo antes de sair — disse Samuel, enquanto olhava o homem realizar seu esforço infrutífero. Quando terminou, os dois saíram para o beco Orange, onde Samuel identificou as latas de lixo que pertenciam ao prédio. O técnico despejou o pozinho e encontrou digitais em todas, menos em uma. Samuel ergueu as tampas com uma vareta e olhou dentro de todas as latas de lixo, uma por uma.

— Parece que o caminhão de lixo já passou — disse Samuel. — Quem vai saber para onde levaram tudo?

— Lamento, mas é praticamente impossível descobrir uma coisa dessas. Nós poderíamos tentar se soubéssemos o que estamos procurando.

Depois de examinarem cuidadosamente a área, voltaram para cima e encontraram Bernardi na cozinha.

— E aí? — ele perguntou.

— Quase nenhuma digital, mas temos um fio de algum tipo de material. Parece que é lã. Mas o lixo já foi recolhido. Então, se havia uma pista, já foi levada embora — disse Samuel, balançando a cabeça. — Não que isso importe muito. Seja lá com quem nós estivermos lidando, é inteligente demais para deixar alguma coisa para trás.

— Não sei se concordo com você sobre a hipótese de assassinato, Samuel. Eu mesmo já investiguei esse tipo de morte na minha carreira e, nos outros casos, sempre foi um acidente em que a própria pessoa se sufocou.

— Você não está me escutando, Bruno. Não havia digitais na ampola nem em nenhuma parte do apartamento, quando elas tinham que estar ali. E a marca de sapato no banquinho? Além do mais, esse cara era experiente demais para simplesmente dar adeus à vida por acidente — disse Samuel. — E ainda tem a carta com o endereço de retorno sendo uma caixa postal em El Paso e todas as fotos da Sara e da Vanessa no quarto dele. Nenhuma delas estava lá quando você deu a sua busca, lembra?

— Isso só significa que alguém do departamento de polícia avisou a ele que nós estávamos vindo.

— É isso o que eu quero dizer, Bruno. Se ele não pensasse que havia alguma coisa a esconder sobre a Sara, ele não teria escondido aquelas fotos. Podemos usar esse mesmo argumento para ele ter escondido a carta.

— E quanto a esconder as fotos da Vanessa?

— Pelo amor de Deus. Você sabe o que você faria se tivesse encontrado as fotos dela na parede. Você teria jogado ele na cadeia e ele estaria lá até hoje — disse Samuel, revirando os olhos.

— E essa carta que você encontrou na gaveta? — perguntou Bernardi.

— Ainda não sei onde ela se encaixa.

— Deixe-me vê-la. Mais cedo ou mais tarde, vamos ter que mandar alguém até El Paso para investigar.

— Eu vou.

— É mesmo? Você acha que a carta é o ponto de partida?

— Acho que o ponto de partida é a Dominique, e é para lá que eu estou indo agora mesmo. Eu conto quando acabar.

* * *

Dominique estava sentada na ponta do sofá de seu apartamento, que um dia fora arrumado. Os spots usados para iluminar as imagens das várias deusas agora apontavam para lugares vagos no chão e acentuavam o vazio do ambiente. Ela tinha a aparência abatida de alguém que não dormia há vários dias. Seu cabelo estava todo desarrumado. Tinha olheiras escuras e estava sem maquiagem, o que evidenciava a cicatriz da queimadura. Ela não se dera ao trabalho de se arrumar, mesmo sabendo que Samuel estava indo vê-la. Ele achou que ela parecia uma atriz pronta para interpretar um papel num filme de horror.

— Eu sei que você está sofrendo, Dominique — começou Samuel —, mas eu fiz a minha parte no trato e agora é a sua vez. Vou dizer por que estou sendo tão direto e insistente. Eu acho que o seu amigo Dusty foi morto pela mesma pessoa responsável pela morte de Octavio e pelo desaparecimento de Sara.

Ela pegou um lenço de papel e enxugou as lágrimas, assoou o nariz e então começou a falar lentamente.

— Tudo bem. Eu vou contar tudo o que eu sei.

Samuel pegou o caderninho e se sentou.

— Isso vai ficar só entre nós, está bem? — implorou.

Melba ergueu os olhos da pilha de contas que estavam em cima da mesa de carvalho redonda no Camelot e apagou o Lucky Strike no cinzeiro. Usava óculos grossos que Samuel nunca tinha visto antes, e ele estava prestes a fazer um comentário, quando ela atacou primeiro.

— Você está com uma cara péssima, Samuel. Parece que teve uma noite muito ruim — comentou.

— E bota ruim nisso, Melba — disse o repórter, e se afundou na cadeira perto dela, jogando um biscoito para o cachorro. Contou-lhe sobre a morte de Dusty e sobre como, consequentemente, ele achava que a investigação não estava indo a parte alguma.

— E isso ainda não é o pior — acrescentou.

Ela se virou para o barman atrás dela.

— Traga um uísque duplo com gelo para o meu jovem amigo aqui.

— Não foi por isso que eu vim ver você, Melba.

Melba voltou a se virar, enquanto tirava os óculos grossos.

— Esse cara realmente precisa afogar as mágoas. São dois uísques duplos com gelo.

— A verdadeira razão de eu estar aqui é para saber se você pode me emprestar 200 dólares — ele pediu, todo vermelho e olhando para o chão.

— As coisas estão tão ruins assim?

— Eu tenho que viajar, e o meu chefe está puto porque ele diz que eu gasto tempo demais numa história que não dá em nada, então ele me deixou a zero, financeiramente falando.

— Ah, então não tem mais aquela conta de despesas gerais? Que golpe horrível para um gastador como você.

— É, você sabe como eu gasto dinheiro, e isso não poderia ter acontecido num momento pior. A Dominique me deu uma informação inacreditável, mas para confirmar tudo tenho que viajar até El Paso. — E ele contou o que a bruxa lhe dissera. — Eu prometo, Melba, que pago assim que puder.

— Eu não estou preocupada com isso. Você sempre paga, Samuel. Mas eu vou ajudá-lo. E, enquanto você estiver lá investigando esse caso, vou lhe dar algumas ideias que você deveria testar — disse ela, encostando sua garrafa de cerveja no copo de Samuel.

Capítulo 14

Juarez

Samuel estava de pé ao lado de Juarez, na fronteira dos Estados Unidos com o México, na ponta dos pés, olhando a multidão composta principalmente por trabalhadores mexicanos atravessando o rio Grande na conhecida ponte de ferro que vai dar em El Paso, no Texas, para começar a labuta diária. Havia centenas deles: empregadas domésticas, trabalhadores diurnos de chapéu de palha, crianças com livros embaixo do braço para ir a uma escola americana, obter uma melhor educação, aprender inglês e ter a chance de um emprego melhor. Finalmente ele viu Nereyda vindo em sua direção em meio ao povo. Ela era mais alta, tinha a pele mais clara e era mais bem-vestida que a maioria das pessoas que iam e voltavam. Ela o reconheceu. Aproximou-se e deu-lhe um abraço afetuoso.

— Oi, gringo. Há quanto tempo. — Sorriu.

— Obrigado por ter vindo, e obrigado por fazer isso por mim — ele respondeu. Ele vestia o seu casaco esporte cáqui, camisa de madras e seus mocassins marrons mais caros, agora já totalmente cobertos de poeira.

— Já conseguiu alguma coisa? — ele perguntou.

— É claro — respondeu ela. — Descobri onde a Daphne Alcatrás mora. Você sabe alguma coisa sobre ela?

— Não muito. Conte-me.

— Ela tem um passado interessante.

— Dominique me falou um pouco sobre isso quando falei que tinha encontrado uma carta de El Paso. Conte o que mais você descobriu?

— Caramba, Samuel, eu faço uma descoberta impressionante e você fica com essa atitude blasé?!

— Não estou blasé. Só que não é isso o que eu estava procurando.

— Eu vou contar de qualquer maneira. Ao que tudo indica, a Daphne era uma prostituta famosa e, na juventude, era uma das maiores atrações da cidade. Seu amigo Dusty Schwartz era filho dela. A gravidez foi inesperada. Para sorte dele, o pai era um médico rico do lado de El Paso e pagou os estudos do garoto. Mas não tinha muito contato com ele além disso, pelo que disse a minha fonte.

— Você descobriu onde ela mora?

— Essa foi a missão que você me deu, Samuel. E eu nunca deixo um amigo na mão. Nós temos que pegar um táxi para ir à casa dela. Mas lembre-se de que, quando chegar, não pode falar da antiga atividade dela. Ela já abandonou a profissão há muito tempo e agora leva uma vida tranquila.

A lateral do táxi era pintada de azul e a capota, de verde, mas muitas partes do azul tinham virado cinza depois de tantos arranhões que ele levara. O tráfego na metrópole, que não parava de crescer, era tão doido que ninguém se dava ao trabalho de refazer a pintura do carro, já que logo ele sofreria mais um arranhão.

Quando entraram no táxi, Nereyda disse ao motorista:

— *Llevanos a 213 Avenida de Las Alamedas, por favor.*

— *Sí, señorita* — ele respondeu, tentando olhá-la de novo pelo retrovisor, impressionado com sua beleza. Ele falava muito enquanto serpenteava pelas ruelas de terra, até chegar à Avenida de las Alamedas, com um olho na rua e outro no retrovisor.

A rua era cercada de álamos dos dois lados, as folhas verde-claras proporcionando uma sombra muito bem-vinda àquela parte da cidade, que de outra forma seria quente e poeirenta. Pararam na frente de uma casa marcada com o número 213. Samuel pagou e eles saltaram.

— Este deve ser um bairro sofisticado — comentou, olhando a calçada, não muito comum de se ver nos bairros mais afastados do centro.

— As mulheres da vida às vezes conseguem ganhar para viver bem — disse Nereyda. — Especialmente a Daphne.

— Você disse que ela não exercia mais a profissão — disse Samuel, erguendo uma sobrancelha.

— Que vergonha, Samuel. Pensei que você tivesse vindo a Juarez para falar de coisas sérias e não para brincadeirinhas.

Samuel ficou vermelho.

— Só estou perguntando por curiosidade, não por algum desejo reprimido — disse ele, evitando o olhar de deboche dela.

— Eu só estou brincando, Samuel. Eu realmente acredito que ela já se aposentou, mas nunca se sabe. Quer que eu descubra?

— Não. Vamos falar com ela.

Eles subiram pelo caminho até a casa passando por cactos e alguns aglomerados estratégicos de flores muito coloridas da primavera espalhadas pelo jardim. Bateram numa pesada porta de madeira e uma senhora mexicana vestindo avental veio abrir.

— *¿Está la señora Alcatrás?* — perguntou Nereyda.

— *¿De parte de quién?*

— *El señor Hamilton y Nereyda Lopez.*

— *Pasen, la señora les está esperando.*

E os levou até uma sala onde havia um sofá de tom pastel coberto de plástico. Na parede logo atrás havia um imenso quadro da Virgem de Guadalupe. Uma pequena televisão ficava num canto e, ao lado dela, um console de rádio que tinha quase o dobro do tamanho do televisor. A senhora pediu para que eles se sentassem e saiu, fechando a porta atrás de si.

Depois de alguns minutos, a porta se abriu, devagar. Samuel teve de olhar para baixo, para ver o rosto de uma mulher de 50 anos com um nariz achatado. Usava um vestido de noite de chiffon verde elegante, mas inadequado, e tinha um cigarro aceso numa piteira de 30 centímetros e um par de óculos pendurados numa corrente de prata em volta do pescoço, logo acima do decote discreto. O cabelo era pintado numa cor vermelho-metálica e os olhos dela eram azuis como os do filho morto. Ela também era anã.

Samuel pensou que ela devia ter sido muito hábil e sedutora para compensar o corpo disforme, se a procura tivesse sido tão grande quanto Nereyda lhe dissera.

— Olá, Sr. Hamilton — cumprimentou, num inglês com forte sotaque mexicano. — Soube que andou procurando por mim. Por favor, sente-se e diga o que posso fazer por você.

— Esta aqui é a Srta. Nereyda Lopez. Ela me ajudou a localizar a senhora. Primeiro, permita que eu diga o quanto sinto pela morte do seu filho.

Ela fez que sim com a cabeça, com uma expressão inescrutável nos olhos secos.

— Obrigada pela gentileza. Ele era muito novo para morrer, mas agora está nas mãos de Deus.

Ela curvou a grande cabeça e bateu no cinzeiro as cinzas que estavam na ponta da piteira.

— Posso perguntar se o senhor e *la señorita Lopez* têm algum envolvimento amoroso? Eu só quero esclarecer.

Tanto Nereyda como Samuel ficaram vermelhos por motivos diferentes, e negaram veementemente com a cabeça.

— Gostariam de um pouco de chá? — perguntou Daphne.

— Obrigada — disse Nereyda.

Ela latiu algumas ordens em espanhol e, minutos depois, enquanto o grupo falava sobre coisas sem importância, a empregada trouxe o chá numa bandeja de prata polida com delicadas xícaras de porcelana. A anfitriã serviu uma xícara para cada um e ofereceu salgadinhos de outra bandeja.

— Eu sei que deve estar se perguntando por que vim vê-la, *señora* — disse Samuel, soprando a bebida quente.

— Pois eu faço uma boa ideia, Sr. Hamilton.

— Preciso falar com Sara Obregon. Eu sei que ela está aqui.

— Isso não é bem verdade. Ela mora aqui perto, mas não está efetivamente na minha casa, como o senhor colocou. O que o senhor quer com ela?

— Ela desapareceu de São Francisco sem dizer nada à família ou a qualquer outra pessoa, e eles estão ansiosos para encontrá-la. Eu não chamei a polícia nem nenhuma instituição porque a Dominique me disse que a senhora me ajudaria.

— Entendi. Mas o senhor vai ter que voltar amanhã. Eu não posso falar em nome dela, por isso vou perguntar se ela quer vê-lo. Se a resposta for positiva, ela vai estar aqui quando o senhor chegar. Podemos marcar às 16 horas?

— Muito obrigado, Sra. Alcatrás. Nós nos vemos, então.

— Espero que as coisas deem certo. Obrigada por ter vindo, Sr. Hamilton. Você também, *señorita* Lopez.

Ela apagou o cigarro no cinzeiro, escorregou do sofá para o chão e, com um gesto amplo, indicou a porta da frente.

Quando retornaram no dia seguinte, a empregada voltou a recebê-los e logo Daphne apareceu vestida com outra roupa esquisita, um vestido de gala azul-pólvora, que seria muito apropriado para um baile à fantasia mas que parecia totalmente deslocado naquele bairro de Juarez.

Quando todos ficaram confortavelmente instalados em volta da mesa de centro na pequena sala, Daphne fez sinal para a empregada, que se ausentou por um momento e voltou com um bebê nos braços. Atrás dela veio uma moça de camiseta e calça jeans. Samuel a reconheceu imediatamente. Era Sara Obregon — mais bonita do que ele imaginava.

— Esta é a Sara, e este é meu único neto — disse Daphne, cheia de orgulho.

Samuel não sabia por onde começar. Seus olhos estavam grudados no bebê, que a senhora idosa carregava no colo e tinha uma enorme semelhança com a foto de Octavio que Samuel vira na sala da patrulha da fronteira.

— Os seus pais estão mortos de preocupação com você, Sara — ele a repreendeu, quando finalmente conseguiu falar.

— Eu sei — ela respondeu. — E eu vou explicar tudo daqui a pouco. Agora quero que vocês conheçam o meu filho Raymundo Schwartz. Ele não é lindo?

— Com toda a certeza — disse Nereyda, carinhosamente. — Posso segurá-lo um pouquinho?

Sara tirou o bebê da empregada e gentilmente o passou a Nereyda, que começou a arrulhar para ele em espanhol.

— Podemos ficar um pouco a sós com a Sara? — perguntou Samuel.

Daphne fez um sinal para a criada, e as duas saíram e fecharam a porta.

Samuel esperou mais alguns segundos, foi até a porta e encostou o ouvido lá, para ter certeza de que não havia ninguém ouvindo por trás.

— Eu preciso fazer muitas perguntas a você, Sara, e preciso que as respostas sejam verdadeiras.

— Não se preocupe. Eu vou contar tudo — disse Sara, soltando um suspiro de alívio, porque finalmente ia poder contar a sua versão da história. Ela sussurrou: — Mas não quero que vocês nem nenhuma outra pessoa contem alguma coisa do que eu falar na frente da Vovó. Está claro?

— Eu entendi assim que vi a cara do bebê — disse Samuel.

— Ela pensa que ele é do filho dela, e eu até tive medo de que fosse mesmo, e foi por isso que eu o deixei me mandar para cá. Fico feliz de o bebê ser do Octavio e ser normal.

— Eu já imaginava que você tivesse alguma coisa com o reverendo — disse Samuel.

— Infelizmente, sim. Mas não foi uma escolha minha. Ele simplesmente usou de força comigo.

— Eu imaginei que tivesse sido assim — disse Samuel.

— Fiquei com medo de estar grávida do pastor, mas essa não foi a única razão de eu ter saído de São Francisco. Também tive medo do filho ser do Octavio e de ele poder nascer deformado ou retardado.

— O que você está dizendo?

— Depois que eu comecei a sair com o Octavio e que a gente se envolveu, se você me entende, meu pai me avisou para não prosseguir na minha relação com ele porque ele era meu irmão.

— O quê? — gritou Samuel. — Como é que é?

Sara suspirou.

— Quando meu pai era jovem, ele teve um filho com uma mulher no México, antes de conhecer a minha mãe. Foi o Octavio. Depois de se casar com a mamãe, eles foram para os Estados Unidos. Ele nunca imaginaria que o filho fosse aparecer exatamente na mesma cidade ou iria se envolver com uma das suas filhas. Ele só falou desse assunto comigo quando viu que o nosso relacionamento era sério e para onde estava se dirigindo. Isso não me refreou, mas quando engravidei temi pelo bebê.

Samuel ficou tonto com a coincidência, mas então percebeu que, no mundo restrito e extremamente unido dos imigrantes mexicanos, uma coisa assim seria possível. Ele se lembrou num flash, da discussão que teve com Bernardi sobre incesto, mas eles falavam de uma relação entre pai e filha. Nunca imaginaram que pudesse ser de um irmão com a irmã.

Depois de um momento de silêncio, ele falou:

— Conte como você se envolveu com o reverendo. Ouvi dizer que os líderes sindicais mandavam um monte de garotas ao camarim dele Você foi uma delas?

— De jeito nenhum.

— Eu mesmo vi muitas, mas não consegui acreditar que você fosse se sentir realmente atraída por ele — disse Samuel.

— Ele não tinha esse apelo para mim. Eu gostava do que ele dizia sobre religião e foi por isso que eu comecei a frequentar a igreja. Quando o problema das relações sexuais com o meu irmão apareceu, fui falar com ele. E, enquanto eu estava lá, ele me deu uma xícara de chá. E de repente eu só vi que ele estava em cima de mim e eu estava dopada demais para resistir — explicou, com raiva na voz. — Aí, eu não menstruei. Fiquei completamente histérica e ameacei chamar a polícia, mas não acho que teria chegado a esse ponto. A vergonha do estupro era mais do que eu poderia aguentar. Para não falar que eu não podia deixar o Octavio descobrir, porque ele o teria matado.

"Quando eu finalmente recebi a confirmação de que estava grávida, não queria dar à luz um bebê deformado, fosse por ser filho de um anão ou filho do meu próprio irmão. Você sabe que ficam falando essas coisas na escola. Apesar de eu ter tentado me livrar da criança, não consegui."

— Quando você acabou se decidindo por vir para cá? — perguntou Samuel.

O pastor tentou me acalmar. Disse que eu poderia ficar com a mãe dele e ter meu filho aqui em Juarez, e me convenceu de que ninguém jamais saberia. Por isso, essa foi a minha saída. Como eu não podia contar a ninguém, eu simplesmente saí de São Francisco.

— Você deve ter passado por um verdadeiro inferno, Sara. Esse reverendo era um grande pervertido e um manipulador muito astuto — disse Nereyda.

— Eu sinto muito, Sara. Não posso acreditar que isso tudo tenha lhe acontecido — disse Samuel. — Mas, agora que sabemos que você está em segurança, preciso fazer umas perguntas sobre a Dominique. Você sabe de quem eu estou falando, não sabe?

— Sei. Eu conheço aquela puta.

— É verdade que ela lhe deu alguma coisa para pôr fim à sua gravidez?

— Como vocês descobriram?

— Ela disse que era para acabar com uns enjoos, mas nós não acreditamos.

— Ela não me "deu" nada. Ela me "vendeu" uma poção e disse que resolveria o problema, ou seja, que daria um fim à gravidez. Mas, quando eu tomei, só me senti pior. Aí fiquei com medo e joguei tudo fora. Mas guardei o envelope, para o caso de ela ter me envenenado.

— Você não confiava nela?

— É claro que não. Ela era amiga do reverendo. Acho que faria qualquer coisa para protegê-lo.

— Esse pode ser um testemunho importante, se algum dia você voltar para São Francisco.

— O que você quer dizer com "se algum dia eu voltar para São Francisco"? — perguntou ela, com um olhar ao mesmo tempo surpreso e confuso. — É exatamente isso o que eu pretendo fazer — sussurrou, para o caso de alguém estar ouvindo atrás da porta. — Eu ainda não tive coragem de mandar uma carta para o Octavio — continuou, com a voz falhando —, mas vou escrever em breve, porque eu quero estar com ele e o nosso filho, agora que eu sei que o menino é normal e que é óbvio que o Octavio é o pai.

— Quer dizer que você ainda não sabe? — perguntou Samuel, olhando para ver a reação dela.

— Não sei do quê? — ela devolveu, mais alto do que gostaria.

— Que o Octavio foi assassinado?

Assim que as palavras saíram de sua boca e Sara engasgou, Samuel soube que cometera um grande erro ao descrever a morte de Octavio de maneira tão precipitada. Ficou horrorizado ao ver como a expressão dela mudou, quase que em câmera lenta, de uma mãe feliz para a de uma viúva pesarosa e consumida pelo terror. Ele nunca se esqueceria do que aconteceu depois. A garota desabou no chão e começou a chorar copiosamente.

Daphne e a mulher idosa entraram correndo na sala com os olhos em chamas, acreditando que algo terrível havia acontecido ao bebê.

Sara estava agachada ao lado de Nereyda, que deixara o menino no sofá e estava de joelhos tentando confortá-la enquanto Sara continuava a urrar do fundo do coração.

— *¿Que pasó, m'hija?* — gritou Daphne, estendendo para ela seus pequenos braços. — *¿Le icieron algo al bebé?*

— *No, abuela, nada así. Me dijeron que alguien mató a mi hermano* — respondeu.

Daphne lançou um olhar confuso a Samuel.

— Eu não sabia que ela tinha um irmão.

— Tinha. E eles eram muito chegados. Eu tive que contar que ele foi morto. Lamento muito.

— Deve ter sido alguma coisa com droga — sussurrou a avó. — Você conhece os problemas que os jovens têm com isso naquela sociedade maluca do outro lado da fronteira.

— Ainda não sabemos quem fez isso, nem por quê — disse Samuel, ainda angustiado por ter desencadeado tudo aquilo. — Essa era outra razão pela qual eu queria falar com vocês.

Daphne ficou confusa e balançou a cabeça.

— Como é que você acha que eu posso ajudar num assunto tão horrível como esse? — perguntou.

— Eu não espero que a senhora comece a citar possíveis suspeitos. Mas gostaria de saber se alguém, e quem, procurou fazer contato com a Sara, além do seu filho, nesse tempo em que ela esteve com você.

— Ninguém, a não ser aquela mulher chamada Dominique. Mas isso o senhor já sabe, porque foi ela quem disse onde podia encontrar a Sara.

— A Sara falou que estava fugindo de mais alguém em São Francisco?

Daphne forçou os olhos e colocou mais um cigarro na longa piteira, calculando se poderia entregar um dos segredos de Sara.

Ela acendeu o cigarro e tragou longamente, soltando a fumaça para cima na direção de Samuel, que alegremente inalou. Ele bem que precisava de um cigarro, e quase pediu um.

— Eu não me lembro de ela ter citado ninguém, além da família. Mas ela me falou da vergonha que sentiu ao descobrir que estava grávida — respondeu.

Nereyda e Samuel estavam num restaurante perto do rio Grande no lado americano da fronteira, em El Paso. Estavam sentados numa mesa à janela e podiam ver a ponte da fronteira por cima do rio Grande, onde se encontraram naquela manhã. Agora estava vazia, mas o rio brilhava à luz da lua, e do outro lado podiam ver a extensa cidade de Juarez, sem nenhum prédio com mais de dois andares e que se alastrava por uma superfície três a quatro vezes maior do que El Paso.

Ela estava alisando o guardanapo silenciosamente e ele, mexendo as pedras do uísque com o dedo.

— Aquela garota, coitada, quase entrou em choque — ela comentou.

— É. Eu tive muito pouco tato ao falar aquilo — disse Samuel, num tom angustiado. — Pensei que ela soubesse que o Octavio havia morrido. Quer dizer, até ouvi-la dizer que ela estava voltando a São Francisco para se encontrar com ele.

— Não foi culpa sua. Como é que você poderia prever que a reação dela seria essa?

— Ela amava aquele rapaz e estava fazendo planos para ficar com ele, e aí eu fui abrir a minha boca — disse Samuel, olhando tristemente para o rosto sério de Nereyda.

— Você não vê que isso não faz a menor diferença? Mesmo que você não tivesse contado, ela teria descoberto mais cedo ou mais tarde. Você só lhe deu um choque de realidade antes que outra pessoa o fizesse — e deu uns tapinhas nas mãos dele, que envolviam o copo.

— Deixe-me terminar o meu raciocínio — ele disse, endireitando-se na cadeira. — Ter encontrado a Sara e saber que ela está bem é um grande alívio. Resolve uma parte do enigma, mas mostra que nós conhecíamos apenas parcialmente o que estava acontecendo. As mortes do Octavio e do anão continuam a ser um mistério.

— Não descobriu nada que possa ajudar por aqui?

— Confirmar que ela estava viva foi muito importante. Mas, tirando isso, não tenho muita certeza. Nós estávamos claramente indo na direção errada, e agora eu vou ter que dar um jeito nisso.

Nereyda assentiu.

— Desculpe eu estar me limitando a esse assunto. Conte como é que vai a sua vida? — perguntou Samuel, olhando para ela e sorrindo.

— Não tenho muito que contar. Continuo fazendo o de sempre — suspirou. — Eu gostaria de quebrar essa rotina, mas sempre acontece alguma coisa.

— E que tal uma mudança de cenário — ele perguntou, fazendo um movimento com a cabeça —, como uma viagem à Califórnia? Existem muitos imigrantes que trabalham no campo que precisam exatamente do tipo de trabalho que você oferece. Além do mais, é o tipo do lugar para onde as pessoas vivem fugindo para começar tudo de novo. Foi isso o que eu fiz. E, acredite, eu não sou o único. A Califórnia não se chama nova fronteira só por um capricho.

— Eu já pensei nisso — disse ela —, mas não tive uma vida fácil. E eu não posso fugir dos meus problemas. Eles só me seguiriam para onde quer que eu fosse. É melhor ficar aqui e tentar resolvê-los.

— Estou surpreso ao ouvir isso de você — disse Samuel, levantando uma sobrancelha. — Pelo que me contou quando a gente se conheceu, você parecia ter tido a infância perfeita.

— Existe um lado da minha vida sobre o qual eu não falei. Mas isso vai ter que ficar para outra vez — disse ela, serenamente. Samuel percebeu que a porta para aquela parte dela estava fechada, por enquanto.

Tudo o que ele podia fazer era assentir com a cabeça e se perguntar se ele seria capaz de tomar a mesma atitude ao enfrentar seus demônios. Naquele instante, ele tinha medo de se aprofundar mais nessa questão.

Capítulo 15

O lado obscuro de North Beach

— Essa foi uma reviravolta que eu jamais imaginei — disse Bernardi, quando Samuel lhe contou sobre a conexão familiar existente entre Sara e Octavio. — Você acha que essa seria uma ameaça suficiente para o Schwartz matar o rapaz?

— Acho que não — disse Samuel. — Veja, o anão também se ferrou, mesmo que você ainda não queira admitir esse fato. Portanto, tem alguma coisa que nós deixamos passar desde o começo. Eu venho repassando todos os detalhes desde que eu falei com a Sara em Juarez.

— Quando ela vai voltar? Eu gostaria de falar com ela.

— Ela deve chegar em uma semana mais ou menos. Nesse meio-tempo, vou dar um pulo em North Beach.

— Por quê?

— Dominique me contou que o reverendo passava muito tempo com os beatniks, e aquele é o território deles. Se eu conseguir descobrir que bares ele frequentava, talvez consiga saber quem estava na festa na noite em que ele morreu.

Por sugestão de Melba, a primeira parada de Samuel foi no Vesuvio's, em frente à livraria City Lights, onde ele e Bernardi tomaram um drinque na noite em que saíram com as garotas. Muitas das janelas eram de vidro colorido que, de alguma forma, não combinava com o lugar. Era um bar barulhento, exótico e artístico, que tinha a mesma mistura de cheiros de North Beach, com seus cigarros, maconha, café espresso e vinho tinto barato servidos e consumidos aos montes. Sempre cheio, tinha uma atmosfera alegre com a qual Samuel quase poderia se acostumar, se já não fosse um habitué do Camelot. Entre os clientes havia todo tipo de pessoas, desde beats beberrões até leitores pedantes que sorviam seus drinques com o nariz enfurnado nas compras que tinham acabado de fazer na livraria em frente. O homem de boina e barba estava lendo Shakespeare, e sua companheira de longos cabelos castanhos trançados lia uma história em quadrinhos e fumava um baseado.

Samuel pagou bebidas ao barman e ficou conversando abobrinhas sobre a cidade de São Francisco até os dois estarem suficientemente altos, quando sacou uma foto de Dusty que Bernardi havia lhe dado.

— Você já viu este rosto?

O barman olhou para ele e pensou por uns instantes enquanto passava o pano de prato nos copos.

— Em princípio, eu ficaria absolutamente calado e não diria nada — disse. — Mas sei que você não é da polícia e que o anão já morreu. Eu gostava dele. Era bem generoso nas gorjetas, por isso eu vou ajudar você. Ele costumava passar muito tempo com o Big Daddy Nord quando ele administrava o Hungry I. Era impossível não reparar nos dois, porque o Big Daddy tinha 2,01 m de altura. Lado a lado eles pareciam o Mutt e o Jeff das histórias em quadrinhos. Mas o Big Daddy acabou fugindo da cidade depois de um escândalo com uma adolescente, e Enrico Banducci assumiu o Hungry I. Aí, o anão começou a frequentar bares homossexuais como o The Black Cat, lá na Montgomery.

— É mesmo? Então você está dizendo...

— Eu não estou dizendo nada — respondeu o barman. E então passou um sermão de meia hora em Samuel, explicando o sistema de propinas pagas aos policiais de São Francisco por alguns donos de bar onde os gays se reuniam, porque era contra a lei vender bebida a um homossexual na Califórnia até o caso Stouman vs. Reilly ser julgado em 1951. — Mas, depois disso, o Estado criou o departamento de controle de bebidas alcoólicas e basicamente ignorou a sentença. Ou você pagava aos tiras, ou tinha de fechar as portas.

Samuel balançou a cabeça.

— Para mim, parece que essas pessoas já aguentaram merda demais, desnecessariamente.

— É verdade, mas elas são fortes. Essas bichinhas sempre arranjam um jeito de lutar contra as restrições que a lei impõe a elas. Seria de imaginar que os idiotas que administram o governo já tivessem desistido a esta altura. O que eles estão pensando? Que isso é alguma novidade? Talvez, um dia desses, nós tenhamos alguns políticos visionários.

Samuel revirou os olhos. O barman riu ao dar o nome de vários estabelecimentos em North Beach que Schwartz provavelmente frequentava, incluindo o Finocchio's, na Broadway, e o Anxious Asp, na rua Green. As últimas palavras deixaram o repórter confuso.

— Lembre-se de que o anãozinho também gostava de prostitutas e encontrava muitas na Sinaloa.

— O que é Sinaloa? — perguntou Samuel.

— É uma boate mexicana na esquina da Powell, em Vallejo. Elas dão um show e tanto, mesmo se não estiver interessado nos extras.

— Parece que vale dar uma passada — disse Samuel. — E onde é que eu posso encontrar o Big Daddy?

— A última vez que eu ouvi falar dele, estava comandando uma boate em Venice, no sul da Califórnia. É tudo o que sei.

Samuel achou que já tinha indicações suficientes para mantê-lo ocupado por todas as noites das duas semanas seguintes, portanto ir atrás de Big Daddy Nord teria de ficar para depois. A primeira pergunta que veio à cabeça foi: onde ele iria conseguir dinheiro suficiente para fazer tudo isso virar realidade? Dar o furo de reportagem que Sara estava viva e bem de saúde o colocou de novo nas boas graças do chefe, e ele conseguiu devolver a Melba os 200 dólares que ela havia emprestado. Mas isso o deixou mais uma vez sem um tostão. Ele decidiu que Bernardi teria de arranjar algum dinheiro na divisão de homicídios.

Samuel marcou uma reunião com Bernardi no Camelot para a noite seguinte e chegou cedo para ver se podia passar algum tempo com Blanche e para coçar a cabeça e dar um agrado ou dois ao cansado vira-lata Excalibur, de quem também estava com saudades.

— Ela está em Lake Tahoe para as últimas corridas de esqui da temporada. Volta na semana que vem — disse Melba ao decepcionado repórter.

Quando Bernardi chegou, os três discutiram as últimas descobertas de Samuel.

— Pelo quadro que está começando a se formar — ele disse —, o anãozinho tinha uma vida sexual muito mais complicada do que qualquer um de nós imaginava. Além das suas travessuras com a dominatrix e com as menininhas, ele gostava de gays, gente que joga nos dois times, travestis, lésbicas e putas.

— Um homem com gosto para tudo. — Bernardi sorriu.

— Agora vocês estão na pista certa — assentiu Melba. — Em algum lugar desse grupo, vocês vão encontrar um assassino que tem uma mente suficientemente pervertida para matar o garoto e o anão por uma coisinha à toa.

— O que faz você pensar que foi só uma pessoa? Podem ser várias — sugeriu Samuel.

— E o que faz você pensar que um assassinato tem relação com o outro? — perguntou Bernardi.

— Ah, eles estão ligados, sim, e, como eu disse, acho que estamos lidando com um criminoso, e não com um grupo. Eu deixo por conta de vocês encontrar uma ligação entre o assassinato do rapaz e o do anão. Mas aposto que é a garota, a Sara.

— Você quer dizer alguma coisa tipo ciúme? — perguntou Samuel.

— Talvez — disse Melba. — Esse é um ponto tão bom para começar quanto qualquer outro.

— Quem você acha que tinha ciúme de quem? — inquiriu Samuel.

— Ah, merda, como é que eu vou saber? Só estou pensando em voz alta, garotos.

— Acho melhor colocar alguns homens à paisana em todos os lugares que o barman citou, Samuel.

— Essa é a última coisa que você deveria fazer — disse Melba. — Se a polícia começar a sair por aí fazendo perguntas, a notícia vai se espalhar, todo mundo vai se fechar e os seus suspeitos vão desaparecer. Lembre-se de que a polícia está tentando fechar todos esses lugares. Eu gosto do jeito que o Samuel tem agido. Deixe que ele continue sendo o batedor.

— Você aceita essa função, Samuel? — perguntou Bernardi, concordando com o ponto de vista de Melba.

— Aceito, sim. — Ele sorriu. — Especialmente se a polícia pagar a conta.

Antes de Samuel começar a fazer a ronda nos antros de iniquidade que o barman do Vesuvio's descrevera, ele fez uma parada na sala do legista. Cara de Tartaruga estava sentado em seu apinhado escritório com o esqueleto humano pairando num canto como que para lembrar aos visitantes quem eles tinham ido ver.

— Parabéns — disse ao repórter, com a habitual fisionomia impassível. — Por tudo o que eu tenho ouvido, um já foi e agora só faltam dois — disse ele, tranquilo, na cadeira de couro.

— Espero que você tenha razão — disse Samuel, partindo do princípio de que o legista estivesse falando das matérias sobre ele ter encontrado Sara viva e bem em Juarez. — Vim ver o que o seu pessoal descobriu sobre os indícios que foram recolhidos na cena do crime e para conseguir as respostas àquelas perguntas que deixei com você.

— Tenho algumas revelações interessantes, Samuel — disse Cara de Tartaruga. — Por onde você quer que eu comece?

— Pelo começo, por favor.

— Primeiro, a serra elétrica que foi usada nas diferentes partes do corpo foi a mesma, e nós acreditamos que seja uma serra de fita, como a que um marceneiro usa para fazer cortes especiais em pedaços de madeira.

Samuel anotava tudo freneticamente. Quando o homem parou, ele o olhou com avidez.

— O que me leva à segunda pergunta. Examinamos os moldes de gesso. E o que você percebeu preso em alguns deles nós conseguimos identificar como pequenas partículas de serragem de pinheiro. Isso bate com a nossa conclusão de que o pedaço de perna que o cachorro achou na lixeira foi cortado com uma serra de fita.

— Você está dizendo que quem quer que tenha se livrado daquela parte provavelmente tinha serragem nas solas dos pés?

— Exatamente.

— Algum dos moldes levou a uma pegada identificável?

— Não, a nossa sorte não chegou a tanto. Muita gente passou por ali, como dava para perceber pela quantidade de lixo que havia na lata.

— O terceiro ponto de interesse, que você encontrou na escada dos fundos do apartamento do anão, era um fio de alpaca bege.

— O que é alpaca e de onde ela vem? — perguntou Samuel, franzindo a testa.

— É uma lã pura de um animal sul-americano parecido com a lhama. Geralmente ela acaba virando um suéter ou um xale. E é mais cara que a lã comum.

— Então, se o fio saiu de um xale, nós estamos procurando uma mulher?

— Não necessariamente. Homens também vestem ponchos, mas você está se adiantando muito. Antes de decidir que o criminoso estava vestindo uma roupa feita de alpaca, você precisa determinar que essa pessoa estava lá na noite em que a vítima encontrou o seu fim e que ela deixou esse material no corrimão ao descer pela escada dos fundos.

— Ainda não vou tentar adivinhar quem fez isso. Só quero reunir todas as informações que puder. E espero que, dentro em breve, tudo comece a se encaixar e nos dar a imagem de que precisamos para agarrar o filho da puta que cometeu os dois crimes.

— Você acha que o anão foi assassinado, não é? — perguntou Cara de Tartaruga, balançando em sua cadeira giratória.

— Sim, com certeza.

— E você acha que a mesma pessoa foi responsável pelos dois crimes?

— Minha intuição diz que foi a mesma pessoa, que essa pessoa é homem e um verdadeiro psicopata.

— Provavelmente você tem razão. Essas são as duas mortes mais bizarras que eu já vi nos trinta anos em que trabalho aqui.

O legista não tinha mais nenhuma informação; por isso, Samuel colocou o caderninho de lado.

— Obrigado, Barney, você e sua equipe me ajudaram muito.

Ele começou a andar em direção à porta, mas de repente parou e se virou para Cara de Tartaruga.

— Uma última pergunta: você tem registros de algum tipo de morte ritual que tenha acontecido na noite de North Beach nesses últimos anos?

Cara de Tartaruga pensou por um momento e negou lentamente com a cabeça.

— Tudo bem, vou mantê-lo informado sobre o que eu descobrir — disse Samuel.

Samuel viajou até Los Angeles num voo da Pacific Southwest Airlines e teve um encontro com Big Daddy Nord em sua boate na praia de Venice. A praia propriamente dita se localizava entre Santa Monica e o aeroporto internacional de Los Angeles, e Samuel chegou lá facilmente com um carro alugado. Ele se dirigiu ao bar Shanty Town de Nord logo na Ocean Front Walk, perto da praia branquinha e do oceano Pacífico. Parecia uma cabana feita de bambu e sapê com toques polinésios de cada lado da entrada. Aquele realmente era o lugar da turma dos beatniks do sul da Califórnia. A clientela usava boina e barba, mas, em vez das roupas totalmente pretas, vestiam sandália e calção de banho.

Eles se misturavam tranquilamente com os fisiculturistas da Muscle Beach, que ficava do outro lado da calçada, na areia. Ele pegou a informação que queria com Big Daddy e, quando voltou, ligou para o número que o gigante lhe dera, marcou um encontro com Blondie e foi convidado para um show no Finocchio's, na Broadway, para a noite seguinte.

O Finocchio's situava-se no segundo andar, em cima do Enrico's Café e do Swiss Chalet no número 506 da Broadway. A grande placa de neon na cobertura do edifício já era um marco em São Francisco na década de 1960. Gente do mundo inteiro ia ver os dançarinos. Samuel assistiu ao show inteiro, que era um desfile de mulheres bonitas dançando e cantando com roupas sofisticadas num pequeno auditório onde se acomodavam cerca de 150 pessoas. Quando acabou, todas ficaram nuas da cintura para cima, mostrando o peito depilado para provar à plateia que na verdade eram homens vestidos de mulher. A audiência respondia com longos e estrondosos aplausos, jogava flores, maços de notas e algumas moedas no palco, assim como bilhetes de amor e cartões de visita com o número do telefone sublinhado.

Quando as coisas se acalmaram, Samuel foi até os bastidores, apresentou-se e agradeceu a Blondie por concordar em falar com ELE.

— A chave foi o OK do Big Daddy — disse Blondie, um homem imenso que usava uma peruca loura armada que o tornava 15 centímetros mais alto. Ele se sentou diante de três espelhos rodeados de lâmpadas. Quando terminou de tirar os cílios postiços, ele começou esfregar o rosto com creme para tirar a maquiagem.

— O Big Daddy disse que você falaria comigo e que você conhecia o Dusty Schwartz bastante bem.

— Eu gostava dele. Foi um grande choque quando ouvi falar que ele havia morrido.

Ele tirou a peruca e revelou a cabeça raspada, que o fazia se parecer mais com um sargento de treinamento dos fuzileiros navais do que com a diva soprano que Samuel viu no palco.

— Ele costumava vir ao show com frequência antes de abrir a igreja — disse o homem, com uma voz ligeiramente afetada. — Depois, vinha até o camarim e se sentava no meu colo. Queria transar comigo, mas não é a minha. Eu gosto de me vestir como mulher e cantar com a minha voz de soprano, mas não sou homo nem bi como o anão.

Samuel percebeu que, apesar de o homem medir quase 1,90 m, ele tinha um ar feminino e uma doçura de garota.

— Eu achava uma gracinha ele querer se sentar no meu colo porque eu me sentia como se fosse mãe dele. Mas, quando ele começou com a igreja — disse o gigante com a voz triste, enquanto retirava o creme espalhado em seu rosto —, a Dominique passou a dominar a cena e eu não o vi mais. Era um cara que precisava de muito amor, sabe, ele era realmente uma pessoa muito sozinha e muito triste.

— Fale um pouco da Dominique — pediu Samuel. — Você ficou com ciúmes quando ela o afastou de você?

O homem ficou vermelho e se virou abruptamente dos espelhos com que se defrontava.

— Agora que você tocou nesse assunto, um pouquinho. Mas ela era uma dominatrix e podia dar a ele o tipo de prazer que ele estivesse a fim. E ela fez muito por ele. É só ver o sucesso da igreja. Ele jamais teria conseguido fazer aquilo sozinho. E eu fiquei feliz com o que ele conquistou. Eu confesso que não conheço muito aquela mulher. Tem gente que diz que ela é uma bruxa.

— Conte-me o que lhe disseram.

— Só que se alguém quiser lançar um feitiço contra alguém, ou se quiser que algum tipo de magia negra seja feita, ela é a pessoa certa.

— E você acredita nisso?

— Eu, não! Eu só conheço a reputação da senhora. Eu nunca quis levar uma surra ou jogar uma maldição sobre outro ser humano.

— Você sabe alguma coisa sobre uma festa que o Dusty deu na noite em que ele morreu?

— Foi assim que ele morreu? Numa festa? — perguntou Blondie, erguendo as sobrancelhas. — Essa é uma boa maneira de partir, você não acha? — e soltou uma sonora gargalhada que ecoou por todo o ambiente, fazendo a mobília tremer e o repórter se segurar na cadeira.

Então, Samuel mudou delicadamente de assunto, assegurando-se de não dizer que suspeitava de algum tipo de jogo sujo na festa, porque sabia que, se dissesse essas palavras, todas as suas fontes iriam secar.

— Você pode me dar o nome de alguns dos amigos dele com quem eu possa falar, para saber mais sobre ele e sobre essa última festa que ele deu?

— Claro — disse Blondie. — Pode dizer que fui eu que falei para ligar. Talvez um deles consiga o que você está procurando. — Ele se levantou, ainda totalmente nu da cintura para cima. Continuava com vestígios de maquiagem sob os olhos misturada ao delineador, o que fazia com que parecesse estar usando uma máscara. Quando Samuel foi embora, Blondie lhe soprou um beijo pelo ar.

A lista de testemunhas que Samuel precisava entrevistar não partiu apenas de Dominique, Melba, Big Daddy e Blondie, mas também de Bernardi. Uma delas era o advogado Michael Harmony, que ele tinha visto na igreja do reverendo. A polícia suspeitava de que ele fornecia menininhas para Dusty, em troca de ações indenizatórias. Samuel soubera por Dominique que o homem tinha outros problemas, e por isso ele se perguntou se devia confrontar o advogado diretamente no escritório dele ou se devia inventar um encontro que parecesse casual, esperando pegá-lo desprevenido. Samuel havia tentado contatá-lo quando escrevia a matéria de Schwartz e sua igreja, mas todos os contatos com o advogado haviam sido feitos pela secretária dele, Mary Rita La Plaza. Ela não era mais sua funcionária. Samuel perguntou aqui e ali e descobriu que Harmony geralmente passava a hora do coquetel no Paoli's, na rua Califórnia, em Montgomery. Assim, apareceu lá na hora certa.

O Paoli's era um bar bastante popular no centro da cidade. Havia uma mesa central, cheia de antepastos, e os executivos enchiam o lugar para tomar uns drinques. Muitos deles levavam para casa o jantar do generoso balcão.

Quando Samuel entrou no estabelecimento lotado por volta das 18h30, viu Michael Harmony sentado sozinho no bar, vestido com seu terno azul-real, bebendo um martíni puro. Sentou-se no banco ao lado dele.

— Oi, eu sou Samuel Hamilton. Nós nos encontramos há algum tempo na igreja do Dusty Schwartz. O senhor se lembra de mim?

Os ombros de Harmony se retesaram, enquanto ele se virou devagar. Seu cabelo louro e cuidadosamente penteado parecia uma peruca sob as lâmpadas do lugar.

— Eu estou sempre encontrando muita gente — disse, com frieza. — Qual é a sua linha de trabalho?

— Estou no negócio de jornais — disse Samuel, ampliando um pouco a sua profissão.

Harmony o estudou por alguns segundos, sem dizer uma palavra, e então começou a falar lentamente e com desdém, com sua voz estranhamente afetada.

— Eu me lembro. Li seus artigos sobre o fechamento da igreja e sobre a garota desaparecida que você encontrou no Texas. Eu também conheço a sua reputação, Sr. Hamilton. — Ele se levantou e rapidamente colocou 5 dólares no bar. — Por que razão neste mundo eu deveria conversar sobre qualquer coisa com o senhor? — Levantou-se e saiu.

Samuel observou o homem se mover pomposamente em direção à saída e exibiu um dedo para ele. Não gostava de ser rejeitado. Ele sabia que não ia tirar nenhuma informação relevante do advogado; era inteligente demais para se incriminar.

Ele poderia ter se fartado no Paoli's, mas decidiu que preferia a atmosfera mais conhecida do Camelot. Caminhou rapidamente ladeira acima até o seu bar favorito, pediu um uísque com gelo e telefonou para Mary Rita La Plaza.

— Acabei de levar um fora do seu ex-chefe. Será que consigo convencê-la a vir até o Camelot e beber alguma coisa comigo? Sei que você mora logo aqui na esquina.

Vinte minutos depois, ela estava sentada à sua frente, vestida no uniforme de trabalho da maioria das secretárias da região financeira: uma saia elegante, blusa branca e um suéter vermelho para se proteger da brisa fria de São Francisco. Seu cabelo castanho e seus olhos escuros contrastavam com uma compleição mignon. Algumas rugas de expressão em torno dos olhos davam a ela uma expressão suave e simpática.

Quando lançou um olhar intenso para Samuel, ele percebeu que ela era uma pessoa séria. E, quando ela falou, foi com uma frieza calculada que não escondia inteiramente sua amargura.

— O Dr. Harmony foi injusto comigo — disse. — Eu trabalhei para ele durante 12 anos. Quando comecei a trabalhar como secretária, ele não era nada. Eu o ajudei a construir seu negócio e ele me prometeu várias vezes que eu jamais iria me arrepender. Ele garantia que eu ia ser recompensada. Depois que ele passou a ser um advogado de sucesso em ações de responsabilidade civil, não precisou mais de mim. Há algumas semanas, ele disse que eu seria substituída. Contratou uma garota jovem e bonita para sentar à minha mesa.

— Qual foi o problema? — perguntou Samuel.

— Eu sabia demais.

— É mesmo? Então eu liguei para a pessoa certa.

— Talvez, Sr. Hamilton. E talvez, não. Isso nós ainda vamos ver.

Samuel pegou o caderno de anotações.

— Qual é a ligação entre Harmony e Dusty Schwartz?

— O Dr. Harmony é um homossexual enrustido.

— Já ouvi isso de outras fontes — disse Samuel, afirmando uma coisa que já tinha ouvido de Dominique.

— Ele e o Sr. Schwartz tiveram um caso depois que se encontraram num daqueles bares ou sex clubs frequentados por gays. Mas eles tratavam de negócios que iam além disso. Essa era a verdadeira relação.

— Sex clubs?

— É, eles iam lá e participavam de orgias. Bem, pelo menos foi o que eu ouvi.

Samuel ficou com uma expressão surpresa no rosto.

— Onde é que esses clubes ficam?

— Eles estão por toda parte. É só escolher — respondeu ela, com um ar meio blasé.

— Você está brincando.

Ela riu.

— Eu pensei que o senhor conhecesse São Francisco, Sr. Hamilton.

— Não a esse ponto. — Ele sorriu. — Qual deles o Michael Harmony frequentava?

— Principalmente os que ficam ao sul da rua Market.

Samuel ficou confuso.

— E North Beach?

— Eu precisaria ver. Não tenho certeza.

— Que tipos de negócios eles tinham?

— O Sr. Schwartz mandava clientes de ações de responsabilidade civil para o Dr. Harmony em troca de encontros com mocinhas jovens na igreja. O advogado acertava esses encontros através de líderes sindicalistas.

— Isso causava algum conflito entre eles, como amantes?

— Eles não eram amantes de verdade, só faziam sexo casual. Os dois eram totalmente hedonistas. Tudo em que conseguiam pensar era o próprio prazer, portanto não sei se algum dos dois se importava.

— A senhora acha que o Harmony ficou com ciúmes e quis acabar com o Dusty?

— Eu já disse que não! — exclamou, colocando os dez dedos na mesa para enfatizar a questão. — O Harmony não se importava com quem o anão transava. Ele queria ter múltiplos parceiros, e não uma relação de longo prazo. Ele era promíscuo; e o senhor sabe que o Schwartz também era. Parece que isso é muito comum entre os homossexuais masculinos.

— Isso é uma generalização, certo?

— Bem, Sr. Hamilton, o fato é que esse era exatamente o caso de Michael Harmony. Eu mesma vi, com os meus próprios olhos. Ele não pode admitir isso publicamente, é claro, mas não tinha como esconder de mim. Posso garantir que ele não queria um relacionamento monogâmico com outro homem, e muito menos com uma mulher. Se alguém fora do seu círculo algum dia descobrisse as suas preferências, o trabalho que ele fazia com os sindicalistas iria por água abaixo.

— Ele lhe disse isso? — perguntou Samuel, desconfiado.

— Ele me disse isso — ela falou, enfaticamente, com as mãos tão contraídas que os dedos ficaram brancos.

Samuel pensou um pouco.

— Em algum momento a relação dele com o Schwartz enfrentou algum tipo de problema?

— Eu não sei se "problema" seria a palavra certa. Quando a igreja do Schwartz fechou, o Harmony não podia mais utilizá-lo, porque o reverendo já não estava mais em condições de mandar casos. E ele já estava cansado dele sexualmente, então foi bye, bye, baby.

— A senhora certamente é muito bem informada.

— Ele me contou tudo, Sr. Hamilton. Eu era a confidente do Dr. Harmony.

— Então foi muita burrice dele mandá-la embora, não acha?

— Ele ainda vai se arrepender disso — disse ela, numa voz metálica. Seus olhos escuros brilharam, e o repórter percebeu que ganhara uma aliada.

— Na noite em que o Schwartz morreu, ele deu uma festa. — Samuel especificou a data. — A senhora sabe se o Harmony foi?

Ela pensou por um momento.

— Não sei dizer. Nessa época, eles estavam brigados. Eu ainda trabalhava para o Dr. Harmony quando o anão morreu, e ele nunca falou de festa nenhuma. Fez questão de dizer que estaria em Las Vegas naquele fim de semana — respondeu.

— E estava? — perguntou Samuel.

— Acho que não. Tenho quase certeza de que ele estava tentando encobrir alguma coisa, só não sei bem o quê.

— Como ir à festa do anão.

— Como ir à festa do anão — respondeu ela.

— Esse é um assunto que eu vou ter que comentar com o tenente Bernardi — disse Samuel. Ele achou que ela tinha muito mais a dizer sobre Harmony; e, em circunstâncias normais, teria arrancado todas as informações dela. Mas, naquele momento, ele estava atrás de um assassino, de modo que, tudo o mais teria de ficar em segundo plano. Ele agradeceu, e combinaram de manter contato.

Enquanto ele a via sair do bar, perguntou se poderia estabelecer algum motivo para Harmony querer matar o reverendo por causa de ciúmes ou para silenciá-lo, caso o anãozinho estivesse para revelar suas preferências sexuais. Chantagem é sempre um bom motivo, segundo Melba, mas ele não podia ver sequer a mais remota possibilidade de que Harmony tivesse conhecido Octavio ou quisesse de alguma maneira machucá-lo. Samuel fez uma careta. Será que alguma coisa ligava os dois no submundo em que ele entrara? Ele já tinha o suficiente para fazer Bernardi pressionar Harmony. E aparentemente ele não queria falar onde estivera no fim de semana da festa do anão.

Baseando-se nas informações que Samuel lhe deu, Bernardi chamou Harmony até a central da polícia para ter uma conversa. Ele chegou lá em seu terno azul-real, com os cabelos louros transformados num objeto imóvel em cima da cabeça e seu advogado caro.

Samuel estava atrás do mesmo espelho no espaço de observação à prova de som, onde o único alto-falante trazia as vozes da sala de interrogatório sem ventilação, onde ele ouvira a polícia estraçalhar Dominique. Na sala em si havia um gravador e dois cinzeiros vazios na mesa ao lado de onde Bernardi se sentava com Charles Perkins, da procuradoria dos Estados Unidos, e um capitão do esquadrão de entorpecentes do departamento de polícia de São Francisco, além de dois assistentes. Michael Harmony e seu advogado caro se sentavam do outro lado, de costas para Samuel.

— Boa-tarde, tenente Bernardi. Meu distinto cliente, Michael Harmony, não quer desperdiçar o seu tempo nem o de mais ninguém nesta entrevista, portanto eu aviso, em nome dele, que a Quinta Emenda será invocada.

— Nós ainda nem começamos a fazer as perguntas — sorriu Bernardi. — Como, por exemplo, se ele aceita uma xícara de café.

— Muito engraçado, tenente — devolveu o advogado.

— Permita-me apresentar Charles Perkins, da procuradoria dos Estados Unidos, e o capitão Markle, do departamento de entorpecentes. Assim como eu, eles também estão interessados em receber informações do seu cliente. Agora, nós podemos fazer isso da maneira mais fácil e descobrir o que queremos nessa atmosfera informal, ou da maneira mais difícil e ir a um grande júri. Como vai ser?

— Meu cliente não tem nada a dizer, cavalheiros — disse o advogado caro.

Charles Perkins interrompeu, impaciente:

— Muito bem. O governo dos Estados Unidos quer que o seu cliente saiba que ele é alvo de uma investigação relacionada a violações da lei de Mann. E, caso o senhor não conheça essa lei, é aquela que proíbe pessoas como ele de levar mulheres, ou neste caso garotas jovens, para fora dos limites do estado com propósitos imorais.

Ou garotos, pensou Samuel consigo mesmo.

— O departamento de polícia de São Francisco está investigando seu suposto envolvimento em fornecer adolescentes para o agora falecido Sr. Schwartz para propósitos imorais, e prendeu seu detetive particular, Sr. Art McFadden, pelas mesmas razões. Temos provas de que ele, de fato, forneceu meninas ao Sr. Schwartz enquanto trabalhava para o senhor, e como parte do trabalho — disse o capitão Markle.

— E ainda tem mais — acrescentou Bernardi. — A divisão de homicídios o está investigando como suspeito do assassinato do Sr. Schwartz, uma vez que o senhor não pode ou não quer falar sobre onde estava na noite do crime.

— Cavalheiros, se vocês tivessem alguma prova concreta contra o Sr. Harmony, já o teriam prendido. Se isso for tudo, nós vamos lhes desejar um bom dia e talvez nos vejamos num tribunal.

Ele e Harmony se levantaram e saíram da sala, batendo a porta atrás deles.

— Que filho da mãe mais arrogante! — murmurou Charles Perkins.

Samuel riu consigo mesmo. Olha quem fala.

— Pensei que ele fosse nos dar alguma coisa — disse o capitão Markle. — Como entregar o investigador dele como um caso isolado, mas esse cara é osso duro de roer.

— Ele tem muito a perder — disse Bernardi. — Se vier a público que ele é homossexual, vai perder muitos clientes e, se nós provarmos que ele fornecia meninas para o Schwartz, ele vai para a cadeia. E isso tudo sem sequer entrar na acusação de homicídio. Eu estou com dois homens trabalhando no fato de ele não ter um álibi para a noite em que Schwartz foi morto.

Nesse momento, Samuel entrou na sala de interrogatório.

— Eu não achei que vocês fossem conseguir muita coisa dele, mas o Bernardi tem razão: ele tem muito a perder. Mas eu posso garantir uma coisa: o Art McFadden não vai para a prisão em nome do patrão. Vai ser interessante ver como ele entrega o chefe para salvar a própria pele.

* * *

Por recomendação de Melba, Samuel fez uma reserva na Sinaloa para o show da meia-noite. Ele chegou às 22h30 para poder tomar alguns drinques e se encontrar com uma das garotas que queria interrogar. Ele a reconheceu imediatamente pela descrição que recebera: 20 e poucos anos, com uma mecha prateada no meio do cabelo negro, bochechas protuberantes e seios bem avantajados. Estava sentada no fim do longo bar na sala de coquetéis com outras cinco mulheres, mas havia uma cadeira vazia perto dela, e por isso ele sentou-se ali, sem saber exatamente o que fazer.

— Qual é o seu nome, estranho?

— Samuel. E o seu?

— Veronica. Por que você não me paga uma bebida?

— Claro. O que você quer?

— Charlie, me dá o de sempre.

O barman, um homem de seus 50 anos, cabelos brancos e rosto meio achatado, despejou o que parecia ser um copo de água colorida com um mexedor verde de plástico com a forma de um cacto e duas cerejas marasquino por cima.

— São 3 dólares, por favor.

Samuel levou um susto, pensando que estava sendo roubado, mas achou melhor não falar nada, diante da razão por que estava ali. Ele tirou uma nota de 10 dólares e colocou no bar.

— E para o senhor? — perguntou o barman.

— Um uísque com gelo.

Esse precisou de mais tempo para preparar, já que era uma bebida de verdade. Enquanto isso, Samuel tentou se concentrar no trabalho que tinha a fazer.

— Você não é tira não, é?

Pela sua forma de falar, Samuel concluiu que ela era em parte garota do campo e em parte vagabunda de quinta que provavelmente caiu fora da escola antes da oitava série. Ele riu e quase disse que era duro demais para ser da polícia, mas se conteve.

— Não, só ouvi dizer que este é um lugar muito bom para se conhecer mulheres e ver um ótimo show. Eu sou vendedor — disse, sorrindo.

— Eu gosto de companhia, Samuel. Que tal você me pagar outra bebida? — perguntou, enquanto ela rapidamente tomava o líquido colorido à sua frente e erguia o braço.

Charlie chegou de novo em poucos segundos, com mais um copo.

— Três dólares — cobrou.

— Esse seu negócio deve estar indo muito mal — disse Samuel, erguendo uma sobrancelha enquanto colocava mais 3 dólares no bar.

Veronica sorriu.

— É o preço que você paga pelo prazer que vai ter.

— E isso inclui o quê?

— Depende do que você estiver querendo.

Samuel pensou por um momento. Ele ainda não estava pronto para ir mais fundo, mas precisava mantê-la interessada.

— Na verdade, o que eu queria mesmo era falar com você — disse ele, logo percebendo que isso soava falso. Bem no fundo, ele tinha de admitir que os dotes da moça estavam começando a interessá-lo.

— Isso eu também faço, se é assim que você tá a fim de gastar sua grana.

— E quanto isso vai custar?

— Vinte dólares por hora e o quarto é por sua conta.

— Podemos ir agora? — perguntou.

— O meu chefe quer que você me pague o jantar e também que assista ao show. Algum problema nisso?

— Não, não — disse Samuel, contando mentalmente o dinheiro que tinha na carteira, temendo não ser o suficiente para conseguir a informação de que precisava e torcendo para conseguir se manter centrado no negócio pelo qual estava ali.

— Não tem grilo. Você só tem que me pagar dois drinques aqui no bar e uma garrafa de vinho que vem com o jantar. Você pode bancar isso, não pode, bonitão?

— É claro. Você vale cada centavo — disse ele, sinceramente, pois sabia que estava com a garota certa.

Pouco antes da meia-noite, foram levados a uma grande sala com centenas de mesas pequenas juntas. Receberam uma excelente mesa perto do palco. A refeição era de comida mexicana, com algumas modificações — mais picante para satisfazer o gosto dos turistas, com muito guacamole e *enchiladas* de frango. A garrafa de vinho que vinha com a comida era barata, mas descia facilmente. Samuel estava ansioso para ir direto ao assunto, mas o barulho das sapatilhas dos cantores e dos bailarinos no palco tornava a conversa impossível. As mulheres quase nuas rodopiando nos vários números do espetáculo e os olhares cada vez mais frequentes que ele lançava para o decote de Veronica também não facilitavam as coisas.

À 1h30 o show terminou. O salão agora estava todo enfumaçado e não havia uma única alma infeliz por ali. Veronica pegou o braço de Samuel e os dois saíram para o ar fresco da madrugada. Ela o conduziu pela rua Powell na direção da Columbus, até um hotel vagabundo. Subiram as escadas alquebradas cobertas por um tapete vermelho bastante desgastado até uma porta no final do corredor do segundo andar. Ela tirou uma chave da bolsa e abriu o quarto imundo. Havia uma cama de casal com um lençol azul desbotado que lembrava a Samuel a roupa de cama de sua avó, duas cadeiras, uma mesinha e uma penteadeira. A única janela dava para a rua Powell e para o letreiro neon que indicava em vermelho, branco e verde a localização da boate Sinaloa, alguns prédios mais à frente na mesma rua.

Veronica sentou-se numa das cadeiras perto da mesinha e tirou o sapato de salto alto, sorrindo.

— Primeiro você paga e depois a gente brinca, e não se esquece dos 15 mangos pelo quarto.

Samuel pegou o pouco dinheiro que tinha sobrado na carteira e separou 35 dólares, que colocou na mesa entre eles.

— Eu não vim aqui para brincar, Veronica — disse, com a cara mais dura que podia exibir, tentando ignorar a confusão que o atacava internamente. — Eu vim aqui atrás de informação.

Ela riu.

— É o que os caras sempre dizem. Mas é melhor você se apressar e decidir logo o que é que você quer. Você só tem uma hora.

Ele desanuviou a cabeça.

— Eu quero que você me conte tudo o que sabe sobre Dusty Schwartz.

Ela fez uma pausa e o encarou.

— Você tá falando daquele pastor, cara? — perguntou, e ergueu a mão na altura da cintura para indicar o tamanho dele.

— É esse aí mesmo.

— Como é que você sabe que eu conhecia ele?

— As pessoas falam. Esta é uma cidade pequena.

Ela ficou em silêncio por vários segundos, como se estivesse tentando avaliá-lo, e Samuel temeu que se fechasse.

— Eu não tenho muito que falar. Eu tive com ele e com o amigo dele algumas vezes, mas eles eram tão pervertidos que eu dei um fora neles.

Ela continuou a falar, mas ele interrompeu.

— Espere aí. Fale mais sobre o amigo.

Ela fechou um olho e ficou quieta por um momento.

— Ele era bem grande, corpo bom, muito bem-dotado, mas era pervertido.

— Descreva-o para mim.

— Céus, eu acabei de descrever! — disse ela e seu rosto enrubesceu.

— Não, eu queria que você fosse mais específica. Dê alguns detalhes, de um jeito que eu possa saber quem é numa multidão, sem ele ter que tirar a roupa.

Ela riu.

— Ah, entendi. — E continuou rindo. — O cara tinha cabelo grisalho enrolado, um pouquinho acima do peso, mas, como eu disse, tinha um corpo bom e um sotaque estrangeiro. Acho que tinha olhos castanhos, mas não tô bem certa, já que eu só via ele de noite.

— Dava para dizer de onde ele vinha? — perguntou Samuel, sabendo que provavelmente não conseguiria muita coisa com esse tipo de sutileza, mas achava que pelo menos precisava tentar.

— Não, era um sotaque de longe quando ele falava inglês comigo. Ele e o anão conversavam, mas não dava para entender o que eles diziam.

— Eles podiam estar falando em espanhol?

— Podiam. Mas, como eu disse, eu não conseguia entender.

— Esse amigo tinha nome?

— Eu nunca pergunto essas coisas. É falta de educação.

Samuel riu para si mesmo e pensou um pouco em boa educação, onde estava e o que estava fazendo.

— O que você quer dizer exatamente quando diz que ele era pervertido?

Agora ela estava sentada na beira da cama, com o cotovelo apoiado no joelho e o queixo na mão.

— Ele me colocou de um jeito que o anão enfiava em mim pela frente, de pé numa cadeira, e ele me enrabava por trás. Até aí tudo bem. Mas, quando ele quis me amarrar e me pendurar no teto e enfiar coisas tipo garrafas de refrigerante na minha boceta enquanto o anão fotografava, eu disse pros dois darem o fora.

— Eu entendo a sua relutância — disse Samuel, totalmente sério.

— Eles queriam me deixar pendurada lá em cima e voltar a cada hora para experimentar alguma coisa diferente. Desculpa, mas não tem grana no mundo que pague por esse tipo de maluquice. Além disso, o amigo tinha um ar meio desagradável. Era uma sensação que eu não sei descrever. Eu só sabia que eu não devia ir em frente com ele.

— Você pode dizer mais alguma coisa sobre esse ar meio desagradável?

— Não, era só uma sensação de que ele era um filho da puta muito mau. Estava no comportamento dele, é só o que eu sei. Se algum dia você der de cara com ele, vai entender.

— Você viu algum dos dois depois que o amigo tentou pendurá-la no teto?

— Só o pequenininho. Ele vinha de vez em quando para dar uma trepada.

— Qual foi a última vez que você o viu?

— Tem um mês e meio mais ou menos.

— Você sabe alguma coisa sobre uma festa que aconteceu no apartamento do Schwartz?

— Só o que eu ouvi no rádio. Ele morreu no apartamento depois da festa. Eu não fui convidada e não teria ido se me convidassem.

— Você pode me contar mais alguma coisa sobre o tal amigo que me ajudaria a identificá-lo?

— Não posso não. Quer saber? A sua hora já tá quase terminando — disse ela, posicionando o peito na direção de Samuel. — Você não quer dar nem uma rapidinha ou pelo menos ser chupado?

Samuel não se permitiu pensar. Seria muito fácil ir em frente, mas talvez ele tivesse de voltar e conseguir mais informações com ela, por isso se convenceu a deixar as coisas daquela maneira. Desceu as escadas velhas e saiu daquele hotel vagabundo. Eram quase 3 horas e até o letreiro de neon da Sinaloa já havia sido desligado.

Ele andou pelas ruas cheias de lixo até seu pequeno apartamento, que não ficava muito longe de onde estava, com a cabeça ao vento e a mente trabalhando em tempo integral para tentar descobrir quem seria o estrangeiro de gosto tão pervertido.

Capítulo 16

O quadro

— Por onde você andou, cacete? — gritou a voz do outro lado da linha, enquanto o repórter meio grogue manuseava o telefone e tentava descobrir onde estava e quem estava ligando.

— Que horas são? — perguntou, num tom abafado, tentando limpar a garganta e abrir os olhos.

— O quê? — berrou a voz.

— Que horas são?

— Você voltou a beber? Aqui é o Perkins, seu velho colega de faculdade. São 10h30 de um dia de semana e você está aí, na cama, de ressaca.

— Oi, Charles. Como é que vai? — disse ele, sonolento, tentando pôr a janela suja do apartamento em foco. — Eu trabalhei a noite inteira indo atrás de algumas pistas e só voltei para casa muito depois da meia-noite.

— Ah, claro, me engana que eu gosto. Eu preciso que você venha até aqui agora. Tenho uma informação muito interessante sobre aquele quadro que você me mandou.

— Que tipo de informação? — perguntou Samuel, finalmente acordando e lembrando que ele e Bernardi tinham passado o grande quadro que Schwartz usava na igreja para o procurador-assistente dos Estados Unidos, para ver se sua equipe conseguia rastrear a origem.

— Arraste a sua bunda até aqui e traga aquele seu amigo tenente.

— Você não pode dar nem uma pista? — perguntou Samuel, ainda tentando desanuviar a mente.

— Posso, sim. Eu estou interessado nesse tipo de quadro. Agora, traga o seu traseiro para cá, *toute suite.* — E desligou.

Passava das 13 horas quando Samuel arrastou Bernardi ao escritório do procurador-assistente no edifício da administração federal.

No caminho, Samuel contou tudo sobre a noite que passou na Sinaloa e a conversa que teve com Veronica.

— Tem alguma ideia de quem ela estava descrevendo? — perguntou Bernardi.

— Não faço a menor ideia. Ninguém nunca mencionou essa pessoa antes e não há nenhum indício que dê qualquer informação sobre quem seja esse amigo. Mas se você pensar nele e na vítima fornicando juntos, e então pensar no que a sua equipe não encontrou no apartamento, ele pode ser a pessoa que limpou tudo antes de sair de lá, na noite do crime.

— Você está dando um passo grande demais, Samuel.

— Neste momento, nada disso interessa. A gente precisa lidar com aquele idiota do Perkins e ver o que ele tem para oferecer e o que ele quer pela informação que está prestes a dar. Uma coisa eu posso garantir: não vai ser de graça. Tem que ter alguma coisa para ele.

Perkins os deixou esperando até as 14 horas. Quando ele os mandou entrar, andou até a mesa entulhada e ficou ao lado de uma foto de tamanho natural do quadro tirado da igreja de Schwartz. A reprodução estava cheia de linhas brancas, que levavam a notas presas no final de cada linha. Perkins estava usando o que parecia ser um novo terno de três peças da Cable Car, que continuava não caindo bem nele; uma manga era uns 2 centímetros mais curta que a outra. Mas parecia mais arrumado do que de costume, com uma camisa branca recém-passada e o cabelo louro penteado com gel.

— Nós identificamos o quadro. Os alemães o roubaram de uma igreja de Roma em 1944. Estão vendo todas essas linhas na fotografia ampliada? Todas elas levam a pontos de autenticação. A única coisa que não sabemos é como ele veio parar aqui. Conte-me outra vez o que a mulher falou sobre a maneira como o quadro foi parar na mão dela.

— Ela disse que ganhou de um cliente por serviços prestados — disse Bernardi.

— Será que isso significa o que eu acho que significa? — perguntou Perkins, sorrindo de olhos arregalados.

— Ela é uma dominatrix — riu Samuel. — Quer marcar uma hora?

Perkins ajeitou a gravata como quem diz: "como ousa?"

— Você conseguiu a identidade desse cliente?

— Ela disse que não diria porque era confidencial. E, na época, não havia razão para insistir nesse ponto.

Perkins se endireitou na cadeira e fez uma careta.

— Vlatko Nikolic era um general nazista croata da SS. Procurado por crimes de guerra. As impressões digitais dele foram encontradas no quadro inteiro. É crime federal possuir objetos de guerra sabidamente saqueados. E é um crime maior ainda esconder um criminoso de guerra. Se o Nikolic for realmente cliente dela, então ela vai ter muito que explicar.

— Esse não é o único problema que ela enfrenta — disse Bernardi. — O promotor público está se preparando para levá-la a júri popular por prática de magia negra e perjúrio.

— Então, nós deveríamos chegar a ela primeiro. Se for indiciada, vai se fechar e então nós nunca vamos saber como ela conseguiu esse quadro.

— Essa é uma obra de arte importante ou é só uma imitação? — perguntou Samuel.

— Importantíssima! Importantíssima! — sorriu Perkins, saboreando o fato de a sua equipe ter descoberto a origem da obra.

— O senhor pode dar uma estimativa do valor? — perguntou Bernardi.

— É incalculável — respondeu Perkins. — E isso quer dizer que não tem preço mesmo — disse ele, meio que de deboche.

— Quem é o autor do quadro? Será que eu já ouvi falar? — perguntou Samuel.

— O nome está aqui em algum lugar... Depois eu digo...

— O quadro tem título? — perguntou Bernardi.

— Tem. Eu também digo mais tarde.

Samuel sabia que Perkins não daria nenhuma informação sobre o quadro, para que eles não pudessem agir sem consultá-lo antes, mas estava disposto a jogar esse jogo.

— Quem diria que uma obra de arte como essa seria achada numa igreja caindo aos pedaços no bairro de Mission em São Francisco, usada como objeto cenográfico por um pastor de meia-tigela?

— Quando você escrever a matéria, vai dar crédito total à nossa equipe pela identificação — observou Perkins.

— Posso soltar a matéria agora? — perguntou Samuel. — Se puder, vou precisar do nome do quadro e do artista que pintou.

— Ainda não podemos tornar isso público — disse Bernardi. — Se existe alguma chance de que esse quadro esteja ligado ao homicídio ainda não resolvido do rapaz ou do reverendo, como você diz, estaríamos dando uma informação que pode acabar com as nossas chances de capturar o criminoso.

— Eu sou o responsável por esse caso — disse Perkins, perturbado com o fato de a publicidade da identificação por sua equipe ter de esperar, mas ainda sem dizer o título do quadro e o nome do pintor.

— Eu sei que o senhor conhece as leis, Sr. Perkins. Assim como eu não posso fazer nada para pôr em risco uma investigação sua, tenho certeza de que o senhor também vai respeitar meu julgamento neste caso — disse Bernardi, com firmeza.

Perkins assumiu uma expressão de criança posta de castigo e estava prestes a começar a brigar quando Samuel interferiu.

— Olhe, quando a gente soltar a matéria do quadro, eu vou dar uma ampla cobertura e todo o crédito a você.

Isso pareceu amolecê-lo, para que fosse possível terminar o encontro.

— Quanto tempo eu vou ter que esperar? — perguntou Perkins.

— Até termos certeza de que temos o nosso homem e de que temos provas suficientes para condená-lo e tirá-lo das ruas — disse Bernardi.

— Vou lhe dar duas semanas — disse Perkins, irritado. — Se não estiver pronto para vir a público, vou usar outras fontes. E, enquanto isso, eu vou ter uma conversinha com essa pessoa que disse ter conseguido isso com um cliente.

— Você vai colocar a gente nessa, não vai? — perguntou Bernardi.

— É claro — respondeu Perkins. — Vocês são parte da equipe.

Samuel sorriu. Sabia o que isso significava, o que não era grande coisa. Agora que Perkins achava que estava por cima, iria se assegurar de que ele fosse a estrela e todos os demais ficariam relegados aos papéis menores. Isso só interessava se o quadro jogasse alguma luz sobre as mortes de Octavio e do anão. Se não jogasse, seria apenas uma matéria qualquer, e Perkins poderia passá-la para todo um leque de fontes que ele tinha, sem ter de se incomodar com Samuel. Mas, se ele soltasse essa informação muito cedo e isso evitasse que pegassem um assassino, o repórter jamais se perdoaria por ter posto o quadro nas mãos de um sujeito egoísta e autoritário.

— Deixe-me perguntar mais uma coisa — disse Samuel. — Você está fazendo algum avanço com a investigação do Michael Harmony quanto às acusações da lei de Mann?

— Não, e eu nunca pensei grande coisa desse caso. Eu só fui lá para deixá-lo morto de medo e dar uma ajuda ao Bernardi. O que eles têm contra o Harmony é que ele fornecia meninas jovens para o Schwartz. O McFadden está cantando igual a um passarinho. Aposto como ele vai pegar uns dez anos — disse Perkins.

— E quanto à acusação de homicídio? — perguntou Samuel.

— Isso não é problema meu. Você e o Bernardi é que deviam estar trabalhando nisso.

Samuel só queria pescar o que Perkins sabia. E ele não contaria o que havia descoberto. Isso ficava só entre Bernardi e ele; por isso, agradeceu e saiu.

Capítulo 17

A captura do pervertido

Depois das 16 horas daquela mesma tarde, Samuel arrastou Bernardi até o Camelot. Melba, sentada à mesa redonda com Excalibur a seu lado, ergueu o copo meio vazio de cerveja em cumprimento. O cachorro puxou a coleira ao ver Samuel, mas Melba o refreou.

— Ele está de dieta. Ordens do médico — riu.

Bernardi foi até ela, pegou suas duas mãos afetuosamente, sentou-se confortavelmente e ficou batendo papo, enquanto Samuel ficava ereto na cadeira de carvalho ao lado dela.

— Estou exausto — declarou.

— De festa, mulher ou de tanto beber? — ela perguntou.

— Quem dera. Todas essas noites acordado até tarde, uma depois da outra, e uma reunião de merda com um idiota — disse ele, e então contou o que descobrira na investigação em North Beach e na tarde que ele e Bernardi passaram com Charles Perkins.

— Você ficou surpreso por tudo isso acontecer aqui em São Francisco? — ela perguntou.

— Fiquei. Primeiro pensei que fosse só North Beach e os beatniks, mas existem outros mundos por aí que nunca são comentados na sociedade — disse o repórter.

— Como em qualquer lugar do mundo, é só olhar debaixo do tapete, garoto. E às vezes esse comportamento marginal acaba virando comportamento de massa — disse Melba.

— Certamente não foi isso o que eu aprendi na escola — riu Samuel.

— Já a minha vida como detetive de homicídios me deu uma perspectiva bem mais ampla — disse Bernardi, assumindo o papel de sábio da aldeia.

— Vamos voltar ao que vocês estão procurando — propôs Melba. — O que vocês descobriram que eu deva saber?

Samuel começou a falar, mas Bernardi interrompeu:

— A primeira coisa que eu preciso admitir é que o Samuel provavelmente está certo quanto ao Schwartz ter sido assassinado, e também acho que ele está certo em pensar que a mesma pessoa matou o garoto mexicano.

— O que fez você mudar de ideia? — perguntou Melba a Bernardi.

— A história que a garota da Sinaloa contou ao Samuel sobre o anão e o homem com sotaque estrangeiro. Ela disse que o parceiro de Schwartz era pervertido, um filho da puta desagradável. Dessa entrevista, eu consegui juntar várias peças.

— Como o que, por exemplo? — perguntou Melba, passando o copo vazio ao barman e aceitando outro, cheio de cerveja até a borda.

Bernardi começou a explicar, mas ela levantou a mão.

— Desculpem, garotos, foi muita falta de educação minha. O que vocês querem beber?

— Eu aceito um copo de vinho tinto — disse Bernardi.

— Para mim, o de sempre.

Melba gritou por cima do ombro.

— Um uísque duplo com gelo e um Dago tinto. Agora, pode prosseguir — instruiu a Bernardi.

— Juntando a história da garota com o que aconteceu no apartamento do anão e a maneira como o rapaz morreu, eu mudei de ideia. Vamos nos lembrar de que só temos pedaços de um corpo. É preciso um assassino muito esquisito para manter partes de um corpo num freezer e depois ir se livrando delas, uma por uma. Aí vem a morte do Schwartz. Ele é encontrado pendurado na moldura de uma porta e, à primeira vista, parece que ele mesmo se enforcou. Já vi esse tipo de morte antes e sempre foi um trabalho solo — disse Bernardi, tomando um gole do vinho, que acabara de chegar.

"Mas eu tenho que dar crédito ao Samuel. Alguém provavelmente o estava ajudando, como o pervertido que a mulher descreveu, por isso parece muito plausível que ele estivesse no banquinho, se sufocando enquanto se masturbava, quando o assassino deu um pontapé no banco embaixo dele e deixou que ele morresse ali. Então, ele limpou o apartamento e apagou todas as provas de que esteve lá. Mas deixou duas pistas: a marca no banco e a fibra de lã no corrimão da escada dos fundos."

— Por que você acha que essa fibra foi deixada pelo assassino? — perguntou Melba.

— Por enquanto, é só um palpite, mas lembre-se de que ele provavelmente não sabe que nós conseguimos isso. Se encontrarmos com ele alguma coisa que combine com essa fibra, então isso passa a ser uma prova indiciária poderosa.

— Por quê?

— Porque ele teve muito tempo para se apresentar e dizer que conhecia a vítima e que saía com ele. O silêncio sobre esse relacionamento e a presença dele no apartamento geram suspeita. E é exatamente para isso que serve a prova indiciária — explicou Bernardi.

— Você encontrou alguém que admite ter estado na festa? — perguntou Melba. — Quer dizer, além da suspeita que você e o Bernardi têm de que o Harmony esteve lá?

— Ainda não conseguimos provar isso — respondeu Samuel, tomando um gole da sua bebida. — Mas ainda estamos procurando. Eu acabei de descobrir esse negócio do pervertido. Tenho esperança de receber mais informações sobre ele nos próximos dias, agora que eu sei quem estamos procurando.

— Aquele advogado certamente é o protótipo do pervertido para mim — disse Melba. Talvez ele tenha usado uma peruca e tenha forjado um acidente.

— Nada está descartado — disse Bernardi. — Mesmo que ele não tenha matado o anão, ele vai para a cadeia da mesma maneira, mas não por minha causa.

— Ainda existe a possibilidade de que o Schwartz tenha matado o garoto? — perguntou Melba.

— Boa pergunta — respondeu Bernardi. — Ainda não tenho certeza. Existe uma argumentação muito sólida de que ele matou o garoto e simplesmente não conseguiu aguentar a pressão de ser interrogado pela polícia e ter a igreja fechada, e por isso resolveu pôr fim a tudo.

— Tenho certeza de que não foi isso o que aconteceu — disse Samuel. — Esse é exatamente o quadro que o pervertido queria pintar. Mas ele cometeu um grande erro. Ele limpou o apartamento depois de ter dado um pontapé no banquinho embaixo do anão. Isso joga toda a atenção em cima dele.

— E evidentemente vocês ainda não descartaram o Harmony — comentou Melba.

— Ele estava na minha lista de suspeitos até ontem — disse Samuel.

— O que fez você mudar de ideia?

— Eu descobri o pervertido com o sotaque estrangeiro.

Melba sorriu.

— Alto, moreno e elegante, com sotaque estrangeiro. Parece um artista de cinema, estrela do filme... deixe-me pensar um instante... — disse ela, inclinando a cabeça para cima e exalando a fumaça de cigarro para o teto.

— Isso parece um clichê, mas o fato é que está acontecendo bem diante do nosso nariz — disse Bernardi.

Melba apagou o cigarro no cinzeiro já cheio.

— Vocês estão chegando perto, Samuel. Tudo o que vocês têm a fazer é encontrar a ligação entre o anão, o homem do sotaque e Octavio, e então você vai ser o herói. Eu já disse onde acho que está a ligação.

— Não é questão de ser o herói, Melba, é chegar até a verdade — suspirou Samuel, sentindo-se cada vez mais cansado.

— Bobagem! — Ela riu. — Todo mundo quer ser um herói — disse, levando o copo até a boca. — E eu estou realmente preocupada com a sua saúde. Você não perguntou uma única vez sobre a Blanche — provocou. — Ela vai estar aqui mais tarde, se tiver interesse.

Samuel ficou vermelho.

— Interessado eu estou, só não tenho energia para agir neste momento — disse ele e se levantou. Coçou a cabeça do cachorro, deixando Bernardi e Melba conversando na mesa. Saiu para o vento forte de fim de tarde em São Francisco e voltou para o apartamento, onde adormeceu na mesma hora e não acordou até a manhã seguinte.

Samuel estava no Black Cat, na rua Montgomery, quando ele abriu às 17 horas. Ele já tinha apurado que era a essa hora que o barman da noite chegava. Lá dentro, o contraste era marcante com o exterior sem graça. Pelo menos cinco candelabros exagerados desciam do teto, iluminando várias mesinhas cobertas com toalhas brancas, preparadas para o jantar, e havia um extenso bar para inúmeros clientes. Além disso, havia um piano num dos cantos perto da porta, que por enquanto estava sem ninguém.

O repórter se sentou num banquinho e pediu uma bebida. O rapaz que o serviu usava uma camiseta grudada ao corpo que enfatizava seu físico enxuto. Tinha os cabelos curtos e um sorriso pronto, de dentes perfeitos. Era uma pessoa sociável, e Samuel entabulou uma longa conversa com ele. O único problema era que o garoto não podia beber. Por isso, calculou que se não fosse direto ao ponto estaria bêbado antes de poder fazer uma pergunta.

— Você conhece o Michael Harmony?

— Ele é amigo seu? — perguntou o barman.

— Nós temos alguns amigos em comum.

— O que você quer com ele?

— Nada. Só estava querendo saber se ele já veio aqui?

— Ele já veio aqui algumas vezes, mas não é cliente da casa. O que você realmente quer? Não acho que esteja aqui para falar do Michael Harmony.

— É verdade. Eu vim perguntar se você sabe alguma coisa sobre esse homem — disse Samuel, e mostrou uma foto.

O barman riu, os dentes brilhando à luz dos candelabros.

— É o pastor, Dusty Schwartz. Ele vinha sempre aqui antes de abrir a igreja. Eu não o vi muitas vezes depois disso.

— Você algum dia o viu com um homem mais alto, cabelo grisalho encaracolado e sotaque estrangeiro?

— É, eles sempre caçavam juntos.

— E isso significa o quê?

— Eles chegavam aqui às 22 horas à procura de alvos. Gostavam de pegar um cara para os dois.

— Algum dos homens que eles pegavam juntos ainda frequenta o bar?

— Provavelmente, não. Isso não funciona da maneira como você está pensando. Os alvos vão de bar em bar. E, na maioria das vezes, você nunca mais os vê. Eu só me lembro daqueles dois porque eles viviam aparecendo aqui para pegar gente nova e um deles era anão. — Ele riu. — Como eu poderia me esquecer disso?

— Você pode me dizer mais alguma coisa sobre o grandão de cabelos grisalhos?

— Só o que o senhor já disse. Ele falava inglês com um sotaque estrangeiro.

— E esse sotaque era de onde?

— Isso é só um palpite, mas eu diria que era europeu. Mas de que país, eu já não tenho como dizer.

— Esse homem podia ser o Michael Harmony, se passando por europeu?

— O que o senhor está querendo insinuar?

— Você sabe que o Schwartz morreu, não sabe?

— Eu li no jornal.

— Morreu numa festa que deu no apartamento dele. Você soube dessa festa ou de alguém que tenha ido?

O barman agora olhava desconfiado para Samuel, e começou a enxugar os copos com mais pressa. Hesitou antes de dizer mais alguma coisa, claramente desconfortável.

— Não. Como eu falei, ele e o amigo pararam de vir aqui depois que o Sr. Schwartz abriu a igreja. Isso foi há uns dois anos. Quem é você, afinal? É da polícia ou da emissora ABC? — ele ergueu o braço e indicou a porta da frente, como se estivesse mandando um sinal.

— Não, não precisa se preocupar. Eu sou apenas um amigo tentando descobrir o que aconteceu ao anãozinho. E, como o mundo em que ele vivia era bem underground, as pessoas, como você, não gostam de dar informação.

— E você pode nos culpar? — ele perguntou, impaciente.

O bar agora estava quase todo cheio de homens solteiros, sentando nas mesas para jantar ou simplesmente perto do balcão, olhando uns para os outros de um jeito que Samuel não estava acostumado.

— Eu realmente só estou querendo ajudar, e uma maneira de fazer isso é descobrindo quem estava na festa do Schwartz.

O rapaz balançou a cabeça.

— Eu já falei tudo o que sei e provavelmente até mais do que devia. Agora vamos ver se isso vai voltar para me atormentar.

— Eu compreendo a sua preocupação. Acredite, eu não estou querendo prejudicar ninguém.

O barman lançou um olhar cínico.

— É claro que eu compreendo, senhor.

Samuel agradeceu, deixou uma gorjeta e se preparou para sair. O pianista agora tocava melodias conhecidas. Dois clientes o chamaram para se juntar a eles, mas ele fugiu com o máximo de dignidade que podia para a rua Montgomery. Na porta, um leão de chácara de camiseta preta recebera o sinal do barman e olhou desconfiado para Samuel. Dobrou seu enorme bíceps, indicando claramente para o repórter que ele já não era mais bem-vindo ali.

Samuel se perguntou se Octavio era homossexual e fora pego numa caçada pelo reverendo e pelo misterioso estranho. Esse era um aspecto do caso que ele só tinha considerado brevemente quando soube das atividades de Harmony e que ficara guardado até agora. Para que essa teoria fizesse sentido, ele precisava de uma prova de que os dois tivessem estado no mesmo lugar por alguma razão. Ele repassou o que sabia e não encontrou nada. Concluiu que nada disso tinha acontecido.

Como estava logo na esquina, ele andou até a Broadway e jantou no balcão do restaurante Vanessi's. Isso lhe deu a chance de ouvir o velho italiano tocar suas melodias no xilofone em miniatura.

Depois do jantar, ele subiu a avenida Grant, passando pelo La Pantera Café, o conhecido restaurante familiar ao lado do The Saloon, e continuou passando por vários bares beatniks que ainda estavam lotados de turistas procurando por Jack Kerouac e Neal Cassidy. Passou direto pelo antigo bar de North Beach frequentado pelos habitantes locais na rua Green, Gino and Carlo's, e entrou no Anxious Asp, o bar de lésbicas sobre o qual o barman do Vesuvio's havia comentado. Ele riu quando viu um sedã Edsel 1958 de quatro portas estacionado em frente. Que desastre era aquele carro, pensou.

Já passava das 21 horas da sexta-feira e o lugar estava entupido de mulheres, algumas delas vestidas de homem. Quando ele olhou com mais atenção, percebeu que era o único homem no lugar. Ele se sentou no banquinho que era o único lugar vago do bar e pediu um drinque. Uma mulher o atendeu vestida de camiseta branca sem sutiã. Seus mamilos apareciam num contraste gritante com seu corte de cabelo escovinha. Quando a bebida chegou, ele pagou e sacou a foto.

— Você já viu esse homem aqui? — perguntou.

Ela forçou os olhos e fez uma careta.

— Está brincando, cara? Aqui é lugar de sapatão.

— Eu sei, mas mesmo assim; talvez para visitar uma amiga.

— Dê uma olhada, cara. Está vendo algum homem aqui além de você? Caia fora! — Ela virou de costas para ele e caminhou para o outro lado do bar. Ele terminou a bebida, andou para casa e foi para a cama, pensando que tinha perdido o seu tempo e que, se tomasse mais uma bebida, seu fígado iria explodir.

Durante a noite, ele se viu na cama com Blanche. Estava tocando lentamente seus seios e beijando-a com ardor, enquanto tirava sua calcinha. Exatamente na hora em que ia consumar a relação com o amor de sua vida, ele acordou ofegante e suando frio.

Ele estava exausto depois de uma semana inteira perambulando pela madrugada em North Beach e seu sonho o deixou ainda mais excitado do que o normal pelo objeto de seu desejo. Dias antes, ele já tinha marcado um encontro com Blanche para aquela mesma noite e, quando acordou, decidiu que queria cozinhar pessoalmente alguma coisa em seu pequeno apartamento; e, se tudo corresse de acordo com o planejado, ele repetiria os movimentos que havia feito em seu sonho. Ele se lembrava do jantar de *enchiladas* deliciosas na casa de Rosa María Rodríguez. Por isso, ligou para o Mercado Mi Rancho e perguntou se podia passar lá e comprar os ingredientes, para poder prepará-las para Blanche. Ela disse que a receita era complicada demais e que lhe daria uma receita mexicana mais simples que deixaria Blanche impressionada.

Ele chegou ao mercado por volta do meio-dia, andou pelos corredores repletos de produtos secos e enlatados e se dirigiu ao caixa, onde Rosa María se encontrava de pé. Ela estava com um vestido florido, coberto por um avental branco. Ela o cumprimentou com um sorriso contagiante:

— Olá, Sr. Hamilton. Nós já não o vemos por aqui há muito tempo. Como anda o seu caso?

— Já resolvemos uma parte dele, graças aos seus filhos.

— Você fala de onde estava Sara?

— Isso.

— Nós lemos no jornal. Marco ficou decepcionado por você não ter colocado o nome dele ao lado das histórias em quadrinhos — ela disse, colocando a mão no balcão. — Mas conseguiu se recuperar.

— Diga para ele não se preocupar. Se algum dia eu resolver o assassinato do Octavio, ele vai levar todo o crédito.

Nesse mesmo instante, Ina e Marco entraram pela cortina que dava no escritório e ficaram ao lado da mãe.

— Oi, Sr. Hamilton. Que bom ver você de novo — disse Marco. Ina estava tentando se esconder atrás de Rosa María. Usava um vestido azul de primavera por cima de uma camisa de algodão engomada. Seus longos cabelos pretos tinham se transformado numa longa trança que descia pelas costas.

— Gostamos muito da matéria que o senhor fez sobre a Sara. A mamãe leu para a gente — disse ela, aparecendo.

— A Sara nos visitou quando voltou para São Francisco. Deixou que a gente brincasse com o filhinho dela, quando o açougueiro pediu para falar com ela — disse Marco.

— O açougueiro daqui? — perguntou Samuel, olhando para o homem atrás do balcão de carnes.

— É, sim. Ele sempre fica todo animado, desde que ela começou a fazer compras aqui. Isso foi antes de ela conhecer o Octavio — disse Marco.

— Isso é uma coisa muito feia, Marco. Ficar se metendo na vida dos outros — interrompeu Rosa María, antes que ele saísse contando mais.

— Por favor, Rosa María. Deixe que ele prossiga. As crianças percebem mais coisas do que você imagina — pediu Samuel.

— Ele costumava dar alguns pedaços de carne de graça para ela — acrescentou Ina, que não queria ficar fora da competição.

Samuel olhou para o açougueiro. Ia dizer alguma coisa, quando a cor sumiu de seu rosto.

— Eu copiei a receita para o senhor, Sr. Hamilton. É fácil de preparar e eu acho que vai deixar a Blanche se sentindo muito romântica — disse Rosa María, que não percebeu a reação do repórter.

— O-o-obrigado — ele gaguejou, finalmente. — Preciso ver se está chovendo. Com licença. — E saiu correndo do mercado, voou até a rua Mission e pegou um bonde para o centro.

Às 10 horas da ensolarada segunda-feira seguinte, o Mercado Mi Rancho foi isolado por dezenas de policiais da divisão de homicídios. Vários técnicos criminalistas, assim como a equipe do médico-legista, se encontravam lá dentro. O cheiro de pães doces mexicanos saía da padaria ao lado e se misturava com o aroma de café fresquinho vindo do mercado.

O capitão Doyle O'Shaughnessy estava de pé na calçada com sua comitiva de policiais da delegacia de Mission, fumando seu Chesterfield e gritando, vermelho de raiva:

— Por que não me informaram dessa ação?

Bernardi, que comandava as últimas tropas que chegavam, ouviu a comoção e saiu para confrontar o furioso delegado.

— Calma, capitão — disse ele, colocando as mãos para baixo, como se estivesse apagando um incêndio. — Isso é uma investigação de homicídio e por enquanto não aconteceu nada. Estamos executando alguns mandados de busca e procurando provas. Se encontrarmos alguma coisa, o senhor será o primeiro a saber.

— Ah, sei! Neste caso, o que aquele repórter idiota está fazendo dentro das linhas policiais? — A saliva voava de sua boca e ele cerrava os punhos.

— Ele só está observando, com o entendimento de que não pode publicar nada sem a minha permissão. O senhor também pode entrar, se quiser.

— Não, não — disse o capitão, respirando fundo para se acalmar. Percebeu que estava fazendo papel de palhaço. — Eu continuo comandando o bairro de Mission e não gosto de ser excluído do que quer que aconteça no meu território. Mantenha-me informado.

— Não se preocupe, capitão. O senhor é quem manda; todo mundo sabe disso — disse Bernardi, com um sorriso conciliatório.

O capitão não entendeu a ironia. Fez sinal para a sua comitiva e eles voltaram para os carros e partiram rapidamente. Bernardi viu as três viaturas se afastarem e incentivou os curiosos na calçada a irem para casa. Depois, voltou para o balcão de carnes na lateral do mercado. Ali encontrou Pavao Tadic, o açougueiro, sentado entre dois policiais, com o rosto de buldogue inchado e os cabelos grisalhos encaracolados desgrenhados. Cruzou os dois braços sobre o peito e olhou para Bernardi com os olhos azuis.

— Tenho o direito de falar com um advogado — grunhiu, num inglês com forte sotaque.

— O senhor ainda não foi acusado de nada e nós ainda não fizemos uma única pergunta — respondeu Bernardi. — Quando, e se, começarmos a fazer perguntas, vamos lhe dar a oportunidade de chamar seu advogado. Por enquanto, vamos apenas dar uma olhada e, ao mesmo tempo, queremos ter certeza de onde o senhor vai estar enquanto fazemos isso.

Bernardi se dirigiu a um grupo de técnicos perto de Samuel, ao lado do balcão de carnes, mas fora do alcance dos ouvidos de Tadic.

— Eu quero que toda a serragem do chão deste mercado seja varrida e colocada em caixas, para ver se tem algum vestígio de sangue e para ser comparada com as amostras que nós encontramos em volta da lixeira. — Olhou para Samuel. — Eu sei que é esperar muito, mas, se uma das duas der positivo, vamos estar um passo à frente. — Ele voltou a falar com os técnicos. — Quando terminarem com isso, desmontem essas serras de cortar carne. O legista precisa fazer estudos microscópicos nas lâminas, para ver se elas podem ter criado as marcas encontradas nos ossos.

Bernardi terminou de dar ordens e voltou ao açougueiro, que estava sentado entre os dois guardas.

— Você tem algum congelador de grande porte no mercado ou no açougue?

Pavao semicerrou os olhos.

— Eu não tenho que responder às suas perguntas imbecis. Eu conheço os meus direitos. Quero um advogado.

— Perfeitamente. Como quiser.

Samuel já havia adiantado um passo. Fez sinal a Bernardi para segui-lo até os fundos do prédio e chamou o médico-legista para se juntar a eles. Ele mostrou um congelador de grande porte escondido atrás de uma velha tela pintada com um musculoso guerreiro asteca todo emplumado, de pé ao lado de um vulcão em erupção. O médico legista usou a mão enluvada para abri-lo. Estava vazio, mas o gelo que havia se formado nas laterais e no fundo parecia estar manchado de sangue.

— Não vamos desligar. Vamos só recolher umas amostras e fazer os testes. Enquanto isso, vou lacrar e fechar para ninguém entrar ou tirar qualquer coisa daqui — determinou o legista.

A essa altura, já passava das 10 horas. Eles estavam no mercado há mais de duas horas. Samuel saiu do balcão e viu uma Rosa María fora de si de pé na calçada, falando sério com um dos policiais que não queria deixá-la passar pelo cordão de isolamento. Ela viu Samuel lá dentro e olhou para ele com raiva, como quem quer uma satisfação. Ele se recolheu e encontrou Bernardi.

— É a Rosa María Rodríguez, e está uma fera por termos fechado o mercado dela. Você vai ter que se explicar. Por favor, não seja duro. Ela ajudou muito neste caso.

— Não se preocupe. Eu vou acalmá-la, se puder — disse o detetive, e os dois foram se juntar a ela.

— Por quanto tempo o meu mercado vai ter que ficar fechado? — perguntou a Bernardi, ignorando Samuel.

— Por favor, entre, Sra. Rodríguez. Eu sinto muito ter causado tanto transtorno.

Ela se virou para Samuel.

— O que está acontecendo? Pensei que você fosse meu amigo!

Samuel estava pronto para responder quando Bernardi interrompeu:

— Nós vamos sair assim que possível, senhora.

— E, antes de mais nada, o que vocês estão fazendo *aqui*? — ela gritou.

— Tudo o que eu posso dizer é que estamos investigando um assassinato, senhora. Mas, assim que os meus homens saírem, o Samuel vai poder explicar tudo.

Rosa María viu o açougueiro sentado entre dois policiais.

— O meu açougueiro foi preso? O que ele fez? — ela perguntou, confusa. — E o meu mercado? Vocês entendem que eu administro um negócio, não entendem? As portas têm que estar abertas para as pessoas poderem fazer compras, e eu preciso de um açougueiro para cortar a carne.

— Eu compreendo isso perfeitamente, Sra. Rodríguez. Mas talvez a senhora tenha que ficar sem o seu açougueiro pelo menos por hoje, talvez por mais tempo. Eu preciso levá-lo até o apartamento dele e dar uma busca. E depois disso, tenho que fazer algumas perguntas a ele.

— O senhor está acusando esse homem de cometer um crime?

— Eu não o estou acusando de nada. Eu estou conduzindo uma investigação e isso é tudo o que posso revelar — disse o detetive.

Rosa María ainda estava com raiva, mas teve de aceitar a realidade com que estava se defrontando.

— Isso quer dizer que eu vou ter que ligar para o sindicato e pedir outro açougueiro. Quando é que eu vou poder reabrir?

Bernardi pensou por um momento.

— Devemos sair em uma hora.

— Eu vou cobrar isso do senhor — disse ela secamente, depois voltou-se para Samuel. — E você, meu jovem, vai ter muito que explicar.

Ela se virou abruptamente e caminhou até o carro, estacionado do outro lado da rua.

A voz de Bernardi a acompanhou pela porta quando ele falou o mais alto que pôde, sem gritar.

— Vejo a senhora em breve, Sra. Rodríguez. Gostaria de fazer algumas perguntas. — Mas ela fingiu que não ouviu e saiu com o carro.

Samuel se virou quando ouviu a última frase de Bernardi.

— Você não acha que ela tem alguma coisa a ver com essa confusão toda, acha?

— Provavelmente, não, mas eu preciso saber há quanto tempo o açougueiro trabalha aqui, se ela percebeu alguma coisa estranha nele e em que circunstâncias ela o viu com a Sara e com o Octavio.

Na hora em que Rosa María voltou, já controlada, o cordão de isolamento havia sido desmontado, todos os técnicos haviam se retirado e apenas Samuel e Bernardi continuavam no mercado.

— Eu vi o Pavao no banco de trás do seu carro, com as mãos nas costas — ela disse a Bernardi. — Pensei que vocês não o estivessem acusando de nada.

— Agora ele está sob custódia como uma testemunha material. Ele tem que ser algemado porque nós não podemos ter um cidadão num carro da polícia com liberdade de movimentos. Isso é feito para proteger os nossos policiais.

Ela assentiu com a cabeça, mas não acreditou nele.

— Samuel, precisamos conversar — disse rispidamente.

— Vou contar o que eu puder — ele falou. Ele a levou até um canto perto dos enlatados e explicou a sequência de pistas que o levaram a suspeitar do açougueiro e como, quando por fim imaginou que o homem provavelmente estava envolvido, ele chamou Bernardi, que imediatamente passou à ação.

Rosa María parecia angustiada e confusa.

— Sinceramente eu posso declarar que nunca vi nada de incomum na maneira como ele tratava os meus clientes, incluindo a Sara e o Octavio. Eu não sabia que ele paquerava a Sara até os meninos dizerem aquilo, mas isso é comum entre os latinos, e Pavao passou tempo suficiente na Argentina para aprender isso.

— A senhora sabe quanto tempo ele morou na Argentina antes de vir para os Estados Unidos? — perguntou Bernardi.

— Tudo o que eu sei é que ele era um refugiado da Iugoslávia e que fugiu do golpe de Tito escapando para a Argentina, e depois emigrou para cá. Mas não sei quando foi isso.

— A senhora alguma vez o viu com o Octavio?

— Só quando ele e a Sara estavam lá atrás, comprando carne.

— A senhora alguma vez viu algum atrito entre os dois?

— Nunca. Por que você não faz essa pergunta à Sara? Acho que seria a pessoa mais indicada — respondeu Rosa María.

Bernardi se aproximou deles e entregou seu cartão.

— Tudo bem. Se a senhora se lembrar de mais alguma coisa, gostaria que me ligasse. Desculpe por tomar conta do seu mercado esta manhã.

— Espero que esteja fazendo tudo certo, tenente — ralhou Rosa María. E, com as mãos nos quadris, viu os dois homens saírem da loja.

Pavao Tadic morava na rua 24, praticamente na esquina da casa de Schwartz. Quando Bernardi e Samuel estavam escrevendo juntos a declaração juramentada para o mandado de busca, esse fato não passou despercebido.

Depois de ler o mandado para o açougueiro, usaram a chave dele para abrir a porta. Ele concordou em entregá-la para que eles não precisassem arrombar a porta.

O edifício era pequeno, com quatro andares. O apartamento de Pavao ficava no primeiro andar. Tinha piso de madeira coberto por tapetes trançados vindos da América do Sul e cópias de quadros europeus dos grandes mestres. A mobília era usada, mas em bom estado. Samuel percebeu que o lugar era imaculado.

Bernardi passou aos policiais a lista de coisas que o mandado de busca os autorizava a confiscar, e a equipe se dispersou. Alguns minutos mais tarde, um deles voltou com um suéter de alpaca bege e disse:

— Encontrei isso na cômoda do quarto.

— Esse suéter é seu? — perguntou Bernardi.

— Não vou falar com ninguém sem a presença do meu advogado — respondeu o açougueiro.

— É. Está com cara de que vai mesmo precisar de um.

Bernardi levou Samuel e um técnico até os fundos do apartamento, à procura de um freezer, mas não encontrou nenhum. Procuraram serras e facas incomuns, que também não encontraram, mas acharam um moedor de carne. Olharam todos os livros nas prateleiras da sala e Samuel ficou impressionado com a diversidade de títulos em diversas línguas que o homem guardava nas caixas.

— Vamos dar uma olhada no quarto — disse Samuel. Bernardi o acompanhou e checaram tudo o que estava à vista. Na mesa de cabeceira, encontraram uma foto de Sara.

— Minha mãe do céu! — exclamou Bernardi, falando a um técnico: — Isso é importante. Tire as medidas e ponha num saco plástico para podermos comparar com o espaço vazio na parede de Schwartz.

Voltaram para a sala onde o açougueiro estava algemado.

— O senhor vai conosco até o centro, Sr. Tadic, e lá vai poder chamar seu advogado — comunicou Bernardi.

A parada seguinte de Bernardi e Samuel foi a casa da família Obregon, na rua Army, em Mission. Eles subiram as escadas da varanda simples e bateram na porta. Sara Obregon os recebeu calorosamente, enquanto sua mãe, desta vez com os cabelos brancos perfeitamente arrumados, ficou perto dela com o bebê no colo, sorrindo para Samuel.

Sara os levou até uma saleta e pediu para se sentarem. A mãe falava muito em espanhol, que nenhum dos dois entendia.

— Ela está muito feliz por você ter nos encontrado e por eu ter voltado para casa com o bebê. Ela diz que foi tudo por causa do Sr. Hamilton, por isso ela o chama de tio, e disse que ele é bem-vindo aqui a qualquer hora — explicou Sara.

Samuel ficou vermelho.

Bernardi assumiu o controle:

— Nós precisamos fazer mais algumas perguntas, Sara. Algumas podem ser desagradáveis e outras podem ser um teste para a memória.

— O senhor quer perguntar sobre o pastor ou sobre o Octavio?

— Eu quero saber tudo o que você puder me dizer sobre o açougueiro do Mercado Mi Rancho.

— O açougueiro? — repetiu, assustada. — Eu não sei muito sobre ele. Ele flertava comigo quando eu ia comprar carne; e, às vezes, ele me dava um pouco mais, e sempre dizia que eu era bonita, mas tenho certeza de que ele falava isso para as outras mulheres. Fora isso, não sei de nada.

— E o Octavio? Ele ia até o balcão de carnes com você? — perguntou Samuel.

É claro. Ele achava o açougueiro um velho imundo e me pediu para não comprar carne com ele, dizendo que ele estava com más intenções a meu respeito.

— O Octavio chegou a ameaçá-lo?

— Eu não chamaria aquilo de ameaça. Eles trocaram palavras ásperas, por isso parei de comprar carne lá quando estava com o Octavio.

— O que eles disseram?

— Octavio o chamou de *un viejo verde*, que quer dizer um velho imundo.

— E o que o açougueiro respondeu a isso?

— Ele estava amolando a faca enquanto falavam e ele simplesmente começou a amolar cada vez mais rápido. Eu não queria nenhum problema entre os dois, de modo que arrastei Octavio para fora do mercado. O senhor não está pensando que...? — ela engasgou e levou a mão à boca.

— Ainda não sei — disse Bernardi. — Por enquanto, estamos tentando obter o máximo de informações possível.

— Espero que vocês encontrem quem matou o Octavio — disse ela, com as lágrimas caindo pelo rosto. A mãe entregou o bebê à irmã de Sara e foi ficar do lado dela, enquanto os dois homens saíam.

— Melba tinha razão — disse Samuel, quando chegaram à rua.

— O que quer dizer?

— Ela disse que a Sara era a chave de toda essa bagunça.

— Como é que ela podia saber?

— Aquela velha é intuitiva. Às vezes ela me assusta com o seu poder de adivinhação. Eu não queria tê-la como inimiga — comentou Samuel.

— Tenho instruções do Sr. Perkins para não interrompê-lo esta manhã — respondeu a secretária quando Samuel apareceu alguns dias mais tarde e tentou ser recebido sem hora marcada pelo procurador-assistente dos Estados Unidos.

— Diga a ele que é o Hamilton e que eu estou pronto para publicar a matéria. Ele só precisa conferir alguns fatos sobre o quadro.

— Você sabe o quanto ele é irritado — ela disse, nervosa. — Você acha que está dando informação suficiente para ele não explodir comigo?

— Confie em mim. Uma vez que você disser as palavras "pronto para publicar a matéria", ele vai sair correndo para me cumprimentar.

Ela fez que sim, hesitando, apertou o interfone para o procurador e lhe comunicou a mensagem.

Exatamente como Samuel havia previsto, Perkins saiu de sua sala como um raio.

— Oi, Samuel. Está pronto para soltar a grande matéria? Como é que eu posso ajudar?

Samuel sabia que o cara estava ansioso para ganhar o crédito numa matéria sobre um quadro roubado.

— Venha, meu velho amigo. Entre!

A secretária ficou boquiaberta enquanto seu temperamental chefe levava o repórter até sua sala.

Samuel nem se preocupou em tentar encontrar um lugar para se sentar naquela bagunça. Sacou seu caderninho e uma caneta e apoiou um pé numa das muitas caixas que atulhavam o chão.

— O que eu tenho até agora é o seguinte — explicou: — Pavao Tadic, o açougueiro da Croácia que trabalhava no Mercado Mi Rancho, foi preso sob a acusação de homicídio e esquartejamento do jovem Octavio Huerta. A serra de fita da seção de carnes foi usada para cortar o corpo do rapaz, e o sangue encontrado no freezer e no moedor de carne era do tipo AB positivo, o mesmo da vítima. O promotor público diz que o provável motivo para o crime foi ciúme, já que o açougueiro queria ficar com a namorada de Octavio. Ele ainda não sabe se pode acusá-lo do possível assassinato de Dusty Schwartz, mas a fibra encontrada no corrimão da escada dos fundos veio de um suéter de alpaca bege encontrado no apartamento de Tadic. Além disso, a foto de Sara Obregon também foi encontrada lá e saiu do apartamento de Schwartz. Ele afirma que, se o grande júri indiciar Pavao Tadic, pode provar que o motivo foi o mesmo: ciúme. Schwartz transou com a Sara, e o açougueiro pensou que o anão a engravidara. Isso o deixou furioso, já que ele provavelmente tinha os seus próprios planos para ela.

— Você veio até aqui só para me dizer isso? — perguntou Charles Perkins, com uma expressão irritada no rosto. Nada do que Samuel tinha falado até ali fazia qualquer referência à ajuda que ele havia dado.

— Só um momento, eu ainda não terminei. Bernardi mandou as impressões digitais de Tadic para a sua equipe, como você pediu, e o que se comenta é que ele era mais do que um simples açougueiro.

— Já entendi — disse Perkins, inflando-se de orgulho. — Você ouviu dizer que o homem era um criminoso de guerra e quer umas declarações do escritório da procuradoria dos Estados Unidos para a sua matéria.

— Agora você está me entendendo, Charles. O que quer declarar?

— É interessante como você sempre descobre a relação entre os fatos — comentou Perkins, fazendo ao repórter um elogio sem querer. — É verdade. As impressões de Tadic batem com as do quadro, que eu disse antes pertencerem ao famoso general da SS nazista Vlatko Nikolic.

— Essa notícia é muito importante — disse Samuel. — Conte mais. Vou identificar Pavao Tadic como a pessoa que ele realmente é. Isso aumenta ainda mais a importância da matéria.

— E você, obviamente, vai me dar crédito no que couber — disse Perkins.

— Eu já disse que daria — disse Samuel. — É por isso que estou aqui. Mas não posso publicar sem ter a história completa.

— Portanto, o teor da matéria vai ser que o repórter soube pelo procurador-assistente dos Estados Unidos, Charles Perkins, que o acusado de assassinato Pavao Tadic é nada mais, nada menos, que Vlatko Nikolic, o general croata da SS nazista, procurado por crimes de guerra e por saquear obras de arte de igrejas italianas durante a Segunda Guerra Mundial.

— Por que tipo de crimes ele é procurado?

— Genocídio. Em outras palavras, homicídios, saques e estupros de seres humanos inocentes. Era compadre de Andrija Artukovic, o Açougueiro dos Bálcãs, que era o grande figurão do estado fantoche da Croácia, que os nazistas criaram em 1943.

— Você pode me dar mais informações sobre o quadro?

Charles lhe deu o título da obra, o nome do artista e a igreja de onde ele fora roubado, em Roma.

— E eu posso publicar tudo isso? — perguntou um Samuel muito animado.

— Eu quero que você publique. Andrija Artukovic é um bom exemplo da batalha política que está sendo travada nos Estados Unidos. Existe um grupo poderoso aqui que quer evitar a extradição de criminosos de guerra nazistas para países comunistas como a Iugoslávia. É importante que existam outras acusações contra Tadic.

— O que você quer dizer com isso? — perguntou Samuel.

— Artukovic está instalado aqui na Califórnia desde 1948. Ele foi preso e deportado em 1952. Mas em 1957, a Suprema Corte americana mandou o caso de volta para o tribunal de imigração e eles o anularam, alegando que as declarações juramentadas que elencavam os crimes de guerra não eram críveis. Ao trazer esse caso para a atenção do público, talvez nós consigamos colocar o caso Artukovic de volta nos trilhos.

— E a dominatrix? — perguntou Samuel.

— Vou conceder imunidade para que ela testemunhe que Tadic/Nikolic lhe emprestou o quadro e que ele alegou ser o dono.

— Ela não vai se livrar assim tão fácil das acusações do Estado — disse Samuel. — Ela vai cumprir pena por prática de magia negra e perjúrio.

— Para mim isso não tem a mínima importância — disse Perkins, revirando os olhos com impaciência. — Só não deixe de escrever o meu nome direito quando redigir a matéria, e dê o crédito que você prometeu. — E levou Samuel até a porta da sala.

Dois dias depois, Samuel estava sentado à mesa redonda do Camelot e mostrava a Melba a matéria que acabava de sair no matutino com a manchete: OUTRO AÇOUGUEIRO DOS BÁLCÃS ACUSADO DE ASSASSINATO. Ele explicou a natureza complexa do crime, e como o procurador-assistente dos Estados Unidos descobrira a verdadeira identidade do acusado e Marco e Ina Rodríguez forneceram pistas importantes para a solução do caso. A matéria terminava perto das histórias em quadrinhos.

— Esse vai ser um grande avanço para a sua carreira, Samuel. Três grandes casos seguidos. Não podiam ter resolvido esse caso sem você. A bebida é por conta da casa.

O repórter corou.

— Obrigado, Melba, mas ainda são 11 horas.

— E daí? Quem é que está vendo? Traga um uísque duplo com gelo para ele, e eu vou ficar com o de sempre — gritou sobre o ombro.

— Eu preciso lhe agradecer, Melba, por dizer que a chave de tudo era a Sara. Fiquei com isso na cabeça. E num sábado, quando eu fui ao Mercado Mi Rancho pedir que a Rosa María me ajudasse a preparar o jantar que eu ia fazer para a Blanche, os filhos dela me disseram que o açougueiro estava sempre passando cantadas na Sara. Naquele momento, tudo ficou claro para mim. Foi literalmente isso o que levou à solução do caso.

— Não é bem assim. Foi o seu trabalho de campo que realmente fez todas as peças se encaixarem, mas me elogiar é bom para as relações públicas — sorriu Melba. — O que vai acontecer com o Harmony? Desde que você desvendou esse caso, ninguém mais fala nele.

— Essa é a minha próxima matéria. Ele, McFadden e alguns líderes sindicais vão passar um tempo em cana por fornecerem adolescentes ao Schwartz.

— Eu sempre achei que aquele merda era o assassino. Ainda não me convenci de que ele não tem nada a ver com essa história — disse Melba. — E você? Conseguiu jantar com a Blanche? O tal jantar romântico que você estava preparando naquele pardieiro onde você mora?

— Para falar a verdade, eu estou a caminho do Mercado Mi Rancho para agradecer as crianças e pegar outra receita que a Rosa María vai me arranjar. É esta noite que eu vou fazer o jantar para a Blanche. Eu ia fazer a *enchilada* de camarão que comemos naquele jantar, mas a Rosa disse que era muito complicada.

— Para que tipo de situação?

— Para uma noite romântica.

— É mesmo? Pois, se eu fosse você, teria um plano B — falou Melba, rindo.

Em princípio, Rosa María não deveria estar feliz por ver Samuel. Mas, quando ele se dirigiu ao caixa de saída, ela estava com um sorriso no rosto.

— Você cumpriu o que prometeu, Sr. Hamilton. Os meninos adoraram ver os nomes deles exatamente ao lado das histórias em quadrinhos.

— Eles tiveram um papel muito importante na solução desses crimes, por isso sou grato a eles. Mas peço desculpas por ter atrapalhado a sua vida.

— Não, sou eu que peço desculpas. Desde que eu soube do que aquele homem é acusado, eu me sinto mortificada por não ter percebido o que ele pretendia. E pensar que ele estava usando o meu mercado para perpetrar os crimes... Eu disse à polícia que não queria que me devolvessem nada, incluindo as serras, o moedor e o freezer — e balançou a cabeça com nojo.

— Você pode agradecer às crianças por mim?

— É claro. E aqui está a lista de ingredientes que você vai precisar para fazer o jantar para a Blanche. Eu sei que ela vai ficar bem no clima.

Samuel passou os olhos pela lista.

— O que é tudo isso? — perguntou, com uma expressão espantada. — E onde é que eu consigo?

Rosa María pegou um carrinho, o chamou com o dedo e eles foram passando por vários corredores do mercado. Samuel observou atentamente enquanto ela escolhia várias latas. Então o levou até a seção de alimentos frescos, onde escolheu cogumelos de sabor pungente. A cada produto que ela pegava, explicava como devia ser incorporado à receita.

— Assegure-se de não colocar muito suco de romã e, acima de tudo, meça exatamente uma xícara de cogumelos. Se puser demais na mistura, vai deixá-la excitada demais e vai ter mais do que pediu.

Samuel colocou todos os produtos no balcão e pagou a Rosa María. Ela lhe emprestou uma saca de lona com a logomarca do Mercado Mi Rancho. Ele segurou a saca pela alça, agradeceu e saiu do mercado, assobiando. Seu único pensamento estava em como fazer Blanche transar com ele depois de preparar um jantar romântico. Não tinha nenhum plano B. Não se permitiria sequer pensar que poderia precisar de um.

Apêndice "A"

Agustin Huneeus, famoso fabricante de vinhos da Califórnia, preparou uma lista com os melhores tintos da Califórnia no início da década de 1960 para você experimentar.

1. Georges de Latour Private Reserve, da vinícola Beaulieu. Esse vinho era, de longe, o mais conceituado e sofisticado de todos os tintos da Califórnia. Era conhecido por sua riqueza exuberante.
2. Inglenook "Cask" Cabernet Sauvignon. Esse vinho também era só para conhecedores e era rival das garrafas de Georges de Latour. Era conhecido por uma austeridade rica em detalhes e pela capacidade de envelhecer por décadas.
3. Charles Krug Cesare Mondavi Vintage Selection era o top de linha daquela vinícola. As uvas chegavam à famosa vinícola To-Kalon em Oakville, em Napa Valley, que mais tarde se transformaria na cobiçada propriedade do filho

de Cesare, Robert Mondavi, da vinícola com o mesmo nome.

4. O Cabernet Sauvignon de Simi deu ao município de Sonoma um lugar na mesa dos mais finos cabernets da década de 1960, assim como nas anteriores.
5. Paul Masson Cabernet Sauvignon era produzido originariamente nas montanhas de Santa Cruz, onde o proprietário que dá nome ao vinho estabeleceu a vinícola, nos arredores de Saratoga. Embora não esteja no mesmo nível dos demais, vale a pena uma menção.
6. O Hanzell Pinot Noir era muito difícil de ser encontrado, porque muito pouco foi produzido nessa vinícola artesanal. A Hanzell era o esforço bem financiado de James D. Zellerbach, da companhia de produtos florestais, que desejou criar na Califórnia o equivalente aos seus queridos borgonhas tintos (Pinot Noir) e brancos (Chardonnay). O nome é uma contração do primeiro nome de sua esposa, Hana, e do sobrenome dele. Na época ele foi considerado por um crítico como algo tão raro quanto um unicórnio.

Agradecimentos

Quando eu estava na Cidade do México para o lançamento do meu primeiro livro, *O mistério dos jarros chineses*, em 2006, minha boa amiga, a falecida Maria Victoria Llamas Seid, arranjou para que o conhecido escritor mexicano Victor Hugo Rascón Banda apresentasse meu livro ao público daquele país. Durante a apresentação, a pergunta habitual foi feita a mim: se era meu primeiro livro. Eu dei a resposta de praxe: que não, que meu primeiro livro era sobre um anão depravado. Victor Hugo disse então que havia uma famosa casa de má-reputação em Juarez, México, no começo dos anos 1900 que oferecia apenas prostitutas anãs. Após a apresentação fui jantar com Maria Victoria e alguns de seus amigos. Uma delas, Lourdes Almeida, uma fotógrafa, disse que se lembrava de ter lido um livro de Ignacio Solares intitulado *Columbus*, que falava sobre o mesmo assunto, e perguntou se eu gostaria de um exemplar. Eu disse que sim, e ela o enviou para mim. Então agradeço a Maria Victoria, Victor Hugo, Lourdes Almeida e Ignacio Solares. Dusty Schwartz tem uma origem, em vez de ser apenas mais um anão depravado.

Este livro foi composto na tipologia Adobe Garamond,
em corpo 11,5/15, impresso em papel off-white 80g/m²,
no Sistema Cameron da Divisão Gráfica
da Distribuidora Record.